死相学探偵最後の事件

三津田信三

角川ホラー文庫
22494

一　平穏な日々

　七月下旬の暑さの厳しい昼下がり。〈弦矢俊一郎探偵事務所〉の冷房のきいた室内では、のんびりとした時が流れていた。

　来客用の応接セットのテーブルの上に、布カップ三つを横に並べ、その前に布ボール一つを置く。それからカップの一つにボールを入れて、三つを素早く両手を使って移動させる。

　どのカップにボールが入っていたのか、自分でも分からなくなったところで、弦矢俊一郎はカップの動きを止めた。

「さて僕にゃん、ボールはどーこだ?」

　問いかけた相手は、鯖虎猫の僕である。

　当初は三つの紙コップとピンポン玉を使っていたが、絶対に僕が当ててしまう。三つの移動を止めた瞬間、ボールが入っているカップ内で、かすかに物音がするせいかもしれない。

　そう考えた俊一郎は、亜弓に布カップと布ボールを作ってもらった。彼女は当探偵事務所と腐れ縁を持つ、曲矢刑事の歳の離れた妹である。看護師を目指して学校に通うかたわら、「兄がお世話になってますから」と事務所に出入りして、色々と雑用をやってくれている。

当初は有難迷惑にしか感じていなかった俊一郎も、気がつくと亜弓に何かと頼っていた。それが曲矢には面白くないらしく、「俺の妹に、ただ働きさせる気か」と絡んでくる。曲矢には珍しく正論だったので、アルバイト代を出すようにしたのだが、なかなか亜弓が受け取らなくて大変だった。

「よし、俺から渡しといてやる」

という曲矢の台詞は信用できないので、なんとか本人を説得した。

こっちが頼んで来てもらってるわけでもないのに。

ふと俊一郎は理不尽な思いに囚われたが、亜弓の存在が様々な助けになっているのは間違いない。

俊一郎は仕事柄、時には事務所を空ける。以前は僕に留守番を任せていたが、やはり心配だった。実際メタルという――俊一郎は「ぶくぶく猫」と命名したけど――近所の可愛げのない無愛想な猫が入りこんで、かなりの騒動になったこともある。

もし彼女が事務所に出入りしていたら……。

あんな猫と僕が仲良くなって、結果的に傷つくこともなかったのではないか、と俊一郎は思った。そういう反省もあったため、いつしか彼は亜弓を歓迎する気になっていたのかもしれない。

何よりも僕が、彼女に懐いてるからな。

正式な名前は「僕にゃん」だと、僕自身は主張しているが、俊一郎は普段「僕」としか呼ばない。子供のころなら分かるが、よい齢の大人が恥ずかしいだろう、というのが彼の理由である。

なのに今「僕にゃん」と口にしているのは、この遊びに僕がすっかり飽きているからだった。

「僕にゃん、どーれだ？」

俊一郎が猫なで声を出しても、ちょこんとテーブルの上に座った僕は、しらーっと顔をそむけている。

「同じ遊びみたいだけど、使ってるものが違うんだよ」

そう説明するのだが、僕には効果がない。

「紙コップとピンポン玉だったら、僕にゃんは耳がいいから、いつも当てられてしまう。だから今回、どちらも布にしたわけだ」

と力説しても、相変わらずそっぽを向いている。

「あれぇ、ひょっとして僕にゃん、分からないのかなぁ」

そこで俊一郎は作戦を変えたのだが、ちらっと僕は莫迦にしたような視線を彼に送っただけで、やっぱり明後日の方向に顔をそらしている。

「おーい、遊んでくれよー」

かように弦矢俊一郎探偵事務所が平和なのには、実はわけがある。

ダークマター研究所の事件――別名「九孔の罠」事件――が終わり、〈黒術師〉の右腕である〈黒衣の女〉の身柄を〈黒捜課〉が確保したあと、これまで連続していた怪事件がぴたっと止んだ。

それらの忌まわしい事件の背後には、常に黒術師がいた。個々の事件の犯人はちゃんと存在しており、その隠された正体を俊一郎は、死相学探偵として暴いてきた。しかし、そういった犯人に呪術殺人の異能を一時的に与えて、恐るべき連続殺人事件を起こさせていたのは、黒術師だった。つまり黒幕である。

思えば今から一年と四ヵ月ほど前に、俊一郎が上京して神保町の〈産土ビル〉に探偵事務所を開き、最初の依頼人となった内藤紗綾香の婚約者の実家である入谷家で遭遇した連続怪死事件――別名「十三の呪」事件――から、すでに黒術師の影は見え隠れしていたと言える。その後は彼が死相学探偵として、まるで活躍するのを待っていたかのように、黒術師が絡む凄惨な事件が増えていく。

この黒術師の正体は、未だに分かっていない。確かなのは人間なら誰もが持つ邪な念を増長させ、それを殺意にまで膨らませたうえで、犯人となるべき者に呪術的殺害方法を授け、連続殺人を起こさせる――という信じられない行為を、これまでに何度も繰り返している、その事実だけである。

わざわざ殺人事件の犯人を作り出して、その味方をして支援することに何の意味があるのか。という黒術師の動機に関しても、一切が不明だった。犯人として選ばれる人物にも、その者らが起こす個々の事件にも、まったく何の共通点もない。あえてあげれば、どの事件も猟奇的な連続殺人に発展していることだろうか。

一種の愉快犯と考えざるを得ない。

黒捜課の見解である。この課は警視庁内に置かれているが、対黒術師用に極秘裏に組織されたため、その存在は上層部しか知らない。捜査員たちは警視庁の各部署や各県警から集められたが、あくまでも一時的な部署変え、または出向の扱いになっている。とはいえ仕事内容に鑑(かんが)み、いずれも精鋭ぞろいだった。

そんなエリートたちの中で曲矢は、一人だけ見事に浮いていた。そもそも彼が黒捜課に呼ばれたのは、責任者の新恒(にいがき)警部が、俊一郎の力を欲したからである。彼が探偵として入谷家事件に関わったとき、曲矢は所轄署の刑事だった。そこから二人の腐れ縁がはじまったため、新恒警部は俊一郎との仲立ち役として、この曲矢に白羽の矢を立てたらしい。

他人の容姿に現れた死相が視(み)える。

俊一郎が幼いころから持つ能力である。奈良の杏羅(あんら)町に住む彼の祖母は、その世界でも有名な拝み屋だった。「愛染様(あいぜんさま)」と呼ばれて親しまれる彼女には、近所の子供から各界の権力者まで、かなり幅広い信者——ではなくファンがいる。相手の相談内容と事情によって、飴玉一個で手を打つこともあれば、法外な料金を吹っ掛ける場合もあって、なかなか食えない性格をしている。しかも歯に衣着せぬ物言いをするため、下手をすれば恨まれ兼ねないのだが、世代や業界に関係なく妙に人気がある。

この祖母の下で拝み屋の手伝いをしながら、俊一郎は一種の修行をした。他人の死相を視る異能――祖父は「死視」と名づけた――を、自分でコントロールできるように。

死視の力のせいで、彼は幼いころから疎外されてきた。「悪魔っ子」「化物」「死神」といじめられ、周囲に馴染めなかった。その反面、祖母の手伝いをすることで、通常の学校生活では得られない様々な体験と勉強ができた。今日の彼があるのも、そのお陰と言える。

ただし、一つの大きな問題が残った。他人とコミュニケーションをとるのが、いつまで経っても苦手なこと。祖母の手伝いをしている限り、彼は常に守られている。その状態を脱しないと、決して独り立ちはできない。

俊一郎の将来を心配した祖父は、彼が成人するのを待って、上京と独立を勧める。その結果、弦矢俊一郎探偵事務所が誕生することになった。しかしながら対人関係の問題を抱えたままの開業だったため、彼も色々と苦労した。

ちなみに祖父の弦矢駿作は、「読んだら確実に呪われる」と噂されるほど濃い作品を書く、一部に熱狂的な愛読者を持つ怪奇幻想作家である。だが、その噂は強ち嘘とも言い切れない。読者の誰も知らない恐るべき秘密が、実は祖父の小説には存在していたからだ。

祖父母の杏羅町の家の裏庭には塚があって、祖母が相談者から祓い落とした忌まわしいものが数多、そこには封じこめられていた。言わば強制的に塚の中に籠らされているわけだが、そのまま放っておくと臨界点に達するときが、間違いなく訪れる。そんな羽目になれば、長年にわたって溜まりに溜まった悪しきものたちが合わさり、新たな別の存在となって出現するかもしれない。そういう懼れが多分にあった。

そのため祖父は、祖母が祓った忌むべきものたちを題材に小説を書き、創作という架空の世界に閉じこめることで、二重の封印を目論んだのである。そういう意味では祖父も、立派な異能者ということになる。

この試みは成功したらしく、ある悍ましい出来事を除いて、これまで塚に不穏な動きはないという。

その出来事とは何か……。

祖父母は決して教えてくれない。ただ「そういう失敗が過去にあったんで、あの塚には不用意に近づいたらあかん」と厳しく躾けられた。

俊一郎の死視の力は、祖母の拝み屋としての絶大な能力が、おそらく異なる形で隔世遺伝したのだろう、というのが祖父の見立てだった。しかし、そう言う祖父の怪奇幻想作家としての異能も、きっと俊一郎は受け継いでいるに違いない。

そんな祖父に背中を押される恰好で、俊一郎は東京で探偵事務所を開いた。だが案の定、依頼人とコミュニケーションが上手くとれない。

祖母の顧客には警察の関係者も多く、黒捜課の責任者である新恒警部とも、上層部の紹介で知己を得ていた。よって俊一郎に協力を求めることに、何の難もないはずだった。しかし警部は、俊一郎のコミュニケーション障害に注目して、「ここは彼と親しい者を、間に立てたほうが良い」と判断した。そのため曲矢が選ばれたのだが、本人たちにとっては有難迷惑だったかもしれない。

こうして俊一郎は黒捜課の面々——新恒警部、曲矢主任、唯木捜査官、城崎捜査官など——と協力して、黒術師が絡む奇っ怪で難解な事件により深く関わるようになっていく。もちろん祖父母も、陰ながら彼を支えた。特に祖母は自身の能力と幅広い人脈を活かして、何度も彼を救ってきた。もっとも無料ではなく、ちゃっかり相談料や調査費をとられたわけだが——。

事件を解決するたびに、俊一郎のコミュ障は改善されていった。上京したばかりの彼からは考えられないほど、今では普通に他人と話せる。いや「ほぼ普通に」としておくべきか。とにかく事件が彼を否応なく成長させたわけだが、周囲の人たちのお陰であることも確かである。

そのお陰の一人ではなく一匹が、鯖虎猫の僕だった。祖父母の他には友だちもいなかった幼い俊一郎に寄り添い、ずっと側にいたのが僕である。だから俊一郎が上京したとき、すかさず僕もあとを追ってきた。彼は当初「僕からの独立」も考えていたため、心を鬼にして追い返そうとしたのだが、そのまま僕は当たり前のように探偵事務所に落ち着いてしまった。

とはいえ僕の存在に、これまで俊一郎がどれほど助けられたことか。それは彼の精神的な面に対してだけでなく、事件に関わる出来事にまで及んだ。まったく猫らしからぬ活躍から、「僕は化猫ではないのか」と本気で疑ったこともある。

あの祖父母の家で仔猫から育ったため、いつしか特殊な能力を得るようになったのかも……と、ようやく俊一郎も最近そう思えるようになった。

もっとも三つの布カップを前に、そっぽを向いている姿は、どう見てもただの猫にしか映らない。

「おいおい、ほんとに分からないとか」

なおも僕を煽ってみるが、知らん顔は変わらない。

「そっかぁ。当てたら、ご褒美があるのになぁ」

ぴくっと僕の両耳が反応した。

「それも美味しい、ご褒美だぞ」

……にゃ。

それは何だ？　という風に僕が少しだけ顔を向けたので、

「ささかまぁ～」

俊一郎が駄目押しをすると、完全に僕の姿勢が元に戻った。そうして小首をかしげながら、三つの布カップに視線を注いでいる。笹かまぼこは、僕の大好物である。

「ただし、三連続で当てたらな」

すかさず条件を加えたのに、僕は特に不満そうな様子もなく、ちょいちょいと前脚で右端の布カップを示した。

「これか。これでいいんだな？　変えるなら今のうちだぞ」

俊一郎が邪悪な笑みを浮かべながら、僕の動揺を誘うような言い方をしたが、
にゃ。

早く開けろとばかりに、鳴かれただけである。

「ほい！」

掛け声とともに布カップを持ち上げると、その下から布ボールが現れた。

「やるな。僕の勝ち」

うなーん。

僕が返したのは「当然だよ」という意味ではなく、「僕にゃんと呼べ」という抗議だったのだが、

「ささかま賭けて、二回目いくぞ」

そう俊一郎が言ったとたん、ひたっと両目は三つの布カップに向けられた。

「よーい、スタート！」

右端の布カップに布ボールを入れ、それを左端と入れ替え、さらに真ん中に持ってき

て、それから……と何度も行なっているうちに、どの布カップが当たりなのか、彼自身もすっかり分からなくなる。

「はい」

もう充分だろうというところで、両手の動きを止める。

「どーれだ？」

またしても僕が小首をかしげて、三つの布カップを見比べている。この様を目にすれば、いかにも迷っている風に思えるのだが、ちょいちょいと前脚で左端の布カップをつつく様子には、完全な自信が感じられる。

「ほんとに、これでいいのか」

にゃ。

同じやり取りをくり返したが、やっぱり僕の勝ちである。

しかし俊一郎は、どれだけ負けても満足だった。僕と無心に遊べる平穏な日々が、とても愛(いと)おしかったからだ。

黒術師の暗躍が急に止んだのは、かなり無気味だった。やつの右腕だった黒衣の女が黒捜課の手に落ちたから……という理由が考えられるものの、それほどのダメージを受けたとも思えない。しかも黒術師には、新たな右腕とも言える〈黒衣の少年〉がいるはずである。

「そうなると考えられるのは――」

ちょうど二週間前、俊一郎が黒捜課の捜査会議にオブザーバーとして呼ばれたとき、新恒警部が自身の解釈を述べた。

「黒術師が活動を停止しているのは、我々の出方をうかがっているため――という理由ですね」

「つまり黒捜課が、黒術師に関する情報を、どれだけ黒衣の女から引き出せたのか、それを確実に見極めるために、こちらが動くのをじっと待っている。そういうことでしょうか」

俊一郎が確認すると、教師ができの良い生徒に微笑むような眼差し（まなざ）しを、新恒は向けながらうなずいた。

「しかしな、あの黒術師にしては、えらく弱気じゃねぇか」

できの悪い生徒が優等生に絡むような口調で、曲矢が言った。

「俺もそう思うけど、これまでは黒術師に、少しのダメージも与えられていなかったわけだろ」

「まぁな」

「もしかすると黒衣の女の確保は、こちらの予想以上に、やつを動揺させたのかもしれない」

「黒術師が、そんなタマか」

「だからこそ、ダメージを受けたんだよ」

「おめぇは、相変わらず甘ちゃんだな」

「曲矢刑事は、相変わらずひねくれてるけど」

「何だとぉ」

二人で会話をすると、たいてい荒れてしまう。それを新恒もよく理解しているらしく、まったく何事もなかったかのように、

「先ほどの解釈は、見方を少し変えるだけで意味が違ってきます。我々の出方をうかがっているのは、黒術師がダメージを受けているからではなく、黒捜課の能力を冷静に見極めるためではないか——とね」

「そっちのほうが、まだあり得るな」

相変わらず曲矢の口調はぞんざいだったが、さすがに相手が新恒警部になると、喧嘩腰の雰囲気はなくなる。

「黒術師の居所に関しては……」

俊一郎が遠慮がちに尋ねたのは、それを突き止めるために、黒捜課が全力をあげて取り組んでいることを、彼もよく分かっていたからだ。

「残念ながら、まだです」

新恒が悲痛な面持ちで答えた。

「とはいえ手がかりは、かなり集まっています。ダークマター研究所のみなさんにご協力いただき、黒衣の女から情報を得ることも、継続して行なっているので、今回は期待

できると思います」

前回の事件の舞台となったダークマター研究所には、透視、予知、精神感応、幻視、読心という特殊な能力を持つ者たちがいた。そのため黒捜課は、黙秘を続ける黒衣の女に対して、それらの異能を活かした事情聴取が行なえるように、研究所に協力を求めたのである。

「もっとも得た情報を、どのように分析して、いかなる推理を導き出すのか。それには弦矢君のような、名探偵の力が必要になってきます」

そう新恒警部に言われてから、すでに二週間が経っている。その間、特に連絡もない。分析するのに充分なほどの情報が、まだ得られていない証拠だろうか。

この平穏な状態が、しばらく続くのもいいか。

僕が三回目も難なく当てて、「ささかま、くれー」と鳴く声を聞きながら、そんな風に俊一郎は思った。

うにゃー、にゃー。

早く食べさせろ、と急かす僕に微笑みそうになりつつ、わざと俊一郎は真面目な顔を作ると、

「分かった、約束は守る。でもな、ここで止めたら普通のささかまだけど、さらに三回勝負に挑んで見事に勝利した場合、高級ささかまが用意されています。さて、僕にゃんは、次のステージに進みますか」

僕は小首をかしげて、真ん丸い目で俊一郎を見詰めている。

嘘はついてないけど、何か裏がある？

とでも訊きたそうな様子である。その真剣な姿が、また同時に可愛らしくて、彼は思わず含み笑いをしてしまった。

「大丈夫だよ。うちの冷蔵庫には、ちゃんと高級ささかまが入ってるから」

ぐるるぅぅぅ。

勝負を受けて立つと、僕が高らかに宣言したのと、

こん、こんっ。

事務所の扉がノックされたのが、ほぼ同時だった。

「はい、どうぞ」

依頼人が訪れる予定はなかったが、立派な紹介状を持つ場合でも事前の連絡はせずに、いきなり訪ねてくる者は多い。死相学探偵なる相手に相談すると思うと、どうしても直前までためらいを覚えるのだろうか。

「扉は開いてますから、どうぞ」

だからノックの音が聞こえれば、できるだけ気楽な声を出すように、俊一郎は心がけている。事務所を開いた当初は、せいぜい「はい」と返事するだけだった状態を考えると、本当に成長したものである。

ソファから立ち上がって衝立を回り、相手を迎える姿勢を示した点にも、それがうか

がえる。以前なら机の向こうの椅子に座ったまま、横柄に依頼人を迎え入れていたのだから……。

「お邪魔します」

扉を開けて入ってきたのは、年齢の割に若く見える男性だった。白髪が交じっていることから、少なくとも四十代の後半のようなのだが、かすかな笑みを浮かべている顔には、いまだに少年の面影が感じられる。非常にラフな恰好も様になっている、なんとも不思議な人である。

「ご依頼ですか」

俊一郎の問いかけに、さらに彼は笑みを深めると、

「ぜひ君に、僕も視てもらいたい。とはいえ視てもらって、死相が出ていると言われたら、それはそれで困るけどね」

死相学探偵である弦矢俊一郎を目の前にして、とにかくうれしくて仕方ない、という気持ちが伝わってくる。

……だ、誰なんだ？

さすがに少し薄気味悪くなった俊一郎は、

「あの、失礼ですが……」

相手が何者なのか、それを確かめようとしたところ、

「あっ、申しわけない」

恥ずかしそうな照れ笑いを男は浮かべつつ、

「噂の君に会えたので、年甲斐もなく舞い上がってしまって——。失礼した」

そう言って一礼してから、改めて名乗った。

「飛鳥信一郎といいます」

二　意外な訪問者

俊一郎の反応は、一拍どころか三拍は遅れた。その名前に聞き覚えがなかったからではない。昔からよく知っているのに、目の前の人物がそうだとは、とっさに脳が認められなかったせいである。

「あ、あの……」

それでも彼は、どうにか声を出していた。

「朱雀地方の夏祭りの見世物小屋に於ける赤ん坊消失事件や、茄叉兎の学生下宿で発生した学生毒殺事件、奥白庄の岩壁荘で起きた高校生鏖殺事件、それに鯱予鑼諸島の狗鼻島で発見された五つの生首事件など、数々の奇っ怪な事件を非公式ながらも解決に導いた有名な素人探偵の、飛鳥信一郎さん……ですか」

「決して有名ではないけど、そうです」

「いいえ、警察関係者の中では、一種の伝説になっています」

信一郎は大笑いしながら、

「なんか一気に、歳をとった気がするなぁ」

「そ、そういう意味では……」

焦る俊一郎を、信一郎は楽しそうに眺めつつ、

「警察関係者の中で有名なのは、完全に君のほうだよ」

「まさか……」

「僕は素人探偵だけど、君は立派なプロの探偵だからね」

「と、とんでもない」

にゃー。

そのとき僕がソファの背もたれの上から、「いつまで立ち話をしてるんだ」と声をあげた。

「あっ、失礼しました。どうぞ」

俊一郎が応接セットへ案内すると、

「君が可愛くて賢い、死相学探偵の助手の僕にゃんか」

僕を見て信一郎がそう言ったので、とても驚いた。

「ご存じなんですか」

「僕にゃんも、もちろん有名だよ」

その瞬間、僕がなんとも得意げな顔をしながら、ちらっと俊一郎を見やった。

「実際に会ってみると、本当に可愛くて賢そうだと分かる」

信一郎がソファに座るのを待って、僕が当たり前のように膝（ひざ）の上に載って、ごろごろっと喉（のど）を鳴らしはじめた。

「すぐ調子に乗るので、そのへんで止めておいて下さい」

にゃ、にゃ、にゃー。

すかさず僕が怒りの声をあげるが、俊一郎は知らんぷりである。

「いらっしゃいませ」

そこへ亜弓が、盆に珈琲（コーヒー）カップを載せて出てきた。

「えっ……いたのか」

驚く俊一郎に、

「ちゃんと挨拶（あいさつ）して入ったのに、僕にゃんとの遊びに夢中で、まったく気づかなかったんですよ」

彼女は呆（あき）れたような顔をして——でも信一郎には微笑みながら——テーブルに珈琲カップを置いた。

「僕にゃんは、ミルクにする？」

にゃ。

あとで、と僕が答えたので、亜弓は一礼して奥へと引っこんだ。彼女も事務所への出入りが長くなるにつれ、僕の「言葉」が分かるようになっている。

「君の奥さん？」

飲みかけの珈琲を吹き出してから、俊一郎は亜弓の「立場」を説明した。

「お兄さん想いの、偉い妹さんだね」

「それは否定しませんが、うちの事務所を図書館の自習室代わりに、ちゃっかり使ってるのも事実です」

「持ちつ持たれつってわけか」

そんな風に言われると違うような気もするが、これ以上の説明は面倒なので、俊一郎は黙っている。

しばらく二人は、世界中の奇怪な未解決事件について、それは熱心に話し合った。今までに出ている「真相」を検討したあと、互いが自らの推理を披露して、さらに議論を深める。あまりにも熱中し過ぎて、構ってもらえなくなった僕が奥へ行ってしまったことにも、まったく気づかない有様だった。

「あれ……」

推理合戦が一段落ついたところで、俊一郎は肝心なことを思い出した。

「そう言えばご訪問の理由を、まだ伺っていないような……」

「えっ？」

　すると信一郎が、びっくりしたような顔をした。

「何も知らされてないのか」

「はっ？」

「おいおい、まさか――」

　そこにノックの音が聞こえた。

「おそらく僕と同じ、お客さんだよ」

　信一郎の意味深長な物言いに、俊一郎は首をかしげながらも、

「はい、どうぞ」

　返事をしながら立ち上がって再び衝立を回り、客を出迎える準備をした。

「失礼します」

　開いた扉の先にいたのは、三十代前半くらいの男性だった。きちんとジャケットを着こんでいるため、最初は勤め人に見えたものの、すぐさま違うと俊一郎は察した。

　……な、何者だ？

　目の前の人物に、どこか飛鳥信一郎と同じ匂いを嗅ぎとった彼は、急に胸がどきどきしてきた。

「少し遅れましたか。だったら申しわけない」

「い、いえ……」

　まったくわけが分からなかったが、ここは話を合わせるしかない。

「あの、それで――」

俊一郎が好奇心をいっぱいにしながら尋ねると、

「速水晃一と申します」

相手は普通に名乗ったのだが、それは飛鳥信一郎の名前を耳にしたときと同じ現象を、ただちに俊一郎にもたらした。

よく知ってるはずなのに、とっさに思い出せない。

なんとなく気まずい間が流れて、その正体を仕方なく当人に、俊一郎が尋ねそうになったときである。

「だーるまさんが、こーろんだぁ」

ふいに衝立の向こうから、信一郎の歌声が聞こえてきた。

「ああっ！」

その歌詞が耳朶を打ったとたん、俊一郎は小さく叫んでいた。

「あ、あなたは、摩館市で発生した、あの『誰魔連続殺人事件』を解決に導いた、ホラーミステリ作家の速水晃一先生……ですよね」

「先生は、止めて下さい」

そう言いながら晃一は、衝立の向こうを指差して、

「あちらにいる方こそ、先生と呼ばれるべきでしょう」

「えっ……、お知り合いですか」

戸惑う俊一郎をよそに、

「久しぶりだね」

「ご無沙汰(ぶさた)しています」

衝立の向こうから出てきた信一郎と、扉から事務所内に入った晃一とが、互いに挨拶をはじめた。

「最新作の『怖いはずだよ、あれが来るんだから』は、本当に怖くて面白かった」

「ありがとうございます。飛鳥さんが独自に編まれた『欧米怪奇小説偏愛集』は、さすがに見事な選集で、とても勉強になりました」

「君に褒められると、かなりの励みになるよ」

「こちらこそ」

そこで信一郎が、戸惑う俊一郎を見やりながら、

「僕は翻訳者でもあるから、速水さんとは文学賞のパーティで、よくお会いしてるんだ。そこでは死相学探偵の話も、もちろん出るよ」

「だからお会いできて、本当にうれしい」

そんなことを二人に言われて、すっかり俊一郎が照れてしまったので、信一郎が促す形で、三人はソファへと移動した。

「こういう表現は不謹慎だけど――」

晃一が少し困った顔で、

「あの誰魔事件が終焉を迎えたとき、ちょうど六蠱による猟奇連続殺人事件が起きたお陰で、世間とマスコミの目が、いっせいにそっちへ向けられた。それで助かったところもあって――。あなたにお礼を言うのも変だけど、お会いできたときには、ぜひお話ししたいと思ってました」

「そうでしたか」

俊一郎に礼を述べるのは確かに可怪しかったが、晃一の言わんとしていることは理解できる。

「別名『だれまさんがころした殺人事件』か。恐ろしくも悲しい事件だったな」

この信一郎の呟きが切っかけとなり、三人が関わった各事件の秘話を、それぞれが打ち明けはじめた。

そうなると、いったい二人は何のために事務所を訪れたのか、と気になりながらも俊一郎は、もう夢中になってしまった。特に未解決のままの『迷宮草子』殺人事件」と「かぼちゃ男殺人事件」が話題となったときは、彼は興奮のあまり身体が震え出したほどである。

二つの迷宮入り事件を巡って、三人の間で丁々発止の推理合戦が、まさに繰り広げられようとしていたとき。

ノックの音がしたと思ったら、俊一郎が返事をする暇もなく、ずかずかと一人の男が衝立を回りこんで入ってきた。

「待たせたな、星影企画だ」

しかも、いきなり見得を切るような恰好で、そう名乗った。

二十代の後半くらいだろうか。Tシャツに膝上のショートパンツという姿が、妙に似合っていない。そのTシャツにプリントされているのは、イタリアの映画監督ミケーレ・ソアヴィが撮ったホラー映画「アクエリアス」に出てくる、梟の被り物をした殺人鬼である。

俊一郎たち三人は、ぽかんとして星影という男を眺めるばかりだったが、当人はやたら高いテンションで、

「名探偵の勢ぞろいってわけか」

独りではしゃいでいる。

「あの、どちら様ですか」

俊一郎が尋ねると、彼はむっとした表情で、

「だから星影企画だって、ちゃんと名乗ったろ」

「はぁ」

と応えつつ俊一郎は、まず信一郎を見てから、晃一に目をやった。しかし二人とも心当たりはないのか、かすかに首をふっている。

「いやいや、可怪しいだろ」

それまでの自信満々の様子から一転、星影が急に焦り出した。

「ほら、星影だよ。星影企画」

三人はしばらく考えていたが、もっとも不審そうに相手を見詰めていた信一郎が、

「……あぁ」

思い当ったような声をあげた。

「おおっ、さすが飛鳥信一郎だ。俺のこと、分かるよね」

「弦矢駿作先生の作品が入っていないのが謎だった、『恐怖の饗応（きょうおう）　知られざる傑作怪奇短篇集』を企画したフリー編集者だ」

「うん、まあ、確かに、あの傑作アンソロジーは、俺の企画編集だけど……」

その本は俊一郎も所有していた。それだけでなく大面（おおつら）家の遺言状連続殺人事件――別名「十二の贄（にえ）」事件――のときに、ある事実を確認するために書棚から取り出した覚えがある。

ただし当の星影は、かなり不満そうな様子で、三人を睨（ね）めつけている。

「あぁ、あの本ですか」

そんな彼とは対照的に、晃一は明るい声で、

「幾守寿多郎（いくもりじゅたろう）『死んで川を渡る』や天山天雲（てんざんてんうん）『路地奥の家』が入ってる――」

それに続けて俊一郎も、

「伊乃木彌勒（いのきみろく）『三角恐怖』と佐古荘介（さこそうすけ）『二階にいる何か』も収録されていて、ちょっと驚きました」

さらに信一郎が、

「そして何と言っても、畸形鬼欠『妄執の筆』と宵之宮累の絶筆『忌避温泉』が録られている。なかなか画期的なアンソロジーだった」

いったんは認めて締めくくったものの、すぐさま異を唱える口調で、

「にもかかわらず弦矢駿作先生が入っていないのは、どうにも解せないと思っていたんだが、良い機会なので教えて欲しい」

「私も知りたいです」

「俺は身内だから、余計に知っておきたい」

三人に詰め寄られ、星影はたじたじになりながら、

「あ、あのセンセは、おっかないんだよ」

信一郎が納得したように、

「確かに先生の怪奇短篇は、恐ろし過ぎるな」

「いや、そうじゃなくて――」

代わって晃一が、

「近寄りがたい雰囲気があって、怖そうに見えるってことですか」

「そうそう、やっぱり元編集者だ。よく分かってる」

すると俊一郎が、

「祖父は気難し屋だけど、ああいうアンソロジーには理解があって、掲載を断るような

ことは、まずないはずなんだけど」

四人の間に、どことなく気まずい空気が流れたあとで、

「ひょっとして君は、最初から先生を怖がってしまい、そもそも掲載依頼をしなかった……とか」

信一郎の指摘が図星であることは、星影の表情を見れば一目瞭然だった。

「それは編集者として、良くないと思います」

晃一が駄目出しをすると、

「あのアンソロジーの企画なら、きっと祖父も喜んで協力したのに」

それに俊一郎も続いた。

「代わりに宵之宮累の作品を入れたのは、お手柄ではあるけどね」

信一郎が一応フォローするように、

「彼の絶筆は、『小説野性時代』に掲載された。あのままだったら、後世の読者の目には、なかなか触れなかったと思う。ああして収録できたことは、やっぱり喜ばしいことだよ」

そう言ったにもかかわらず、

「本の話は、もういい。肝心なのは、俺が何者かってことだ」

星影は元の不遜さを取り戻したような、そんな態度をとった。

「何者って……星影企画さんでしょ」

「フリー編集者ですよね」

「つけ加えるとしたら、無礼者かな」

信一郎と晃一と俊一郎が順に応えると、

「いやいや、ほら、ここにいる三人と同じ、そういう属性があるだろ」

「はて？」

「何でしょう？」

「さっぱり分からん」

しかしながら三人の反応に、まったく変わりはない。

「あのなー。分かった、ヒントをやる」

星影は傲慢（ごうまん）な口調で、

「火照陽之助（ひでりようのすけ）だ」

俊一郎は考えこんでしまったが、まず信一郎が、次いで晃一が分かったらしい。

「あれだ。『拷問刑具虐殺館十三磔刑（たっけい）連続猟奇殺人事件』の著者だ」

「よくタイトルを覚えてますね。私が記憶してるのは、『悪魔死村の皆殺し』くらいでしょうか」

「いや僕も、他はうろ覚えなんだ。『小人の剣の何とか』とか『首森の何とかの井戸』とか」

二人のやり取りを聞いていて、ようやく俊一郎も思い出した。

「まったく文才のない大金持ちの、自費出版マニアですか」

「うん。読んでると、本当に頭が可怪しくなりそうな文章を書く」

「飛鳥さん、ちゃんと読んだんですか」

「全部ではないけど、二、三冊は……」

「私は、とても読了できませんでした」

「それが普通の反応だと思うよ。けど、ちょっと中毒性があってね」

この二人の会話に、俊一郎は引きこまれた。

「そう言われると、一作くらいは読みたい気になります」

「止めといたほうが――」

晃一が忠告しようとしたが、星影にさえぎられた。

「火照のクソ作品の話をしろって、誰が言った？」

「君じゃないのか」

信一郎が当然のように返すと、

「違うよ。あいつの屋敷で起きた、ほら事件があっただろ」

腹を立てながらも、同時に訴えるような様子を見せた。

「火照邸の広大な庭の地下に造られた、迷路のような核シェルターで発生した連続密室殺人事件のことかな」

「あぁ、やっぱり飛鳥信一郎だ」

星影は喜びを露にしつつも、またしても不遜な態度で、

「あのシェルターを舞台に、奇っ怪にして不可思議な事件が起きたわけだが、それを俺は名探偵として――」

しかし晃一が、すかさず突っこんだ。

「あの事件は結局、真相が有耶無耶になりませんでしたか」

「そうだな。解決したような、未解決のままのような……」

「探偵役を務めたのも、別の人物だったと記憶しているのですが……」

とたんに星影は、ばつが悪そうな顔をしたが、

「だったら俺がここに、名探偵として呼ばれるわけがない」

これまでの失点を挽回するかのように、そう断言した。

「わざわざ招かれたのは、誰にも解けない謎を――」

しかし、続けて何か口にしようとしたものの、

「最近の謎と言えば、関東圏の病院の霊安室から、何体もの遺体が消え続けている事件があったな」

「ネクロフィリアのためではないか、という疑いも出た事件ですね」

「うん。ネクロマンサー犯人説まで出たらしい」

という信一郎と晃一の新たな会話に、完全に消されてしまった。

ちなみにネクロフィリアとは死姦を含む死体愛好のことであり、ネクロマンサーは死

者や死霊を操る術者のことである。

「あの、ちょっといいですか」

ここで俊一郎は最初に覚えた疑問を、ようやく発することができた。

「そもそもみなさんは、どうしてここにいるんです？」

すると飛鳥信一郎、速水晃一、星影企画の三人が、かなり戸惑った表情を俊一郎に向けながら、

「あの刑事の口調には、どこか胡散臭さを感じたんだが……」

「飛鳥さんもそうですか。私も同じ心配を覚えました」

「やっぱりな。信用できないやつだって、俺は分かってたんだ」

それぞれが口々に喋り出した。

「ちょっと、待ってください」

その中で俊一郎が引っかかったのは、もちろん「刑事」という言葉である。

「もしかするとみなさんは、曲矢という刑事に呼ばれて、今日うちの事務所に来られたんですか」

「電話をもらってね」

信一郎が代表する恰好で応じた。

「まず『黒術師を知っているか』と訊かれた。『警察関係の知人から仕入れた知識くらいなら』と答えると、『やつの居所を突き止めるため、ぜひ協力して欲しい』と頼まれ

た。『この電話で詳細は言えないが、やつに関する情報が充分に集まっている。ここからは情報を分析して推理できる能力を持つ、探偵が必要になる』と言われた。『他に誰が協力するのか』と尋ねると、『ホラーミステリ作家の速水晃一と、死相学探偵の弦矢俊一郎だ』と教えられた」

「お、俺は？」

星影が自分を指差したものの、信一郎の無表情な顔を見て、何も言わずに視線をそらした。

「速水晃一さんとは、先ほども説明したように顔見知りだけど、捜査でごいっしょできるならうれしい。しかも死相学探偵の弦矢俊一郎君にも会えるんだから、二つ返事で承諾した」

「俺にも会えて、もっと良かったわけだ」

すかさず星影が口を挟んだものの、特に否定をしなかったのが、信一郎の優しさなのだろうと、俊一郎は思うことにした。

「私にかかって来た電話も、ほぼ同じでした」

あとを晃一が受けたところで、

「俺の場合も、まぁ同じだな」

星影も続けたのだが、あとの三人は無反応である。

「もっとも俺のときは刑事の口から、招きたい名探偵の一人として、あの御大の名前が出たけどな」

ただし、そうつけ加えたとたん、

「えっ……せ、先生も、お見えになるのか」

「まさか、お会いできるとは……」

信一郎と晃一の様子が急変したので、俊一郎も好奇心を刺激された。

「どなたのことです？」

だが二人とも、まったく上の空である。

「でも先生は、相変わらず民俗採訪をなさってるだろうから……」

「そうですよね。お歳に関係なく、精力的に地方へ行かれてることを考えると……」

この二人の言葉から、俊一郎にも名探偵の正体の察しがついて、彼も大いに興奮してしまった。

「う、うちの事務所に、あの、先生が……」

しかしながら星影の意地悪そうな声が、そこで聞こえた。

「いやいや、だから無理だって、俺から刑事に説明しといた。第一あの御大だと、推理が二転三転どころか、それこそ七転八倒するだろ」

すぐさま信一郎と晃一が意気消沈して、それに俊一郎も加わった。

「そうか……」

「残念です」

「なーんだ」

もっとも星影の、その後の台詞を耳にして、三人の表情が一変した。

「第一あのセンセは、もうかなりの歳だろ。とっくに逝ってるかもしれんって、刑事には言って……」

尻切れ蜻蛉で終わったのは、あまりにも鋭い三つの視線に射すくめられていると、遅まきながら星影が気づいたせいである。

だが俊一郎の腹立ちは、すぐさま心配事に取って代わった。この三人は曲矢の電話によって、彼の事務所を訪ねてきたと判明したからだ。

「申しわけありません」

どうして自分が謝らなければならないのか、という理不尽な怒りを覚えながらも、とりあえず俊一郎は頭を下げた。この対応だけ見ても、彼の成長ぶりが非常によく分かる。あの曲矢の代わりに、何しろ謝っているのだから。

「あの刑事さんから、まったく話を聞いていなかったわけだ」

信一郎が同情するように応じて、

「だったら気にすることありませんよ」

晃一もフォローをしてくれたのだが、

「俺に会えたんだから、まぁ良しとしよう」

相変わらずの星影の物言いに、俊一郎はかちんときた。

「あのな――」

しかし彼が突っかかる前に、

「おいおい、大変だぞ」

当の曲矢刑事が、例によってノックもせぬまま、ずかずかと事務所に入ってきた。

三　黒術師を捜せ！

「何だ？　依頼人か。それも三人、豪勢だな」

飛鳥信一郎たちを目にした曲矢の第一声が、これである。

「いや、違うだろ。この人たちは、曲矢刑事が――」

急いで俊一郎は、相手に思い出させようとしたのだが、

「それどころじゃねぇぞ。仕事なんか、あと回しだ」

ただならぬ刑事の様子に、思わず訊いていた。

「まさか、また黒術師が……」

「はぁ？　何を言ってんだ、お前は――」

しかし曲矢は、莫迦(ばか)にしたように返すと、

「僕にゃんのことに、決まってんだろ」

「何ぃ？」

とたんに俊一郎が、不審そうな顔になった。

曲矢は猫嫌いのくせに、僕にだけは萌えを覚える、という厄介な性格をしている。この屈折した心理が過大な愛情となって、いつしか僕に向けられるようになったのだが、その被害を受けるのは、ほぼ俊一郎だった。

「僕なら――」

と信一郎の膝の上を見たが、そこにはいない。ソファの上も同様である。目につく範囲では、事務所内のどこにも見当たらない。

「ずっと事件の話ばかりしていたからか、ぷいっと途中で奥へ行ってしまったよ」

信一郎に言われて、今は亜弓といっしょらしいと分かったが、彼女が来ていることを知らせると曲矢が騒ぎそうなので、俊一郎はふれずに、

「で、僕がどうした？」

「僕ちゃんは、何猫だ？」

ところが曲矢から、逆に訊かれた。

「可愛くて、賢い猫」

「そんなこたぁ、よーく分かってるだろ。そうじゃなくて、何という種類の猫かってことだよ」

「鯖虎猫じゃないか」

するとと曲矢が黙ったまま、しばらくスマートフォンを操作してから、その画面を俊一郎に向けて見せた。

……あれ？

そこに映っている写真の猫を目にして、彼は妙な気持ちになった。決して猫の種類に詳しいわけではないが、何かが異なっている。

どこか僕とは違うような……。

曲矢が指で画面を操作して、さらに何枚もの鯖虎猫の写真を見せてくる。

「どうだ？」

「この写真の猫たちは、すべて鯖虎なのか」

「ああ、間違いない。こいつは特に全身が拝めるように、あらゆる角度から撮られてるから、よーく見ろ」

曲矢の言う通り、その猫の写真は何枚もあって、本当に全身が写されている。

「……けど、僕とは少し違うぞ」

「どこが？」

「だって僕には、毛色の白いところがあるのに、この猫たちには少しもない」

それを改めて認識したのは、摩館市の無辺館無差別猟奇殺人事件――別名「五骨の刃」事件――のときである。

あの事件では四歳の美羽という女の子が入院して、彼女から俊一郎は事情を聞く必要があった。だが、そんな幼い子の相手を、彼にできるわけがない。困っていると僕としか思えない猫が現れて、たちまち美羽をリラックスさせてしまった。彼女の両腕の中で、くるんっと裏返って白いお腹を見せ、なでてくれと甘えてせがむ――そんな僕の姿を、今でも俊一郎はよく覚えている。

「だ、か、ら――」

今から重大な発表をするぞ、と言わんばかりの口調で、

「僕にゃんは、鯖虎猫じゃねぇんだ」

とんでもない指摘を曲矢が口にした。

「……まさか」

「正確には、縮めて鯖白とも呼ばれる、鯖虎白ってやつだ」

「なんだ、それくらいなら――」

「と言うがな、お前は一度でも僕にゃんを、鯖白だと認めたことがあるか」

「……いや、ない」

「それって変じゃねぇか」

「だって祖母ちゃんが――」

まだ俊一郎が幼く、僕も仔猫で祖父に「俊太」と名づけられていたとき、祖母が「この子は鯖虎猫や」と教えてくれた。

そう曲矢に説明したあとで、

「鯖白も鯖虎猫なんだから、別に間違ってはないだろ」

「けどな、一回も鯖白って思ったことがねぇのは、やっぱり可怪しいだろ」

二人がやり合っている側で、残りの三人は気まずそうに沈黙を守っていたが、やがて信一郎が遠慮がちながらも毅然と、

「部外者が口をはさんで、誠に申しわけないが――」

そう言いながら曲矢のほうを向いて、

「あなたが、黒捜課の曲矢刑事ですね」

「ああ、そうだ」

「だったら我々が、ここに来た用件について、そろそろ話を進めたほうが良いのではないかな」

とたんに曲矢が、素っ頓狂な声をあげた。

「あぁ、あんたらは捜査協力を要請した、あの探偵さんたちか」

「うちの事務所が、なんで待ち合わせ場所になる？」

すかさず俊一郎が抗議したものの、

「お前も連れてくんだから、一石二鳥じゃねぇか」

あっさりと刑事は答えてから、

「えーっと、あなたが素人探偵の飛鳥信一郎さんか。で、そちらが作家探偵の速水晃一

さん――」

　三人を順々に見ていったが、星影のところで止まると、

「誰だ、お前？」

「ほ、星影、企画だ」

「有限会社みたいな名だなぁ」

「うるさい、ほっとけ」

「何だとぉ」

　曲矢にすごまれ、たちまち星影は口を閉じて視線をそらせた。

「自分で呼んでおいて、そういう態度はないだろ」

　俊一郎は仕方なく、曲矢に注意した。正直この星影という人物には、少しの好意も感じなかったが、捜査協力を要請している以上、そう邪険にもできない。

「ええっ、呼んだかぁ」

　しきりに首をかしげる曲矢に、

「で、電話してきた。絶対に間違いない」

　星影が強く主張するものの、いま一つ信用できない気もする。ただ、それを言うなら曲矢も同じである。

　俊一郎も信一郎も晃一も、この件については少しも議論することなく、曲矢と星影のどちらを信じるべきかを決めるのは、はなから不毛であるという結論を、即座に共有し

ていた。

「無駄な会話は止めて、とっとと行くぞ」

曲矢に促されて、俊一郎は出かける準備をするために、すぐさま奥へ消えた。

「お、俺は？」

なおも食い下がる星影に、

「素人は、いらねぇ」

曲矢が冷たく応じる。

「そんなこと言ったら、飛鳥信一郎も素人探偵だろ」

「この人にはな、立派な実績がいくつもある」

「俺だって――」

「どんな事件を、ちゃんと本当に解決した？」

ぐっ……と星影は言葉に詰まったまま、しばらく思い詰めた顔をしていたが、

「黒術師のことなら、何でも知ってる」

「ほうっ、例えばどんなことだ？」

莫迦（ばか）にした曲矢の物言いだったが、そこから水を得た魚のように、星影が黒術師に関するあれこれを話し出すと、刑事の表情が少し変わった。

そんな星影の喋（しゃべ）りを、準備を終えて戻ってきた俊一郎も、とりあえず聞いていたのだが、そのうち彼を見直しはじめた。ソファに座ったままの信一郎と晃一の二人も、どう

やら同じように感じたらしい。

最初はまったく期待していなかったが——実際ネットで拾ってきたような情報ばかりだったが——少なくとも黒術師に関して非常に詳しいことは、ほぼ間違いないと分かった。その中には眉唾の話もあったものの、曲矢や俊一郎が「何ぃぃ」と思わず食いつくほどの内容も、ちらほら含まれていた。

「よし、お前も来い」

あっさりと曲矢が認めたので、

「新恒警部に相談しなくて、いいのか」

俊一郎は一応たしなめたものの、この男は使えるかもしれないと、彼自身も星影に対する認識を新たにしていた。

「黒術師の捜査に、わずかでも役立つかもしれん者なら、こんなやつでも集めとくってのが、今回の黒捜課の方針だ」

「こ、こんなやつ……って」

「そうか。だったら、いいけど」

「失礼だろ」

「枯れ木も山の賑わいだ」

「おい！」

「この場合その諺を使うとしたら、それは彼のほうであって、曲矢刑事が口にするのは変だぞ」

「俺が自分で、そ、そんなこと言うか！」

腹を立てまくっている星影をよそに、曲矢と俊一郎の会話が進んで、この件にはケリがついた。

「ちょっと話がある」

曲矢に呼ばれて、俊一郎は廊下へ出た。

「何だよ、改まって」

「あの三人には、聞かせられないからな」

「どうした？」

「城崎の様子が、最近どうも可怪しい」

黒捜課の若い捜査官で、主任である曲矢の部下に当たる。

二十代後半の唯木よりも年下ながら、彼女が少し堅苦しいほど警察官らしいのに比べて、彼はどこか無頼漢じみた雰囲気を持っていた。そのうえ刑事の素質を疑われそうな曲矢の言動を、どうやら苦々しく思っている節が感じられて、前から俊一郎は心配していた。

もっとも曲矢の若いころを見るような気もして、放っておいても大丈夫か、という見方もしている。それに城崎が反感を覚えているのは、何も上司の曲矢だけとは限らない。死相学探偵である俊一郎にも、こんな頼りなさそうなやつに、黒術師の捜査を任せられるのか、という思いを抱いていそうである。さすがに仄めかされたことは一度もないが、そういう感情は何となく悟れてしまう。

「曲矢刑事に対してか」

だから思わず、そう訊いたのだが、

「いや、黒捜課の誰かに対して――っていうんじゃねぇ」

「だとしたら、どんな風に変なんだ？」

「それとなく周囲を気にしてるような……」

「いつごろから？」

「十九日あたりだな」

「何かを探ってるみたい……な？」

「あぁ、そうだな」

曲矢は相槌を打ったあとで、

「お前、まさか心当たりがあるとか、言い出すんじゃねぇだろうな」

「いいや。ただ……」

「何だ？」

「こういう時期だからな。用心するに越したことはない」

俊一郎の指摘に、曲矢は顔を強張らせながら、

「新恒にも言っとくか」

いったん二人は事務所に戻ったあと、今度は五人で産土ビルから出て、駐車場へ向かった。

「お前は、電車で行くか」

そこで曲矢が突然、そう口にしたのだが、もちろん相手は星影である。

「な、何でだよ？」

「後ろに三人は、きついだろ」

こういう場合、助手席に乗るのは俊一郎だろう。そうなると信一郎と晃一に、かなり窮屈な思いをさせる羽目になる。曲矢にしては意外にも、そういう気が回ったらしい。いや、というよりも星影に対する、ただの嫌がらせか。そっちのほうが曲矢らしくて正解かもしれない。

とはいえ俊一郎も、さすがに星影が気の毒になった。あとの二人も同じ気持ちを覚えたのか、五人で乗ることにした。

運転手は曲矢、助手席に信一郎、後部席の奥から晃一、星影、俊一郎の順である。

「なんで俺が、真ん中なんだよ」

星影は文句を言ったが、誰も相手にしない。

車が走り出すと、信一郎が黒術師に関する質問を、あれこれと曲矢にし出した。それに晃一と星影も加わり、たちまち車内は騒がしくなる。

しかし、当の曲矢は「あぁ」とか「まぁな」とかしか言わない。それらの問いかけに答えたのは、ほとんど俊一郎だった。

「おいおい、ほんとに黒捜課の刑事かよ」

星影は囁き程度のつもりだったのだろうが、まるで図ったように他の三人が口を閉じたため、はっきりと車内に響いた。

「てめぇは、首都高で放り出す」

ただの脅しではなく、曲矢なら実際やるだろう。それが俊一郎には分かるだけに、嫌々ながらも二人の仲裁をした。

警視庁の某所に設けられた黒捜課に着くと、そのまま会議室に通された。すぐに新恒警部が現れ、まず飛鳥信一郎と速水晃一を歓待したあと、俊一郎に近状を尋ねた。それから曲矢が、「こいつは勝手についてきた」と言った星影企画に対しても、彼は愛想よく接した。

その新恒が退室するのと入れ替わるように、唯木と城崎の二人が入室して、人数分のノートパソコン、数十冊のファイル、クリップで留められた紙片の資料などを机の上に並べていく。

それとなく俊一郎は、城崎を観察した。すると曲矢が言っていたように、やや周りを気にしている風に映った。あたかも盗み見るかのごとく。ただし何に対してなのかは、さっぱり分からない。

トイレに立った信一郎と新恒がいっしょに戻ったところで、捜査会議がはじまった。

参加者は黒捜課から新恒警部、曲矢主任、唯木捜査官、城崎捜査官の四人、それに探偵役として飛鳥信一郎、速水晃一、弦矢俊一郎の三人が加わり、おまけとして星影企画がついている。

「この会議の目的は、一つだけです。黒術師の居所を突き止めること」

司会者である新恒警部が、黒術師が絡んだ今までの事件を一通り説明したあと、そう言った。

「お手元の資料には、これまでに黒捜課が収集してきた、黒術師に関する情報を簡潔にまとめてあります。それに付随するより詳細な内容が、机の上に並べられた各種のファイルに入っています。すべての情報はデータ化されているので、そのつながりや元をたどりたい場合は、各人に用意したノートパソコンをお使いください」

それから新恒は、この会議の進め方を説明しはじめた。

「情報は大きく分けて、二種類あります。一つは具体的、もう一つは抽象的です。前者は黒捜課の捜査官たちが、地道にこつこつと調べて集めたもので、通常の捜査活動とほぼ同じようにして入手した、と言っても良いでしょう。つまり我々にとっては、馴染みのある手がかり、ということになります」

いったん新恒は口を閉じると、ここからが本番だという表情で、

「ところが、その具体的な情報を、いくら集めても、いくら分析しても、少しも黒術師に近づくことができません。やつの居場所が、まったくつかめないのです。お断りして

おきますが、収集した情報の質と量は、ともに充分でした。そして分析に関しても、何ら問題はなかったと考えます。にもかかわらず結果を出すことが、どうしてもできない。これは何か重要なピースが、決定的に欠けているからではないか。そう私は考えるようになりました」

この台詞に俊一郎は、自然にうなずいていた。これまでに黒捜課の捜査官たちが、どれほど黒術師について探ってきたか。それに費やした大変な労力を、彼も知っていたからである。

「ほとんど行き詰まりかけていたとき、黒術師の右腕である黒衣の女を、幸いにも確保することができました」

彼女に対して「捕獲」とは言わずに「確保」と表現したのは、いかにも新恒警部らしい。

「黒衣の女の取り調べについては、事前にダークマター研究所の能力者のみなさんにご協力を得ており、その後も引き続き進めてまいりました」

この件の詳細は、ダークマター研究所事件の記録を見るまでもなく、まだ俊一郎の記憶も鮮明である。

「ただ……」

新恒が難しい顔つきで、

「それを予想していたとは思えませんが、黒衣の女は決して無防備だったわけではなく、ちゃんと防御態勢をとっていたようです。おそらく黒術師の、言うなれば保険でしょうね」

万一の場合を考え、黒衣の女が黒捜課に捕まって、仮に頭の中を覗かれるような羽目に陥っても、まったく問題がないように、何らかの呪術を前もって彼女に施していたらしい。

「しかし、ダークマター研究所のみなさんの力は、本当に見事でした。また時間が経つにつれ、黒衣の女の防御力も落ちてきました。その結果、これまでには得られなかった貴重な情報の数々を、我々は手にすることができたわけです」

そこで新恒は、三人の探偵たちに改めて目を向けたので、信一郎が代表する恰好で口を開いた。

「手がかりは得られたものの、黒衣の女の護られた意識を探って入手しているため、どれも具体性に欠けている。ほとんどが抽象的である。それらが何を意味しているのか、これまでに収集した他の情報と、いかに関係するのか。ここから先に進むためには、思い切った発想をしなければならない。それには名探偵と言われた者たちの、推理力が必要になる。ということでしょうか」

これに近い言葉を俊一郎は、前に新恒から聞いていた。だから信一郎の見立ての正しさに、彼は素直に感心した。

「ご指摘の通りです」

新恒もうれしそうに微笑んだが、すぐさま引き締めた表情で、

「それでは今から、大まかに分類してある各種の情報について、一つずつ見ていきましょう」

警部の説明が一通り終わったころには、これが予想以上に厄介な取り組みであることに、俊一郎は嫌でも気づかされた。きっと信一郎と晃一も、彼と同じように感じたに違いない。二人とも眉間に皺を寄せている。

それでも議論がはじまって、試行錯誤をくり返すうちに、推理が少しずつ形になり出した。

「黒術師がいるのは、塔のごとく高い建物の上部のような気がする」

「そこは人間社会から隔絶していて、気安く近づけない場所かもしれません」

かなり早い段階から、そんな風に信一郎と晃一は、自らの意見を述べた。それは推理というよりも、直感に近いもののように思われた。

残念ながら俊一郎は、二人ほど貢献できなかった。要所要所で口にする指摘が、それなりに的を射ていたものの、彼自身の推理を述べるまでには至らなかった。もっとも星影は当初の見こみ通り、まったく何の役にも立たなかったので、彼よりはましだったと言えるだろう。

ところが、候補地が絞られ出すにつれ、星影の黒術師に関する知識が、意外にも役立ちはじめた。これには俊一郎も驚いたが、一種の黒術師オタクの面が彼にあると分かっ

てからは、妙に納得できた。

最終的に三つの候補地が残った。

一つ目は摩館(まだて)市の廃墟(はいきょ)マンション。

二つ目は鮠予羅(げよら)諸島の孤島。

三つ目は梳裂(すくざ)山地の廃村。

ここで新恒警部が、「少し休憩しましょう」と提案した。ふと俊一郎が時計を見やると、とっくに夜である。道理で腹が空(す)くわけだ。

「飯にするか」

珍しく曲矢が気の利いたことを言い、

「そうですね。デリバリーを頼みましょう」

新恒が応じたところで、すっと星影が席を立った。

「どちらへ？」

まったく何気ない新恒の口調だったが、星影はどきっとしたらしく、

「ト、トイレだよ」

「小用ですか」

その答えに対する新恒の返しが、どうにも変だった。

「あ、あぁ」

かなり戸惑い気味に星影がうなずくと、いきなり新恒が驚くべき指示を、なんと曲矢

に出した。

「それでしたら曲矢主任、彼について行ってください」

「へっ？」

　これには当人も、びっくりしたようである。俊一郎も同様だった。

「トイレの中まで？」

「そうです」

　完全に真顔のまま、新恒は平然としている。

「いや、けど、警部……」

　さすがの曲矢も、この命令には困惑したらしい。

「いったい何のためだ？」

　いち早く立ち直ったのは、星影だった。

「黒捜課には、連れしょんする決まりでもあるのか」

「いいえ、ありません」

　新恒が真面目に答える。

「だったら、俺はひとりで行く」

「許可できません」

　毅然とした態度で、新恒がはねつけた。

「何でだ？」

「星影さんに余計な連絡をされては、こちらが困るからです」

「俺が、いったい誰に……」

「もちろん黒術師に、です」

四　潜入者

新恒警部が爆弾発言をするや否や、さっと曲矢は星影の側に、唯木と城崎は会議室の扉へと移動した。

「な、何のことだよ」

星影は怒り出したが、それが虚勢であることは、俊一郎にも分かった。

「黒捜課の会議では、協力を求める探偵さんたちの名前が、何人も挙がりました。それをある程度まで絞ったところで、彼らに連絡して説得する役目を、曲矢主任に一任しました」

新恒が説明をはじめると、その役目を曲矢に任せたのが、そもそも間違いだろうと俊一郎は言いたくなったが、とりあえず黙っておく。

「彼はすでに、弦矢俊一郎という名探偵と親しくなっています。つまり打ってつけだったわけです」

　新恒の警察官としての能力と、管理者としての手腕は大いに認めていたが、曲矢に対する評価だけは、信じられないほど甘いのではないか、と前々から俊一郎は危惧している。それが見事に出てしまったらしい。

「曲矢主任が探偵さんたちに連絡をとっているうちに、あなたの存在に気づいて、それで呼んだのかもしれない。そう私は思いましたが、当人は電話していないと言う。本当に呼んだのか、または呼ばなかったのか、その判断をとっさにすることは、私にはできませんでした」

　ただし新恒が、そんな風に考えたのであれば、曲矢に色々と問題がある事実を、ちゃんと理解はしているらしい。

「なので一応、あなたに関して調べたほうが良いと思っていると、飛鳥さんに廊下で呼び止められましてね」

「そして僕は警部に、君が怪しいと伝えた」

　信一郎の発言を聞いて、かすかに晃一がうなずいたのが分かったので、すぐに俊一郎は尋ねた。

「速水さんも、同じ疑いを？」

「飛鳥さんほど、確かなものではありませんが……」

　そのとき星影が、二人に嚙みついた。

「嘘つけ。何を根拠に、俺が怪しいって考えたんだよ」

するると信一郎と晃一が、

「あくまでも最初は、勘のようなものだった」

「けど飛鳥さんは、その勘に基づいて、あなたに罠を仕掛けたわけです」

「おっ、さすが探偵作家だな。やっぱり気づいていたのか」

「はじめは飛鳥さんらしくない、言い間違えだと思ったんですが、それが三度も続くと、これは——と分かりました」

そんなやり取りを二人は、どこか楽しそうに続けている。

「おい、何のことだ？」

さらに星影が怒り出すと、ようやく信一郎が種明かしをした。

「まずアンソロジーの『恐怖の饗応』だけど、あの本のサブタイトルを僕は、『知られざる傑作怪奇短篇集』と言った。しかし正しくは、『知られざる傑作怪奇小説集』なんだよ」

「それくらいの間違い——」

「読者なら、あっても不思議ではない。けど、企画編集をした当人が気づかないなんて、まずあり得ない」

「私も強く、そう思います」

晃一が援護する前に、俊一郎は自分のうかつさを呪った。あの本を所有して読んでいるのに、まったく気づかなかったとは。

「次に宵之宮累さんのことを、わざと『彼』と表現したのに、またしても君はスルーした。宵之宮累は女性だよ。それを企画編集者が知らなかったなんて、こっちも絶対にあり得ない」

「あそこで私は、飛鳥さんは罠を仕掛けているのだ――と確信しました」

「俺も、落第だ」

晃一のあとを受けて、俊一郎は自嘲的につぶやいた。「五骨の刃」事件のとき、宵之宮累に関する情報は得ていたはずなのに。

「いきなり三人の客が事務所にやって来て、きっと混乱していたと思うから、それは無理もないよ」

すかさず信一郎が慰めてくれたものの、彼は忸怩たる気持ちになった。

「そして三回目は、火照邸の広大な庭の地下に造られた核シェルターを、僕が『迷路のような』と口にしたことだ。火照邸で迷路と言えば、それは庭になる。シェルターに入るまでの庭が、あそこでは迷路になっていた。シェルターそのものが、迷路だったわけではない」

「シェルター連続密室殺人事件を解決したと豪語する者が、これほどの間違いを指摘しないのは、明らかに変ですからね」

晃一の駄目押しに、さすがの星影も反論できない。

「私も捜査会議がはじまる前に、あなたについて調べるようにと、捜査員に頼むつもりでした」

新恒の言葉に、信一郎が続けた。

「警部のあとを追って廊下に出て、君が怪しいことを伝えると、すでに疑っておられたので、三つの罠の件をお話しした」

そう言えば……と俊一郎はふり返った。新恒も信一郎も、いったん会議室から出ている。そして二人で戻ってきた。あの動きに、そんな裏の意味があったとは。

内線電話が鳴り、新恒が出る。

「はい……そうです。お願いします。……はい。ええ……ええ……ほうっ……なるほど、よく分かりました。……いいえ、接触する必要はありません。そのまま気づかれないように。……はい。それで結構です。ご苦労様でした」

警部は電話を切ると、

「本物の星影企画さんを、捜査員が確認しました」

次の瞬間、偽の星影が嗤い出した。

「もう遅いよ。この会議の内容は、すべて黒術師様に筒抜けになってるからな」

「盗聴器か」

信一郎のつぶやきを、新恒が否定した。

「その手の対策はとっています」

「すると呪術的な方法で……」

偽の星影を見つめる全員の視線に、やや不安の色が浮かんだ。その中でいち早く立ち直ったのは、新恒だった。

「これで黒術師のアジトに、奇襲をかけることは不可能になったわけですが、致し方ありません。やつが潜んでいそうな場所は、三ヵ所まで絞られました。この会議の目的を考えると、上出来でしょう」

「……そのことですが」

俊一郎は気になっている疑問を口にした。

「捜査会議の後半、やたらと偽の星影は協力的でした。彼の正体が分かった今、あれらの言説をそのまま信用して良いのかどうか……」

「それは私も考えたのですが、意外にも使える情報ばかりだった――という印象を受けました」

新恒は驚くような返答をしたあと、

「お二方は、いかがでしたか」

信一郎と晃一に意見を求めた。

「僕も警部と同じです」

「私もです」

さらに信一郎が、

「あくまでも仮説だけど、黒術師は一つの異様な指示を出していたのかもしれない。偽星影の目的は捜査の攪乱にあった。できるだけ我々の推理を妨害すること。それが第一の目的なのは間違いないでしょう。ただし会議が進むにつれ、確実に我々が黒術師の居所に迫っており、もう回避は無理だと判断したら、逆に協力すること。そんな指令が出ていたのではないか――と」

「莫迦な」

すぐに反応したのは、曲矢である。

「何が何でも邪魔すんのが、本当だろ」

「常識で考えると、もちろんそうなる。しかし相手は、黒術師だからね」

「飛鳥さんと似た考えを、私もしました。でも曲矢刑事のように、そんな莫迦な……とも思っていました」

晃一の言葉に、俊一郎も同意したい気持ちだったが、

「いかにも黒術師らしい……とも言えます」

口から出たのは、信一郎の推理を支持する台詞になった。

「どうです？」

新恒が屈託のない口調で、偽の星影に尋ねたが、

「さぁね」

相手は顔をそらして惚けた。しかし、それが下手な演技にしか見えず、信一郎の推理

は図星のように思われた。

誰とも目を合わせない偽の星影を眺めつつ、晃一が首をひねりながら、

「それにしても黒術師は、どうして彼のように、すぐに正体がバレそうな者を、わざわざ選んだんでしょうね」

「す、すぐには、バレてないだろ」

当人が激しく反論したが、それを無視して信一郎が、

「僕もその点が、どうにも不可解だった。だから逆に、黒術師は自分の居所が判明しても良い、むしろ知らせようとしているのか——と、邪推することになったんだ」

と言いながら彼は、俊一郎を見やると、

「この疑問を解くのは、きっと君のほうが適任だろうね」

「上手(うま)く説明できませんが……」

そう前置きしたまま、しばらく俊一郎は黙っていたが、

「おそらく黒術師は、我々を相手に遊んでる……」

「そんな余裕が、やつにはあるってこと？」

「自分の力を過信してるのは、まず間違いないと思います。ただ、そういう問題は別にして、そもそも黒術師は、はじめから遊んでる……」

「はじめとは今回の件だけでなく、やつが起こした呪術殺人事件すべてを指す——ってことだろうか」

「……はい、多分そうでしょう」

そこで新恒が、これまでの分析で黒捜課が出した見解を示した。

「黒術師については、一種の愉快犯と考えざるを得ない、という認識を我々はしております」

「その解釈が正しければ、非常に厄介な存在と言える」

「動機はあって、ないようなものですからね」

信一郎と晃一は、改めて黒術師の恐ろしさを知ったようである。

偽の星影は逃げられないと観念したのか、唯木と城崎によって大人しく会議室から連れ出された。それから取調室に入れられて、新恒が彼の事情聴取を行なうことになった。

その間、俊一郎たち三人と曲矢は、デリバリーの遅い夕食を摂った。

「曲矢刑事は、行かなくていいのか」

「俺が加わるとな、警部の紳士的な取り調べに業を煮やして、あの野郎を締め上げる羽目になる。だから俺は、はじめっから呼ばれねぇんだよ」

俊一郎の問いかけに、曲矢が拗ねた物言いをしたのだが、信一郎が反応したのは別の部分に対してだった。

「あの新恒警部の場合、いくら取り調べが紳士的で丁寧でも、はっと気づくと心理的に追い詰められてて、実は崖っぷちに立ってると分かる。そんな風に思えるから、ちょっと怖いな」

「飛鳥さんなら、きっと太刀打ちできるでしょう」

晃一がフォローしたものの、

「警部の真の恐ろしさが、二人とも分かってねぇな」

ぼそりとした曲矢のつぶやきで、二人はぎょっとしたようである。

「黒捜課の責任者として、頼もしい限りだな」

しかし信一郎がすぐさま、気を取り直してそう言った。

「偽の星影から有力な手がかりが、何か一つでも得られれば良いのですが」

晃一の言葉は、あとの三人の願いでもあったが、そう口にした本人も含めて、それが望み薄であると全員が理解していた。

偽の星影が、あのザマだからな。

俊一郎が口にするまでもなく、その場の誰もが思ったはずである。

「黒術師の居場所が判明したとして、そこからは黒捜課による捕物になるのでしょうか」

「時代劇じゃねぇけど、まぁそうだな」

晃一の問いかけに、曲矢が答える。

「そのとき問題になるのが、相手側の人員か」

信一郎は当たり前の問題を口にしただけだが、俊一郎はうかつにも、そこまで頭が回っていなかった。

える。

「手下がいっぱいいる……ってことですか」

「どうだろう」

だが当人は自分の問題提起に関して、明確な意見を持っているわけではなさそうに見
「黒のミステリーバスツアー事件のとき、黒術師の信者とも言える人たちが、ネット上には多数いると分かりました」

俊一郎は別名「八獄の界」事件の説明をしてから、

「その中にはダークマター研究所事件で姿を現した、黒衣の少年のような者もいると思われます」

「狂信的な信者たちに、黒術師は護られてる……」

そう口にしながらも信一郎は、腑に落ちなそうな顔をしている。

「あくまでも私が、個人的に受けた印象ですが――」

すると晃一がためらいつつ、自分の意見を述べた。

「黒術師は孤高の存在のような――いえ、この表現は合ってませんね。やつは孤独ではないか、という気がします。まったく他者を寄せつけずに、独りでいる。なぜなら他人を信用できないから……。信じられるのは、己の呪術のみ……。そういう人物像が、ずっと浮かび続けているんです」

「ほとんど似た印象を、僕も持ったよ」

信一郎が賛同する前に、俊一郎も反射的にうなずいていたが、

「でも、右腕であった黒衣の女や、新しい黒衣の少年などは、やっぱり黒術師に直接会ってるんじゃないでしょうか」

「そうだね。一部の側近だけには、接見を許している。ただし、その場合も素顔は決して見せない」

「俺も、そう思います」

俊一郎は相槌を打ったあとで、ふと黒衣の少年とのやり取りを思い出した。

「ただ、黒衣の少年に会ったとき、彼は黒術師の正体を知ってるような、そんな素ぶりを見せたんですが……」

これには信一郎も晃一も、かなり驚いたらしい。

「その彼と黒術師の間には、何の関係もないんだよね」

「ありません。彼はネット上の信者でしたが、そういう人物は他にも多数いました。そもそもバスツアーに参加した全員が、やつを崇拝していたわけです。彼だけが特別だった理由は、何もないはずです」

「にもかかわらず彼は、黒術師の素顔を見ている……」

と晃一は言いかけたところで、

「そうなると彼は、黒術師を目の当たりにして、それが誰なのか分かったことになりませんか」

「……確かに」

信一郎が重い口調で応えた。

「黒術師の正体が、Aだったとしよう。このAは、少年の彼でも知っている人物だった。そういうことになる」

「有名人か」

気負いこんだ曲矢とは対照的に、信一郎は落ち着いた様子で、

「黒衣の少年に関する情報が、ほとんどない状態では、何とも言えない」

「俺が覚えているのは、ミステリ好きの少年だった、ということくらいです」

「よって黒術師の正体は、ミステリ作家かもしれない――と考えるのは、いくら何でも短絡的だろう」

「私のようなホラーミステリ作家は、どうなるんでしょうね」

晃一の軽い冗談に、信一郎と俊一郎は微笑んだが、曲矢はぶすっとしている。

「もっとも他の理由が、もしかするとあるのかもしれない」

信一郎の意味深長な物言いに、

「どういうことですか」

ぞくっとした何かを感じながらも、俊一郎は訊いていた。

「黒術師の正体を知ったのは、やつの顔を黒衣の少年が知っていたからではなく、まったく別の理由からだった。例えば――」

そのとき会議室の扉が開き、新恒が入ってきたので、

「どうでした？」

すかさず曲矢が尋ねた。

「彼の本名は、松本行雅といって、職業はフリーターでした。残念ながら松本は、黒術師に会っていません。黒術師に関するネットの掲示板で――彼の表現をそのまま使うと『面白くて楽しい割の良いバイト』に――誘われたそうです」

「あのバスツアーのときのように、ですか」

俊一郎の質問に、新恒はうなずいてから、

「アルバイトの具体的な内容は、松本行雅に会いにきた黒衣の少年から聞かされたそうです。ちなみに松本の外見は、星影企画さんと少し似ています。かといって知り合いが騙されるレベルではありません。あまり星影さんと面識のない人物に対してなら、上手く本人に化けられる程度でしょうか」

信一郎が苦笑しながら、

「僕も速水さんも、文学賞関係のパーティで、星影企画さんを見かけている程度だから、つい騙されそうになってしまったのかもしれない」

「それでもお二人は、彼を怪しいと睨んだわけですから、さすがです」

「黒衣の少年は星影さんの情報を、松本に伝えていなかった――はずはないと思うんだけど」

信一郎の疑問に、今度は新恒が苦笑した。

「パソコンで打たれた資料を、確かにもらったそうです。ただし松本行雅は、ちらっと見ただけでした」

だからこそ馬脚を現したわけだが、それにしても敵ながら情けない、と俊一郎は思いつつ、

「彼のような者を送りこんだことからも、黒術師が遊び半分だったのは、ほぼ間違いないでしょう」

「星影さんに似ているという条件を考慮するにしても、松本行雅には荷が勝つバイトでしたからね。そこに黒術師が――いえ、黒衣の少年も、まったく気づかないわけがありません」

俊一郎と新恒の指摘に、信一郎は考えこむ口調で、

「黒術師の自信の表れなのか……」

「もしくは？」

晃一が先を促すと、

「そろそろケリをつけようと、やつが思っているからか……」

「黒捜課とってことか」

奮い立つ曲矢とは違い、信一郎は静かな物言いで、

「あるいは、弦矢俊一郎その人と……」

俊一郎が上京して探偵事務所を開くのと、あたかも呼応したように、確かに黒術師絡みの事件が多発した。それを新恒と曲矢は、もちろん知っている。これまでの事件の説明を一通り受けた信一郎と晃一も、きっと気づいたはずである。だからこそ信一郎は、そんな可能性を示唆したのだろう。

「黒術師の目的は、さておくとして――」

新恒が仕切り直すかのように、

「やつのアジトが、三ヵ所まで絞れました。あとは――」

扉にノックの音がして、警部の返事と同時に、唯木が駆けこんできた。

いつも冷静沈着な捜査官らしくないな、と俊一郎が少し驚いていると、さらに仰天するような知らせを彼女が口にした。

「新恒警部、たった今、黒術師から招待状が届きました」

五　招待状

信じられない知らせを聞いた五人は、しばらく身動ぎさえできなかった。

「それは封書で、ですか」

まず我に返ったのは、新恒警部である。

「失礼しました」

そう言って唯木が差し出したのは、大判の封筒だった。普段の彼女であれば、報告と同時に封書を警部に渡していただろう。それを忘れたことからも、彼女の動揺ぶりがうかがえる。

「これは、いつ、どうやって届いたのですか」

「夕方の配達分に、他の郵便物と交ざってありました」

庁内では決められた時間に、部署ごとに郵便物をふり分けて配るらしい。とはいえ黒捜課は、表向きには存在していない。よって郵便物があるとすれば、個人に宛てられたものとなる。

「切手も消印もありませんね」

封筒には警視庁の住所と名称、それに「新恒警部様」の宛名が記されている。

「警部宛てでしたが、送り主の名がありません。また切手も消印もないことから、鑑識で開封してもらいました」

「適切な処置です」

「すると中から、七つの封筒が出てきました。私と城崎宛てもありましたので、ともに開封したところ、黒術師からの招待状でした。おそらく残りの五通も、同様の内容と思われます」

大判の封筒に入っていた七つの小さな封筒の宛名は、次の七人だった。

弦矢家の弦矢駿作、弦矢愛（あい）、弦矢俊一郎の三人。

黒捜課の新恒警部、曲矢主任、唯木捜査官、城崎捜査官の四人。

各人が自分宛ての封筒を受け取って開封した。封入されていたのは黒枠のある白い一枚のカードで、そこに次のような文面が記されていた。

招待状

あなたを黒術師の居城に招待します。

そろそろお遊びは終わりにして、互いに向き合いましょう。

必ず他の六人といっしょにお訪ね下さい。

一人でも欠けた場合、新たな呪術による無差別連続殺人事件を起こします。

場所と日時は、左記の通りです。

場所　鮠予鑼（げよら）諸島の濤島（とうじま）
日時　八月一日の午後

宿泊と食事の心配はいりません。

滞在は六日間を予定して下さい。

では心よりお待ちしております。


俊一郎のカードを覗いていた信一郎が、残念そうに晃一を見やりながら、

「どうやら我々は、ここでお役ご免のようだな」

「そうですね。仮に無理を言って連れていってもらっても、下手をすると足手まといになるでしょうか」

「呪術絡みは、僕たちの手に負えそうもないからな」

そんな会話をする二人に、新恒は頭を下げつつ、

「大変お世話になりました。お陰で大いに助かりました」

「いえ、こうして招待状が届いたからには、僕らの推理も無駄だったような――」

「それは違います。我々が黒術師のアジトに迫ったからこそ、向こうもあきらめて、こんなものを送ってきたわけです」

「郵送ではないので、何者かが運んだことになる。それを確かめる手立てが、ここならあるのでは？」

「もちろん検めますが、望み薄でしょうね」

信一郎の提案を、新恒は受け入れながらも、彼らしくなく否定的である。しかし俊一郎も、警部と同意見だった。

「鮑予鑼諸島の島々は、飛鳥さんのご専門ではありませんか」

新恒の問いかけに、信一郎は笑いつつ、

「例の事件に関わったとき、少し調べはしたけど、別に詳しいわけでは——」

「この濤島のことは？」

「海流の関係で常に波が荒くて、船の接岸に苦労するため、この名がついたらしいんだけど……」

なぜ彼が言い淀んだのか、その理由は続きを耳にして、俊一郎たちは合点することになった。

「他にも名称の理由がある、のですか」

新恒に促され、信一郎が答えた。

「十数年前に、某大企業の会長が、ここに別荘を建てた。それは滞在客を呼べる規模の、立派な建物だった。しかし海が荒れると、とたんに船の接岸が無理になる。しかも当の会長が汚職事件で逮捕され、ようやく数年前に裁判が終わって、有罪判決を受けた。その間に、別荘は売りに出されたらしい……という知識くらいしかなくて」

「いえ、充分でしょう」

警部は微笑んだあと、

「でも買い手がつかずに、別荘は廃墟になって、変な噂でも立ったのでしょうか」

「まさにご明察の通り。無人島になったはずなのに、夜になると、ぼうっと明かりが点る……とか。島には別荘しかないはずなのに、塔のようなものが見える……とか。そういう奇っ怪な噂が、この一、二年で出るようになったらしい」

「黒術師が活発に動き出した時期と、ほぼ重なりますね」

「無気味な灯(あかり)が点ることから〈灯島(ともしびじま)〉と、また謎の塔が見えることから〈塔島(とうのしま)〉と、そう呼ぶ地元民もいるという」

「本当に怪しげな島で、黒術師にぴったりじゃねぇか」

曲矢の感想に誰もがうなずいたが、そこから晃一は首をひねると、

「ただ、いかに力のある呪術師とはいえ、そんな孤島に籠(こも)っていて、黒衣の女に的確な指示が出せたのでしょうか。同じことが、黒衣の少年にも言えます」

もっともな疑問を口にした。

「ひょっとしたら――」

はっと信一郎が思いついたように、

「候補地の一つに摩館(まだて)市の廃墟マンションがあったけど、そこも使われているのかもしれない」

「拠点の一つとして、ですか」

その考えには新恒も賛成らしく、

「招待状の指定日までには、まだ間がありますので、濤島と同時に問題のマンションも調べてみます」

「そっちに黒術師の手下がいれば、どうなりますか」

とたんに俊一郎は、そんな心配をした。

「……ふむ。それは判断が難しいですね」

「手下がいたら、もちろん捕まえる」

慎重で思慮深い新恒と、無鉄砲で浅はかな曲矢の、まったく正反対の意見が出たので、
俊一郎は後者に向かって、

「八月一日の前に、事を起こすのは、よくよく考えないとな」

「なぜだ？」

「黒術師が怒って、無差別連続殺人事件をやり兼ねないからだよ」

「それは俺ら七人のうち、一人でも濤島の招待に応じなかった場合で、廃墟マンション
は関係ねぇだろ」

「という風に黒術師が、区別して考えてくれれば問題ない。けど、そういう判断を、や
つに望めるのか」

俊一郎の強い物言いに、さすがに曲矢も「うっ」と言葉に詰まった。

「ただ――」

信一郎が独り言をつぶやくように、

「偽の星影の正体が完全に割れる前に、我々は候補地を三つにまで絞っていた。そんな
進捗状況を黒術師は偽の星影を通じて、何らかの呪術的方法で知った。だからこそ招待
状を届けた」

「なるほど」

新恒が合点のいった顔で、

「その段階で黒術師なら、廃墟マンションが捜査される可能性まで、きっと考えたに違いない——ということですか」

「ええ。黒術師は己の能力を過信してるかもしれないけど、一方で黒捜課のみなさんや弦矢俊一郎君の力も、おそらく十二分に認めている」

「よし。だったら捕物だ」

曲矢の短絡的な結論に、信一郎は笑みを浮かべつつ、

「仮に黒術師の拠点だったとしても、当の廃墟マンションは、文字通りそのままかもしれない」

「どういうことだ？」

「廃墟だから、誰もいない」

「やつの手下は？」

「招待状が来る前の議論に戻るけど、もし黒術師が孤独な存在だったとしたら、黒捜課の捜査員を出迎えるような手下など、一人もいないことになる」

「そのほうが当然、こちらも助かります」

と言った新恒と異なり、曲矢は張り合いがなさそうである。

「もっとも念のために、人間の出迎えはないかもしれないけど、人外のものは分からな

い……と、言い直すべきかもしれない」

しかし、そう信一郎が続けると、二人とも表情が変わった。

「あるいは呪術的な罠が、至る所に仕掛けられているとか」

さらに晃一が、別の危惧もつけ加えた。

「廃墟マンションの調査は黒捜課でやりますが、実際に乗りこむときは、愛染様にご同行いただくようにします」

新恒は抜かりなくまとめたあと、

「飛鳥さんと速水さんには、本当にお世話になりました。今夜の宿泊は、こちらが用意したホテルにご案内します」

深々と頭を下げる新恒に、二人も一礼してから、

「長期戦を覚悟して来たので、まだ余裕はあるんだけど――」

「廃墟マンションと濤島の調査にも、もちろん尽力できますよ」

さらなる協力を申し出たのだが、

「いえ、もう充分です」

きっぱりと新恒が断った。

「これ以上お二方を巻きこんだ場合、新たな招待状が二通、ここに届かないとも限りません。そういう事態は、絶対に避けたい」

ただし、その理由をきちんと述べたのは、さすがである。

「僕も速水さんも、相手が呪術を使うとなると、とても太刀打ちできないな」

「そうですね。祖父江耕介さんの出番でしょうか」

彼は怪異分野専門のライターで、飛鳥信一郎の親友である。地方を旅しながら「日本伝奇巡り」「日本怪談紀行」「日本妖怪行脚」などの紀行文を雑誌に発表してきた実績があり、『日本伝奇紀行』などの著作も出している。

「耕介は確かに専門家だけど、だからといって呪術が使えるわけではないから、やっぱり駄目だよ」

そう言ったあと信一郎は、晃一と俊一郎を見やりつつ、慌ててつけ加えた。

「この話を彼が知ったら、絶対に同行したがるので、くれぐれも教えないで欲しい」

「分かりました」

晃一が即答したので、俊一郎もうなずいた。

祖父江耕介と知り合いではなかったが、死相学探偵をやっていると、どこでどう関係するか分からない。おそらく信一郎も同じ危惧を覚えたのだろう。

「では、警部のお言葉に甘えて、我々はお役ご免にしてもらおうか」

信一郎は晃一の同意を求めてから、新恒に向き直った。

「そのうえで最後に、ちょっとお訊きしたいのだけど――」

新恒から曲矢、そして俊一郎、さらに唯木を順々に眺めて、

「黒術師が招待状を出したのが、いかにも厳選した七人だけというのは、何か理由があ

るのだろうか」

「うちの祖父母も含めて――」

　まず俊一郎が答えた。

「これまで黒術師の犯行を阻止してきた者ばかり、と言えるかもしれません」

「唯木捜査官と城崎捜査官も？」

　今度は新恒が、

「他の捜査官に比べると、二人は現場に出ています。犯人が呪術殺人をくり返す行為を、黒術師が見守っていたとしたら、きっと唯木と城崎は目についたでしょう」

「なるほど。では、弦矢駿作先生は？」

　この信一郎の問いかけに、はたと俊一郎は困った。新恒も同様らしく、やや困惑した顔をしている。

「愛染様が事件に関するアドバイスをしたように、弦矢先生も俊一郎君に対して、きっと有益な助言をしていると思う。しかし、これまでの事件の話を聞いた限りの印象では、それほど弦矢先生は表に出てきていない」

「にもかかわらず黒術師は、祖父まで招待した……」

「なぜか」

　信一郎の疑問に、ぽつりと晃一が応じた。

「弦矢俊一郎を追い詰めるため……」

しばらく沈黙が降りたあと、

「黒術師の狙いは、どうも君のような気がして仕方ない」

「くれぐれも気をつけて下さい」

信一郎と晃一が、かなり心配そうな顔で俊一郎を見つめたが、

「黒捜課の四人が全力で、弦矢君を護りますまも」

「俺がこいつのお守もりをしてる限り、まぁ大丈夫だ」

新恒と曲矢の台詞せりふを聞いて、ふっと二人の表情が和らいだ。

彼らが宿泊するホテルの前まで、俊一郎は曲矢と共に車で送った。本当はホテルのロビーで、もっと話したかったのだが、二人とも疲れているようなので、再会を約して別れた。

飛鳥信一郎と速水晃一は、車が見えなくなるまで手をふってくれた。

二人の疲弊を慮おもんぱかったつもりなのに、どうやら俊一郎も同じだったようで、帰路の車内で熟睡した。

「俺が話しかけてんのに、うんともすんとも反応がねぇから見たら、なんと寝てやがる。ずっと独りで喋しゃべってた俺が、まるで莫迦ばかみたいじゃねぇか」

産土ビルに着いたとき、さんざん曲矢に文句を言われたが、

「じゃ、おやすみ」

俊一郎は挨拶あいさつだけして、さっさと車から降りた。

「てめぇ、珈琲くらい出しても、罰は当たんねぇぞ」

さらなる曲矢の文句も聞き流して、彼は年代物のビルへと入った。玄関から探偵事務所に辿り着くまで、半ば寝惚けているような状態だった。今は一刻も早くベッドに横たわりたい。

それなのに事務所の扉を開けて入って、

にゃ、にゃ。

僕の鳴き声に出迎えられたとたん、すっと意識がはっきりした。

「ただいま。ご飯は食べたか」

うにゃー。にゃ、にゃ。

さらに僕と会話することで、ふっと疲れが薄れていく。

ただし、僕にゃん効果――と俊一郎は密かに呼んでいる――は今夜、あまり長続きしなかった。少し経つと再び疲労感を覚え出したので、それが酷くならないうちにシャワーを浴びて、俊一郎はベッドに入った。

当然のようについて来る僕を、いつもなら閉め出すのだが、そんな元気もない。結局そのまま、いっしょに寝ることになった。

お陰で翌朝は早い時間に、僕に起こされた。無視して寝ようとしても、お腹が減ったとうるさい。

鳴く僕と曲矢には勝てぬ。

ことわざ「泣く子と地頭には勝てぬ」をもじった、そんな莫迦な言葉を思い浮かべつつ、俊一郎は二度寝をした。本人が感じる以上に、どうやら疲れていたらしい。

その日から、再び平穏な毎日が戻ったかに見えたが、実際は異なっていた。黒術師が事件を起こさず、依頼人に厄介な死相が視える者もおらず、僕と充分に遊べる日常が続いたことは、確かに間違いない。

ただしその先には、八月一日が待っていた。

鮠予鑼諸島の濤島で、黒術師が待ち受けている。

そんな状況で、これまで通りの日々を送れるわけがない。依頼人の死相を視ていても、僕の相手をしていても、亜弓と喋っていても、勝手にやって来る曲矢を無視していても、常に俊一郎の脳裏には八月一日があった。

摩館市の廃墟マンションは、黒捜課の調べで完全に無人だと分かった。ホームレスが入りこんでいる例も皆無である。なぜなら近隣では「幽霊マンション」として有名だったからだ。

すべての窓が閉まっているはずなのに、だらんと白い腕が外へ垂れていた。

ずるずると外壁を這い上っている、人間もどきのような何かを目にした。

ベランダから下を覗いている顔が見えて、すとんと首だけが落下した。

ふっと一つの窓に明かりが点ってから、しゅんと別の窓に移動した。

――などという怪談じみた噂が、いくつも出てきたらしい。

だからといって黒捜課が、尻ごみしたわけでは当然ない。それどころか、むしろ暴走してしまった。

「曲矢刑事が？」

その報告のため事務所を訪れた彼に、俊一郎が尋ねると、

「何で、俺なんだよ。そんなわけあるか」

「だって他に黒捜課で、そこまで突っ走る人もいないだろ」

「常に先頭に立って、みんなを引っ張るって意味じゃ、まぁ俺しか適任はいねぇわけだが――」

「妄想はおいといて、誰なんだ？」

俊一郎が少しも相手をしないので、曲矢は膨れっ面になったが、ぶすっとしながらも答えた。

「城崎だよ」

「えっ、彼が……」

と言った切り絶句したのは、ある疑念が俊一郎の脳裏に浮かんだからである。

「やつは勝手に独りで、問題のマンションに乗りこみやがった。その結果、本当に無人で誰もいないと、まぁ判明したわけだ」

「新恒警部は？」

「厳重注意をしたが、特にお咎めはなしだな」

曲矢や城崎のように、組織のはみ出し者になりかねない人物を、どうも新恒は擁護する癖があると、前々から俊一郎は感じていた。もっとも警部は管理者としても優秀なので、そんな者でも上手く扱える自信があるのだろう。

だが今、俊一郎が知りたいのは、そこではなかった。

「いや、その問題ではなくて、城崎さんの暴走した行動を、どのように警部は捉えたのか、どう見てるのか――ってことだ」

「はっきりと聞いたわけじゃねぇが――」

そう曲矢は断ってから、

「おそらくお前と、同じように考えてる。そんな風に、俺には思えるな」

「城崎さんの様子が変だと、前に聞かされたとき、こんな時期だから用心するに越したことはないと、俺は言った」

「ああ、だから新恒にも、そう報告しといた」

「わざと言葉を濁した表現をしたけど、あのとき曲矢刑事は、どう思ったんだ？」

すると曲矢が、非常に険しい顔つきで、

「そりゃお前、やつが黒術師側に寝返ったかもしれん――っていう危惧だろうが」

「やっぱり、そうなるか」

「そこには黒術師の呪術が絡んでて、城崎本人の意思じゃねぇとしても、やつが結果的に黒捜課をスパイしてる。そういう心配を、お前もしたんだろ」

「この疑惑が、もし正しかったら……」

わざと俊一郎が言葉を濁すと、

「問題の廃墟マンションは、やっぱり黒術師の拠点だった──ってことになるか」

「それを誤魔化すために、城崎さんは独りで暴走したように見せかけて、虚偽の報告をした」

「同じことを唯木がしたら、絶対に裏があると分かるが、やつのキャラなら不自然に映らねぇっていう計算が、黒術師にはあったのかもしれん」

「で、どうするんだ？」

今後の対応を俊一郎は心配したが、

「城崎の報告を受け入れる一方で、新恒は密かに、複数の捜査員に廃墟マンションを調べさせた。そのとき愛染様から教えられた確認方法を、いくつか試した。すると呪術を行なった痕跡が、はっきりと残っていた。ただし今は、もう使われてないと分かった」

とっくに新恒は手を打っていたわけだ。

「そうなると城崎さんの件が、ただの暴走なのか、黒術師の差し金なのか、どっちとも判断できなくなるな」

「いずれにしろ新恒は、やつを泳がせるつもりだ」

「つまり濤島にも、いっしょに行くのか」

「当たり前だろ。奴だけ外してみろ、とたんに怪しまれる」

「それは、そうだけど……」

ただでさえ敵地に乗りこもうというときに、七人の中に黒術師のスパイがいるかもしれない……この状態は、あまりにも危険ではないか。

俊一郎は言い知れぬ不安を覚えた。

六　船上の七人

八月一日の朝、港を出たクルーザーは快晴の青空の下、群青色の海原を快適に走っていた。船の前には波が立ち、後ろに白い航跡が流れていくだけで、行く手を邪魔するものなど何もない。

もっとも気持ちが好かったのは船の航行だけであり、乗務員と乗客たちの様子には、まったく快適さが感じられない。

「ああ、しもうた！」

ただし例外が、一人だけいた。たった今、船室内で大声をあげた、俊一郎の祖母である。奈良の家では着物か巫女装束なのに、今は珍しく洋装だった。

「何だ、どうした？」

俊一郎が心配して尋ねると、

「水着を忘れてもうた」

とんでもない答えが返ってきた。

「あのな、海水浴に行くわけじゃないだろ」

「孤島の別荘いうたら、水着ギャルに決まっとるやないか」

「誰がギャルだよ。そもそも今、ギャルなんて言い方は――」

「せんのか。ほんなら、水着美人でええわ」

まったく緊張感のない会話である。

「こうして俊一郎と旅行できるとは、わたしゃも幸せや」

「しかもなんと、黒捜課持ちの経費で――って違うだろ」

「あんたも、乗りがええな」

いつもの癖で俊一郎は、とっさに祖母のボケに合わせてしまい、とたんに恥ずかしくなった。

そんな二人のやり取りを、新恒警部は微笑みながら、曲矢は俊一郎だけを莫迦(ばか)にした顔で、唯木は笑いをこらえつつも無表情を装って、城崎は苦虫を噛(か)み潰(つぶ)したような表情で、それぞれ眺めている。

二人に一瞥(いちべつ)もくれないのは、乗船と同時に読書をはじめた、俊一郎の祖父だけである。普段は着物なのに、今回は洋装というのも、祖母と同じだった。ちなみに彼が読んでいるのは、東城雅哉(とうじょうまさや)『拷問館の惨劇』である。もちろん初読ではなくて、もう何回目になるのかも分からない再読だろう。

俊一郎が照れを覚えたのは、黒捜課の面々といっしょに祖父母と会うのは、これがはじめてだと気づいたからだ。祖母が捜査協力のために、これまで上京したことはあった。しかし、いつも彼と会わず仕舞いで帰っている。

一方の俊一郎は上京して探偵事務所を開いたあと、年末から正月にかけて一度だけ帰省したに過ぎない。そのときは当たり前だが彼だけで——僕はいっしょだけど——黒捜課の誰かがいるわけではなかった。

よって祖母とはお馴染(なじ)みの莫迦話を、今回はじめて披露したことになる。その事実に遅まきながら気づいて、彼は恥ずかしくなったのである。

「リゾートへ行くんやから、俊一郎とあれをせんとあきませんな」

にもかかわらず祖母は、まだふざけていた。

「何だよ、あれって?」

思わず訊(き)き返してしまうのも、習慣の恐ろしさだろう。

「ほれ、フルーツジュースをいっしょに、二本のストローで飲む——」

「気持ち悪いこと言うな。酔うだろ」

昨夜は全員が、港近くのホテルに泊まった。その前に黒捜課の会議室で、最終の打ち合わせを行なった。とはいえ濤島で、どんな出迎え方を黒術師がするのか、それが分からない以上どうしようもない。

「島全体に黒術師の結界が張られとって、わたしゃの力が充分に発揮できん状態に、多分あると考えとくべきでしょうな。つまり事前に何らかの準備をしても、まず無駄になるやろういうことです」

祖母のかなり暗い見通しが、ずしんと重く感じられたことだけが、俊一郎は印象に残っている。

ただし、完全に無策ではなかった。その会議では触れられなかったが、城崎の動向を見張るという手段が、こちら側にはあった。彼に対する疑惑は、すでに黒捜課内で共有されている。当然その情報は、俊一郎の祖父母にも伝えられた。

そして黒捜課を訪れた祖母が、城崎に気づかれないように視たところ、

「何らかの呪術が、確かに彼の身にはかかっとります」

懼れていた通りの結果が出た。しかし残念ながら、その正体がつかめない。

「どうも馴染みがあるような、そんな気ぃがするんやけど……」

いくら視ても、よく分からないらしい。

「彼が操られてるのは、間違いないのか」

もっとも肝心な問いかけを、そのとき俊一郎はしたのだが、

「いや、そうやない。城崎さん自身の意識は、ちゃんとありますからな」

できれば聞きたくなかった言葉が、祖母から返ってきた。

まったく同じ思いだったと思われる、新恒と曲矢と唯木の三人が、何とも複雑な表情を見せた。

このときの話し合いで出された結論が、以下である。

黒術師が何か仕掛けてくるとしたら、城崎を通しての可能性が高いこと。

それは濤島に着く前かもしれないので、十二分に注意すること。

よって今後は六人全員で、常に彼の言動を注視すること。

ただし相手に悟られないように、あくまでもさり気なく行なうこと。

城崎に少しでも変化が見られたら、すぐさま全員に知らせること。

ホテルでの宿泊は、祖父母を除いて五人ともシングルだった。そのため城崎の部屋には、事前に盗聴器が仕掛けられた。そして新恒と曲矢と唯木が交代で、彼に可怪しな動きがないかを見張った。だが、特に何もなかったようである。

とはいえ油断はできない。今も俊一郎と祖母のやり取りに、誰もが気をとられている風に見せかけて、実際は城崎を密かに観察している。それは当の俊一郎と祖母も、読書中の祖父も、まったく同じだった。

けど、いつもの城崎さんらしく見えるだけだな。

俊一郎は心の中で、そうつぶやいた。

これから黒術師の本拠地に乗りこもうというのに、この若造と婆さんはふざけるばかりで、少しの緊張感もないのには、本当に我慢ならない。

――とでも、きっと思っているに違いない。それが彼の表情に、ほとんど正直に表れている。

城崎の正義感は、ある意味まっすぐ過ぎるのではないか。

そんな性格なのに、なぜ黒術師側につく気になったのか。

念のため城崎の身内に関しては、黒捜課が充分な内偵をした。その結果、いずれも無事だと分かっている。少なくとも家族を人質にとられ、彼が脅されている事実はなさそうだった。

そう言えば……。

今回の件で俊一郎は、黒捜課の人たちの私生活を何も知らないことに、はっと気づいた。曲矢についても妹の亜弓くらいで、他はまったく無知である。

七月下旬の数日、黒捜課で最終の打ち合わせが行なわれる前、新恒は曲矢と唯木と城崎に、特別休暇を与えた。このときも城崎には、別の黒捜課の捜査員を張りつかせた。しかし、城崎は帰省することもなく、かといって休日を楽しむ風でもなく、やはり周囲を気にする生活を送っていたらしい。それで危うく尾行がばれそうになったという。

彼の奇妙な行動は、いったい何を意味するのか。

俊一郎も新恒も、これには大いに頭を悩ませた。新恒は本人の口から、なんとか聞き出そうと努力もしたが、結局は駄目だったらしい。

ただ、そんな城崎も港沿いのホテルで一泊して、クルーザーに乗りこむ際には、いつもの彼に戻っているように見受けられた。この変化は何を意味するのか。盗聴では何も不審な点は見つからず、全員が隠れて観察しても同じである。にもかかわらず彼の様子が、どことなく明るく感じられる。

　俊一郎は本人に気づかれないように、そっと祖母に尋ねた。

「城崎さんから呪術の影は、もう消えてるのか」

「いいや、前に視たときと同じや」

　しかし祖母の見立ては、まったく変わっていない。

　いったい彼に何が起きているのか。

　クルーザーで祖母と莫迦話をしながらも、俊一郎は得体の知れぬ不安を、城崎に対して覚え続けていた。

　この特別休暇の数日、新恒と唯木がどうしていたのか、俊一郎は知らない。ちなみに曲矢は亜弓を連れて、買物と食事に出かけた。本人から聞いたのではなく、彼女が教えてくれた。

「服でも鞄でもアクセサリーでも靴でも、普段お前が買えないものを、何でも好きなものを選べって、兄に言われたんです」

　ちょっと聞いて下さいよ――という顔で、亜弓が俊一郎に打ち明けた。

「だから私、ちょっと手が出ないブランド物の洋服のお店へ、兄と行ったんです。でも、そんなに高級じゃない所を、ちゃんと選びました。学生の私には無理だけど、兄なら大丈夫だろうっていうお店を――」

　そこで亜弓の顔が、かあっと赤くなった。

「いくつか試着してみて、そのたびに兄も『似合ってる』とか言って、私は別の洋服が気に入ったんですけど、兄が『それにしろ。絶対に可愛い』って言い張るものですから、その洋服に決めたのに、いざ値札を見たとたん、『何じゃこりゃ。これが布っきれの値段かよ』なんて騒ぎ出して……」

「ご愁傷さま」

　俊一郎が同情を示すと、彼女は泣き笑いの表情で、

「私もう、恥ずかしくって……」

「無理もない。で、買わずに店を出たのか」

　こっくりと亜弓はうなずいたあと、

「それなのに兄は、『遠慮すんじゃねぇぞ』とか、『好きなもんはないのか』とか、ずっと言い続けて……」

「ちょっと疑問に思ったんだが――」

「何です？」

「兄妹なのに、あいつの性格を知らなかったのか」

「……いえ、分かってました。油断した私が、莫迦だったんです」

　あとは聞くまでもなく、俊一郎の予想通りだった。つまり食事をした店も、すべて曲

矢の好みだったのである。

　この特別休暇は、もちろん俊一郎には何の関係もなかった。だが、言わば「決戦の前に英気を養う」ために必要だと、新恒が考えたに違いないと思った。そこで祖父母に電話して、上京を一日か二日ほど早めて、二人を東京案内に連れ出す提案をした。要は祖父母孝行である。

　それを電話に出た祖母に話すと、

「なんと優しい子ぉやろ。あの人も、そりゃ喜びますわ」

　祖母は年甲斐もなくはしゃいだ。あの人とは、もちろん祖父を指す。

「行きたい所、食べたいもの、それを教えてくれ」

　一通り二人の――と言っても電話口で決めたのは祖母だが――希望を聞いたあと、俊一郎が日時を選ぼうとしたときである。

「念のため訊くけど、経費は全部あんた持ちでよろしいんやろうな」

「えっ、そりゃご飯くらいは……」

「奈良から京都までの特急と、京都から東京までの新幹線と――」

　まず祖母は交通費を計算してから、次いで高級ホテルの名前を口にしたので、

「――なんていう東京見物が、いつか三人でできれば、ほんとにいいよな」

　と言って俊一郎は、ためらいなく電話を切った。

　実際の支払いは祖父がするだろうと思ったが、あの祖母のことである。知らぬ間に弦

矢俊一郎探偵事務所に対する相談料や調査費に、この東京見物でかかった費用が、ちゃっかり上乗せされていないとも限らない。

しかしながら話したのは祖母だけだったので、祖父にも電話してみたところ、

「ちと忙しい」

相変わらず簡潔な返事しかしない。

「執筆で？」

「そっちへ行く前に、仕上げておく必要がある」

「いつから祖父ちゃん、そんな売れっ子になったの？」

良くも悪くも大いに読者を選ぶ作品を書く弦矢駿作が、まさか原稿の締切に追われているとは、ちょっと考えられない。

すると祖父が、妙なことを言った。

「あの塚の力を最大限に引き出して、それを逆に利用する」

「……塚って、例のあれ？」

だったら普段と同じく、いつもの怖過ぎる怪奇短篇の執筆方法ではないか。もっとも

「逆に」という表現に、俊一郎は引っかかった。

「どういうこと？」

しかし祖父は、

「まぁ保険のようなものや」

そう言っただけで、さっさと通話を終えてしまった。

やっぱり似た者夫婦か。

祖母と祖父では性格をはじめ、何から何まで違うと思っていたが、最後には辻褄が合って、やっぱり「いっしょだな」と感じることが多い。ただ、それを具体的に説明しようとすると、とたんに戸惑ってしまう。ちょっと考えるだけで、似ているところなど一つもないと分かるからだ。

不思議な夫婦だなぁ。

二人の馴れ初めを訊いてみたいと、はじめて俊一郎は思った。

ただ、祖父母孝行がなくなって、彼は困った。こういうときに限って、一人の依頼人も訪れない。亜弓は「兄とデートしてきます」と出かけている。それが数日は続くはずである。

俊一郎は本を読み、近所を散歩して、神保町の古書店を覗き、喫茶店エリカで珈琲を飲み、あとは僕と遊んだ。まだ依頼人が少なかったころの、暇のある日々が戻ってきたような時を過ごした。

だが、それは黒術師のアジトを突き止める捜査会議の前の、あの平穏な日常とは似て非なるものだった。なぜなら何が起こるか予測不能の八月一日が、眼前に迫っていたからである。

そんな俊一郎の隠れた不安を敏感に察したのか、いつも以上に僕がべったりと離れない。さすがに外まではついて来ないが、事務所内ならどこへ行こうと、彼の両足にまとわりつく。

「おい、踏んじゃうだろ」

俊一郎が小言を口にしても、
にゃん。

と彼を見上げて鳴くだけで、じゃれつくのを一向に止めない。

ソファに座っていると、膝の上に載ってくるのは当然として、顔を俊一郎の首筋に埋める仕草までする。なでてやると、くるんっとひっくり返り、お腹を見せる。もふもふしていると、しばらく身を委ねてから、がばっと急に起き上がって、毛づくろいをやり出す。という相手をしていても、まったく飽きない。

もっとも彼が読書をはじめると、大人しく膝の上で寝てくれる。たまに本から目をそらして視線を落とすと、じっとこちらを見上げているときがある。

にやぁぁっ。

そういう場合の僕は、声を出さずに鳴き真似だけをする。だから俊一郎も、にっと微笑むだけで読書に戻る。

問題は夜だった。これほど日中に濃厚接触をしたのだから、寝るときくらい独りになろうとしても、僕が許さない。これまで以上に、寝室に入ろうとする。当たり前のように、ベッドに潜りこもうとしてくる。

「お前なぁ、どんだけ俺が好きなんだよ」

本当はうれしいのに、そんな憎まれ口を俊一郎がたたくと、
にゃぁぁっ。

僕が力強く肯定するので、本当に照れてしまう。側に曲矢や亜弓がいたら、恥ずかしくて往生しただろう。

結局、港沿いのホテルへ行く前日まで、俊一郎は僕といっしょに寝た。黒術師との対決を考えて、大いに不安を覚えながらも、ごろごろっと僕が喉を鳴らすのを子守唄代わりにしたせいか、意外にも安眠できた。

出発の朝、いつものように訪れた亜弓に、俊一郎は事務所の合鍵を預けると、僕の世話を頼んだ。

「ご飯と水だけ、お願いします」

「はい、任せて下さい」

亜弓は普段と同じく、元気よく引き受けてくれた。

「毎日が無理なら――」

「いいえ、大丈夫です。私も勉強の合間に、僕にゃんと遊ぶのが、ちゃんと息抜きになってますから、ここは持ちつ持たれつでいきましょう」

そう言って微笑んだあと、彼女は真顔になって、

「詳しいことは分かりませんが、どうか兄をよろしくお願いします」

丁寧な一礼をしたので、俊一郎は慌てた。

「世話になるのは、俺だと思う」

「とにかく無事のお帰りを、僕にゃんと待ってます」

にゃー。

「兄にも、僕にゃんが待ってるよって、言ってやって下さい」

俊一郎はうなずくと、

「じゃあ、行ってきます」

亜弓に改めて挨拶してから、

「良い子でいろよ、僕。行ってくるぞ」

僕にも声をかけて、探偵事務所をあとにした。

そうして今、七人はクルーザーに乗りこみ、濤島を目指していた。船内は俊一郎と祖母のやり取りで、少しは和んでいるように見えたが、実際は違った。全員がとっくに、臨戦態勢をとっていたと言える。

そのときクルーの一人が扉を開けて、全員に声をかけた。

「前方に濤島が、見えてきました」

七　黒術師の島

　つい先ほどまで青天だったはずなのに、行く手には黒々とした雲が渦巻いている。特に濤島の上空には、ただの雨雲とは思えないほどの、ブラックホールかと見紛うべき暗黒が広がっていた。

「まさに黒術師の島だな」

　俊一郎のつぶやきに、応える者は誰もいない。あまりにも見た目通りの表現だったからだろう。

　やがてクルーザーが島の桟橋に着岸して、七人は降り立った。表向きの迎えは六日後である。だが実際は近海で、黒捜課の捜査員が乗った船が見張りにつく。そして島に異変を認めたら、すぐさま駆けつける手はずになっていた。

　とはいえ黒捜課の助っ人は、いざというとき間に合わないのではないか、と俊一郎は睨んでいる。島全体に結界が張られて、黒術師が認めない者の侵入は不可能かもしれない。そういう読みがあるからだ。

「……うっ」

　そんな彼の懼(おそ)れを証明するかのように、祖母が桟橋を少し歩いたところで、うめいたまま急にふらついた。

「どうした？」

　俊一郎よりも早く、すっと祖父が近寄って支える。祖母から離れていたはずなのに、この自然で素早い動きには驚いた。

「酔われましたか」

　新恒警部が心配そうな顔をすると、唯木がさっと祖父とは反対側に回って、優しく祖母を支えた。

「愛染様らしくねぇな」

　口は悪いものの、曲矢も案じているのが分かる。

　そんな中で城崎だけは、他所(よそ)を向いていた。何処(どこ)を見ているのかというと、どうやら島全体を眺めているらしい。その瞳(ひとみ)に映っているのは、意外にも挑むような非常に鋭い光だった。

　寝返ったんじゃないのか……。

　祖母を気にしつつも、俊一郎が城崎の様子を盗み見ていると、

「どうぞお部屋で、お休み下さい」

　そんな声をかけられた。

　目を向けると、桟橋の付け根に四十代半ばくらいの背広姿の男が立っている。ただし、

こちらを気遣うような台詞の割には、まったく感情が籠っていない。下手な役者が台本通り、棒読みをしているように聞こえる。

「失礼ですが、あなたは？」

新恒が警戒しながら尋ねると、

「申し遅れました。私、支配人の枝村でございます。みな様をお迎えにあがりました」

「それは、お世話になります」

警部はなおも質問をしたそうだったが、祖母を休ませるのが先だと思ったのか、

「では早速ですが、ご案内いただけますか」

「かしこまりました」

枝村は自分の背後に控える、ホテルの制服を着ているらしい大柄な三十歳前後の男を、少しもふり返らずに指し示しながら、

「こちらの熊井が、みな様のお荷物をお運びいたします」

しかし本人は自分が紹介されても、挨拶をするでもなく、ぬぼっと突っ立っているだけである。

「それでは、こちらへ」

枝村に先導されて、新恒、祖母を両側から支えた祖父と唯木、俊一郎、曲矢、城崎、そして熊井の順で、前方の樹木越しに見える元別荘まで歩き出した。

七人分もあるのに独りで大丈夫かと思ったが、熊井は器用にすべての荷物を両手に持

っている。

全員が桟橋から移動する前に、祖母は鋭い一瞥を、さっと枝村と熊井の二人に投げていた。いかに具合が悪くなったとはいえ、さすがである。ちゃんと相手を観察している。おそらく新恒も、同じ行為をしているに違いない。

徐々に近づいてくる建物は、個人の別荘というよりも、ほとんどホテルかと見紛うほどだった。その向こうには、手すりのある巨大な台のようなものが、ひょっこりと頭を出している。あれが目撃情報のある「塔」かと考えたが、どう眺めてもそんな風には見えない。

元別荘に近づくにつれ、その妙な代物が隠れて消えて、代わりに建物の外装の廃れが目につき出した。いや、そもそも桟橋から延びる歩道の両側に広がる芝生と、建物の見事なはずの前庭が、すでに荒廃した風景を俊一郎たちに曝していたというべきか。

こんな所に泊まるのか。

俊一郎は一抹の不安に囚われた。これでは祖母を休ませる部屋も、ほとんど期待できないと分かる。

そもそも黒術師が、俺らを歓待するわけないか。

彼が自嘲的に苦笑いしかけたとき、建物の玄関先から、あまりにも場違いな黄色くて高い声があがった。

「いらっしゃいませー。ようこそお越し下さいましたぁ」

思わず見やると、金髪でメイド服を着た十代らしい子が、にっこりと笑顔をこちらに向けている。

「何だ、ありゃ？」

理解できないとばかりに、曲矢がぼやいた。

「年齢から考えて、黒術師の信者かもしれないぞ」

しかし俊一郎の見立てに、彼は態度を変えて、

「見かけで油断させようってわけか」

一気に警戒心を強めたのだが、その子の前まで行ったところで、二人とも戸惑う羽目になった。

見事な金髪は、どう見ても鬘《かつら》である。綺麗《きれい》な青い目は、当然カラーコンタクトだろう。細い身体と不釣り合いなほど大きい胸は、おそらく偽物と思われる。要はコスプレと、ほぼ変わらない恰好《かっこう》だった。

黒術師の手下らしくない……？

さすがに俊一郎と曲矢も、そう考えざるを得なかった。

「まぁお祖母《ばあ》様、大丈夫ですかぁ」

しかも祖母を気遣う様子が、その軽い口調とは違って、本心から心配しているように聞こえる。枝村よりも数十倍は心が籠っていた。

「……誰が、祖母様やねん」

しかしながら当の祖母は、すかさず駄目出しをした。

引っかかるのは、そこかよ。

俊一郎は突っこみを入れたかったが、その前にメイド服の子が、

「失礼しました。愛染様でございますね」

綺麗に一礼してから、そう言い直した。

「愛ちゃんで、ええから」

それに応じる祖母は、いつも通りだったが、やや顔色が悪い。

「メイドのマユミです」

にっこりと微笑んだあと、

「こちらです」

マユミがロビーを横切り、階段へと全員を導きながら、

「みな様のお部屋は、すべて二階にご用意してございます。最初に愛染様と弦矢先生をスイートにご案内して、それから他の方々のお部屋へまいります」

どうして祖父(じい)ちゃんと祖母ちゃんの部屋が、スイートなんだよ。

という言葉を俊一郎は呑(の)みこんだ。

きっと黒術師の、ブラックユーモアだろう。

そんな風に理解することにした。

案内されたスイートルームの、恥ずかしいくらい豪華なベッドに祖母が横たわるのを

見届けてから、新恒は曲矢と城崎を促して、マユミと四人で先に部屋を出た。唯木を残したのは、弦矢家の護衛のつもりだろう。

幸いにも室内の掃除は、それなりに行き届いていた。これなら滞在しても問題なさそうである。

「祖母ちゃん、どんな具合だ?」

俊一郎がベッドを覗きこむと、

「船から降りて、数歩ほど進んだところでな、ぐっと身体を押さえつけられるような力を、ふいに覚えましたんや」

祖母は落ち着いた様子で、そう答えた。

「それって……」

俊一郎がみなまで言う前に、

「黒術師の領域に入ったせいでしょうなぁ」

「俺らに影響がなくて、祖母ちゃんだけに出たのは?」

「当然わたしゃが、こん中で一番の能力を持っとるからやないか」

かんらかんらと今にも高らかに、祖母は大声で笑いそうな素振りを見せてから、

「ほんまのことは、さておいて——」

「冗談じゃないのかよ」

「わたしゃ以外の者が、まったく何の害も被ってないと判断するんは、まだ早いんやあ

りませんか」

「けど祖母ちゃんだけ、これほど分かりやすく影響が出たのは、やっぱり見過ごせないだろう」

また自慢げに己の力を誇るかと、俊一郎が身構えていると、

「それは互いが、呪術を操る能力者やから……」

真面目に応じてから、

「あるいは――」

と言いかけたまま口を閉じて、すうっと両目をつむってしまった。

「祖母ちゃん？」

声をかける俊一郎を、祖父が制した。

何て口にしかけたんだ？

彼は大いに気になりながらも、祖父を部屋に残して、唯木といっしょにスイートルームをあとにした。彼女は残ると言ったのだが、祖母を静かに休ませるためにも、そうして欲しいと祖父が頼んだのである。

二階の廊下の中央にはラウンジがあり、曲矢が独りで座っていた。

「新恒警部と城崎さんは？」

俊一郎が訊くと、

「新恒は支配人の枝村と話すために、城崎は建物内を見てくるって、それぞれ行っちま

った」

「城崎さんを独りにして、いいのか」

「かといって建物内をずっと、尾けるわけにもいかねぇだろ」

そんなことをすれば、すぐに気づかれてしまう。

「確かに。で、曲矢刑事は？」

「これまで通り、おめぇの子守り役だ」

「それはお互い様だろ」

「何だとぉ」

お馴染みの口喧嘩がはじまりそうだったが、

「曲矢主任」

唯木の一言で、曲矢が意気消沈した様子を見せた。

「だから、主任って呼ぶなって、前から言ってんだろ」

「失礼しました」

律儀に一礼してから彼女は、

「新恒警部が枝村さんの事情聴取をされているのでしたら、私はマユミさんを担当いたしましょうか。または他のスタッフを見つけて、そちらに話を聞いたほうがよろしいでしょうか」

「警部が枝村のとこへ行ったのは、やつが支配人だからだ。当然スタッフの人数や身元も確認するだろうから、個別の事情聴取は、それからでいい」

「はい、了解しました」

「おめぇは相変わらず、ほんとに堅苦しいなぁ」

「申しわけありません」

「曲矢刑事は相変わらず、ほんとに傍若無人だけどな」

「てめぇ」

二人がはじめた言い合いを、唯木が神妙な顔で聞いている。これが城崎だったら、きっと莫迦にした態度を見せたに違いない。

しばらく掛け合いの漫才のような、そんな口喧嘩が続いたところで、

「曲矢主任」

突然、唯木が口をはさんだ。

「何だ？　主任って呼ぶなって——」

「新恒警部が来られます」

ロビー側のほうから二階の廊下を歩いてくる新恒を目にしたとたん、ぴたっと二人は口を閉ざした。

「愛染様のご様子は？」

まず訊かれたので、俊一郎は答えた。

「寝ています。この島に着いたとたん、まるで身体を押さえつけられるような、そうい

う力を覚えたそうです」

「懼れていたことが、やっぱり起きたわけですね」

そこで新恒は、唯木を見やると、

「お側についていなくて、大丈夫ですか」

「祖父がいっしょにいるので、問題ありません」

俊一郎は代わりに応じてから、

「枝村さんのほうは？」

「彼はホテルの副支配人をしていましたが、リストラをされた。ネットで同職の募集がないか探したところ、プライベートホテルの支配人の求人を見つけた。申しこんでみると、すぐに採用が決まったそうです」

「つまりやり取りは、すべてネット経由だったわけですか」

「そうです。そのため彼は、今回の雇用に関して、まったく誰とも会っていないと言っています」

「あのマユミという少女も？」

「まだ本人から話は聞いてませんが、同じようですね。プライベートホテルの求人には、他に料理人と配膳係、客人の世話をするメイドと清掃係、主に力仕事を担当する雑用係があって、ここのスタッフは全員、それに応募して採用された者ばかりだと、枝村さんは言っています」

「雑用係ってのは、全員の荷物を運んだ熊井か」

曲矢の確認に、新恒はうなずきながら、

「料理人は呂見山さんで男性、配膳係は樹海さんで女性。お二人とも五十代くらいです。メイドさんは、玄関でお会いしました」

まさにメイド服を着こんだ、あの明るいマユミである。

「清掃係は、津久井さんという年配の女性です」

「支配人とメイドの他に、会って話された人はいるんですか」

「いえ、まだです」

「それにしても――」

俊一郎は疑問に感じたことを、ふと口にした。

「七人の客を迎えるのに、スタッフを六人も雇うのは、役目が各人で違うとはいえ、いくら何でも多くないですか」

「お前もちっとは、世間の常識が分かってきたみたいだな」

すかさず曲矢が茶化したが、新恒は相手をせずに、

「この規模の元別荘を維持するためには、それくらいの人数は必要かもしれません」

「そんなものですか」

「とはいえ黒術師が、わざわざホテル業を営むために、今回スタッフを募集したわけでは、当然ながらありません。我々の世話をさせるためです。そう考えると、無駄に多い

気もします」

俊一郎は考えこみながら、

「それぞれが、何らかの役目を負ってるとか……」

「俺ら一人ずつに、スタッフも一人ずつ、張りつくためじゃねぇか」

「曲矢刑事にしては、驚くほど鋭い意見だな」

「ほめてんのか、けなしてんのか――」

「けど、七人の客に六人のスタッフじゃ、数が合わないだろ。算数できる？」

「てめぇぇっ」

「雇主の件ですが――」

俊一郎は曲矢から、さっさと新恒へ顔を向けて、

「どこの、どんな人物なのか、まったく支配人は知らないんですか」

「枝村さんによると、『黒島（くろしま）』という名前しか分からないそうです。白黒の『黒』に、この濤島の『島』と書きます」

「それって……」

「もっとも『くろしま』なのか、濁って『くろじま』なのか、または『こくとう』なのか、ないしは『こくしま』や『こくじま』と読むのか、本当の読みも不明みたいです」

「だとしても、まさに黒術師の島じゃないですか」

「枝村さんにしてみれば、ただの名字でしょう」

「でも、雇主の素性も不明な状態で――」

「採用が決まると同時に、すぐに給金の半分が、前払いで銀行口座に入ったらしいです。それで信用した」

「逆に怪しいと、そこで疑うべきじゃ……」

「まだ彼にしか話は聞いていませんが、他の方々もすべて、職探しで困っていたとしたら、どうでしょうね」

「……飛びつきますか」

「仕事の内容も、島を訪れる七人の世話と、はっきりしています。黒島自身は遅れて行くので、先に七人を迎えるように、という指示だったそうです」

「問題は――」

俊一郎は険しい顔で、新恒を見やりながら、

「黒術師の息がかかった者が、スタッフの中に潜んでいるかですが、警部はどう思われますか」

「いないわけがないと、ここに来るまでは考えていました。ただ、枝村さん個人に対しては、そういう感じを受けませんでした」

するとと曲矢が、

「あの熊井ってやつは、無愛想で感じが悪かった。ありゃ怪しいんじゃねぇか」

偏見にまみれた意見を述べたので、

曲矢刑事にそっくりだ。

と突っこみそうになって、なんとか俊一郎は我慢した。

「ここでしたか」

そこへ城崎が、新恒とは反対方向の廊下から現れた。

「ざっと建物内を、見て回りました」

彼によると、一階にはロビー、それに隣接したラウンジ、食堂、調理室、貯蔵室、娯楽室、トイレ、スタッフ用の部屋が複数あり、二階の寝室はシングルが三つ、ツインが二つ、スイートが一つで、三階は男女別の浴場とトイレが、それぞれ設けられているらしい。

「誰かに会いましたか」

新恒の問いかけに、

「調理室で夫婦じゃないかと思える二人が、夕食の準備をしてました。でも話は警部が聞かれると考え、挨拶したただけです」

さすがに勝手な行動は控えているのか、と俊一郎は思ったのだが、城崎の表現が気になった。

「その二人って、料理人の呂見山と、配膳係の樹海ですよね。でも別に、夫婦じゃないんでしょう」

新恒は首をふりながら、

「もしそうなら、きっと枝村さんが言ったはずです」

「あれ、違うのか。なんとなく夫婦のように思えましたけど」

城崎は意外そうだったが、新恒は思案する顔で、

「そもそも名前も、本名とは限りませんからね」

「そちらで調べることは？」

俊一郎は尋ねたが、

「携帯がつながりません」

さっそく試したらしい新恒に、そう言われた。

「あそこなら――」

すると城崎が思いついたように、

「ここに来る途中で、建物の向こうに、妙なものが見えたでしょ。建物を検めるついでに裏を覗くと、こんもりとした丘になっていて、見晴らし台があるんです」

やっぱり俊一郎の睨んだ通りだったらしい。

「あそこに上がれば、あるいは」

「早いうちに、試してみましょう」

その言とは裏腹に新恒は、あまり期待していないようである。

ここは黒術師の島だから……。

俊一郎は心の中で、そうつぶやいた。

「建物を見て回って、特に気になった点はありませんか」

「怪しい所という意味では、別にないんですけど……」

新恒の質問に、城崎が珍しく戸惑っている。

「何かありましたか」

「貯蔵室を覗いたとき、食料品が少ないように思えました。我々は七人います。そこに支配人の枝村、荷物を運んだ熊井、メイドのマユミ、料理人と配膳係――」

「呂見山さんと樹海さんです。それに清掃係の津久井さんを加えて、スタッフは六人。つまり全員で、十三人になります」

なかなか不吉な数である。

「……だったら、かなり足りません。調理室の冷蔵庫にも、もちろん冷凍食品などがあるんだろうけど――」

「黒術師が提示した日数は、六日です。城崎捜査官の見立てでは、十三人で六日を過ごすのは無理だと？」

「その人数だと、もって三、四日……」

重苦しい空気がラウンジに漂い、全員が黙ってしまった。誰もが少量の食料品の意味を悟りながら、それを口にすることを忌避している。そんな雰囲気があった。

「つまり黒術師は――」

それを破ったのは、俊一郎だった。

「人数分の食料を用意しても、無駄になると考えた。なぜなら六日間が過ぎたとき、招待客は一人も残っていないから……」

八　スタッフたち

「……弦矢さん」

城崎が真剣な表情で、俊一郎に声をかけた。

「はい？」

「私たち全員の死相を視ておいたほうが、いいのではありませんか」

返事に困って、とっさに新恒警部を見やると、

「そうですね」

と肯定したので、場所と順番をどうするか、俊一郎が考えようとしたところ、

「スタッフ六人の死相を、まず視てもらえますか」

予想外の頼み事をされて、彼はびっくりした。

「そっち……ですか」

「雇主が黒術師であれ、彼らは一般人です。黒術師側の者が潜んでいたとしても、その

事実に変わりはありません」

城崎は不服そうだったが、

「俺らの覚悟は、とっくにできてるだろ」

曲矢がすごむことなく、当然のように言ったので、そのまま黙ってしまった。

「支配人の枝村さんに頼んで、私が一人ずつ面談します。弦矢君は横に座って、書記のふりをして下さい。そして頃合いを見計らい、死視していただく」

「分かりました」

「連続でやって、平気か」

曲矢が心配したのは、過去に大人数に対して死視を行なったせいで、俊一郎が倒れた経験があったからだ。

「警部の事情聴取が間に入るから、きっと大丈夫だよ」

「無理はすんな」

ぶっきらぼうながらも、彼を案じているのが分かるため、

「ああ、気をつける」

俊一郎も素直に応えた。

「私と弦矢君は、一階ロビーのラウンジにおいて、スタッフの死視と事情聴取を行ないます」

それから新恒は、それぞれに指示を出した。

「曲矢主任は島中を歩いて、その全体を把握すること。唯木捜査官は裏の見晴らし台に上がって、携帯がつながるか確かめること。そこが駄目だった場合、他に可能そうな所がないかを探すこと。城崎捜査官は事情聴取を受けているスタッフ以外の人たちの、その動向を観察すること。事情聴取が終わった者にも、ちゃんと注意を向けること。以上です。何か質問はありますか」

曲矢が似合わない挙手をしてから、

「島を探る中で、黒術師の居所も突き止める——ってことだよな」

「いえ、それは意識する必要ありません」

不満そうな顔の曲矢に、

「どこかに黒術師が潜んでいるにしても、愛染様でない我々には、まず分からないでしょう」

「そりゃ、そうかもしれんけど……」

「愛染様が隠れ場所を暴かれるか、黒術師が自ら我々の前に姿を現すか、どちらかでしょうね」

「俺もそう思います」

俊一郎も賛同したので、曲矢は仕方なく納得したようである。

「祖父母は、どうしましょう？」

「愛染様には夕食まで、このまま休んでいただきます。駿作先生も引き続き、同じ部屋で見守ってもらうということで――」

そこで新恒は、唯木に新たな指示を出した。

「携帯の場所探しは、それほどかからないでしょうから、あとは愛染様の警護に回って下さい」

「はい、了解しました」

気持ち好いほどビシッとした唯木の敬礼が合図のようになり、その場から全員が動き出した。

俊一郎と新恒が一階に下りると、二人を待っていたかのように、ぬぼうっとロビーに立つ支配人の枝村の姿があった。

「再びすみませんが、またお話があります」

新恒はラウンジへ枝村を誘い、相手が座って落ち着くのを待ってから、

「我々は、実は警察です」

自分たちの身分を明かしたあと――もっとも黒捜課のことは黙ったままで――黒術師を知っているか、という質問をいきなり突きつけた。

「……いえ、存じません」

枝村の返事を聞く限り、そこに嘘はないように感じられる。

「黒術師というのは――」

やつの詳細を新恒が説明しても、彼の反応は変わらない。ただ、そんな相手を見てい

るうちに、俊一郎はあることに気づいた。

知らないのは本当だとしても、まったく興味さえ覚えてない……。

普通なら黒術師のような存在を聞かされ、恐怖や嫌悪や憤怒といった何らかの感情が、自然と表に出るのではないか。しかし枝村には、そういう徴候が少しも見られない。それとも支配人という立場上、自分の個人的な感情を律することに、彼は慣れているのだろうか。

俊一郎が判断に悩んでいると、

「つまりスタッフのみなさんの雇用主である黒島という人物が、その黒術師である可能性が高いのです」

新恒が肝心な問題点を、はっきりと口にした。ちなみに「黒島」は、便宜的に「くろしま」と呼ぶことにしたらしい。

「と申されましても……」

相変わらず四角四面な様子で、枝村が応えた。

「私どもスタッフの誰一人、黒島様にはお会いしておりません。ここで七人のお客様をお出迎えして、そのお世話を六日間するように、そうネットで指示を受けただけです。お客様に関しても、お名前しか存じておりませんでした。なぜ黒島様がご招待なさったのか、お客様とのご関係は何か、お客様同士はお知り合いなのか——といったことは、何も知らされていないのです」

この説明にも、どうやら嘘はなさそうである。だが俊一郎は、妙に引っかかるものを感じた。

いったい何が気になるのか。

そのとき新恒が、ちらっと彼を見やった。

あっ、死視を忘れてる。

枝村の観察に夢中になるあまり、そもそもの目的を失念していた。

俊一郎は反省しつつ、死視の力を「視ない」から「視る」に切り替えた。子供のころは「視る」の状態のまま生活していたため、しばしば怖い目に遭った。それを祖母の指導の下で修行した結果、日頃は「視ない」状態にしておくことが、普通にできるようになる。この切り替えを習得できていなければ、とっくに彼は頭が変になっていたに違いない。

だから今も、死視を「視る」にするとき、ふと緊張してしまう場合がある。いつもではなく、その懼(おそ)れはふいに訪れる。

幸い枝村に対しては、特に何も感じなかった。それは死視の結果も、まったく同様だった。

かすかに首をふって、俊一郎が知らせると、

「スタッフのお一人ずつから、ここでお話を順番に聞きたいのですが、よろしいでしょうか」

新垣は軽くうなずいたあと、そう枝村に頼んだ。

「みなさんが警察の方だと、お伝えしたうえで、ですか」

「そこは教えていただいて結構ですが、黒術師の件は黙っていてもらえますか」

「はい、承知いたしました」

支配人が奥に引っこんだあと、すぐに雑用係の大柄な熊井が現れた。しかし彼は無表情で座ったまま、まったく口を開かない。

「黒術師をご存じですか」

「いいや」

新垣の質問にも、そっけなく答えるだけである。

「今回の仕事につかれる前は、何をやっておられました？」

「トラック」

「運転手さんですか」

「そう」

「長距離を輸送される？」

「いや、配達」

かように全部の返事が片言で、そもそも会話にならない。肝心の雇用に関しても、まったく枝村と同じと分かっただけである。黒術師に対する反応も、二人は非常に似ていた。つまり無関心なのだ。

死視の結果も枝村と同じで、まったく死相など現れていない。

三人目は料理人の、小太りな呂見山である。街の中華料理店で雇われ店長をしていたが、店がつぶれて無職になった。ネットで同職種を探していて、この仕事を見つけた。あとは枝村たちと変わらない。

ただし黒術師を知らないと否定したあと、その説明を新恒から受けたとき、彼は強く反応した。

「そんなやつに、関わりたくありません」

きっぱりと拒絶してから、

「でも私は、ここの仕事を請け負いました。ですから滞在客のみなさんに、きちんと料理は出すつもりです。それが私の仕事ですから。お約束通りに働いて、残り半分の給金を受け取るだけです」

本来は抑えつけられているはずの感情が、つい出てしまったかのような、そんな呂見山の発言である。

この人たちは、やっぱり可怪(おか)しい……。

でも何が変なのか、それが分からない……。

俊一郎は呂見山を死視(しし)しつつ、そう改めて思った。いつもなら死視に集中するために、考え事などできないはずなのに。

四人目は配膳(はいぜん)係の、やや小柄な樹海だった。夫と二人で食堂をやっていたが、不況のあおりを受け立ち行かなくなる。ネットで職探しをしたところ、この仕事があったので応募した。

「ご主人も、同時に申しこまなかったのですか」

もっともな新恒の質問に、いったん樹海は口籠ってから、

「あの人は別に、料理人の仕事が見つかって……」

「あなたがネットで、ここの仕事を探し当てる前に、すでにご主人は次が決まっていたんですか。それとも呂見山さんが先に雇われてしまったので、ここの仕事をあきらめたあと、ご主人は次を探されたのでしょうか」

ただ新恒が、そう続けて尋ねた理由が、俊一郎には謎だった。

「えーっと、もう呂見山さんが決まっていて、あとは配膳係しか空いていなかったので、それで私だけが……」

しかし彼女の返答を聞いて、おやっと彼は首をかしげた。

……嘘をついてる？

確信はないが、死相学探偵をやって来たお陰で、そういう判断が少しはできるようになっている。

けど、どうして？

黒術師のことは、本当に知らなそうだった。それなのに嘘をつく必要が、どこにあるというのか。しかも嘘の内容が、あまりにも個人的である。とても黒術師に関係してい

ると は思えない。

　再び新恒に促され、俊一郎は樹海に死視を行なった。しかし彼女にも死相は、少しも出ていない。

　樹海がラウンジから去るのを待って、俊一郎は訊いた。

「先ほどのご主人の雇用についての質問は、どういう意味ですか」

「彼女がお店を失った話と、呂見山さんのお店がつぶれた話の、どうも細部が似ている気がしましてね」

　そこで警部が具体的にあげた類似点は、俊一郎が見逃していたものばかりで、彼は感心すると同時に、自分が情けなくなった。

「すると二人は、実は夫婦だ……と？」

「だとすると今度は、それを秘す理由が分かりません」

「黒術師に関係……ないですよね」

「ええ、さすがに」

　新恒は二人の事情聴取をふり返る顔で、

「それに樹海さんは、呂見山さんが夫だということを、もしかすると隠したがっていたかもしれません。でも呂見山さんには、そういう素ぶりがありませんでした」

「……妙です」

　そこへ場違いに明るく、元気の良い声が響いた。

「次は、私です」

見るとメイド姿のマユミが、にこにこ顔でやって来る。

「何でもお訊き下さい」

すべてに答えますよと言わんばかりの様子で、ふんわりとスカートを広げながらソファに座った。

この子の相手は……。

新恒も苦慮しそうだと心配したが、まったくの杞憂（きゆう）だった。名字が花崎（はなざき）だと聞き出したあと、ごく自然にまだ中学生であることを、あっさりと本人に認めさせたのだから。

「えっ、高校生じゃないのか」

びっくりする俊一郎に、

「こんな可愛い少女のような高校生なんて、今どきいません」

「いや、年齢の割に幼そうだなとは思ったけど——って違う。中学生だったら、夏休みのバイトはできないだろ」

「逮捕するんですか」

と言いながらも警戒心などなく、むしろこの状況を楽しんでいるようである。

「その前に弦矢さんこそ、ほんとに警察官です？」

しかも鋭い質問をしてきたので、俊一郎はぐっと言葉に詰まった。

唯木や城崎よりも年下に見えるうえ、二人とは雰囲気が違い過ぎる。要は少しも警察官らしくないのである。

「なんか変だなぁ……っていう気が、どうしてもするんですけど」

あからさまに疑いの目を向けてくる。

「あっ、お客様に対して、失礼ですよね」

その舌の根が乾かないうちに、すかさず詫びるところなど、とても素直に映る反面、細かく計算しているようにも思えて、どうも混乱してしまう。

「彼は警察の、オブザーバーです」

しかし新垣が、そう口をはさんだとたん、

「ええっ、恰好いいー」

ころっとマユミの態度が変わった。

「警察に協力する、若き犯罪学者さんだ！」

新垣はオブザーバーとしか説明していないのに、自分で勝手に決めつけて盛り上がっている。

「さて、話を戻しますが、この仕事はどこで知りました？」

「ネットです」

何事もなかったように新垣が尋ねると、マユミも普通に答えた。

「応募の動機は、何でしょう？」

「買いたいものが、色々あるんです」

「ほうっ、どんな？」

「まずは『図説 占星術事典』です。古本でしか入手できないので、状態の良い綺麗（きれい）な本を求めようとすると、それなりの値段になります」

「星占いが趣味か」

「今もっとも興味があります。でも星占いじゃありません。占星術です」

「あくまでも専門的に学びたいと？」

「はい。すでに師匠もいます」

かといって占星術師になりたいわけではないらしい。要はオカルト的なこと全般が好きなのだろう。

ちなみにネットでの応募と採用、その後の前払いについては、枝村たちと完全に同じだった。ただしマユミはネットに通じている年代のせいか、黒島と濤島（とうじま）について一応は色々と探ったらしい。

「収穫はありましたか」

「黒島さんについては、まったく何も出てきませんでした。だから偽名じゃないかって、ちょっと疑いました」

「それなのに、この仕事をよくする気になりましたね」

「だってバイト代の半分を、もうもらってますから」

ちらっと一瞬、マユミの真面目な性格が、ここで覗（のぞ）いた気がした。

「濤島のほうは逆に、怪談めいた話なんかが出てきて、これは……って思いました」

「にもかかわらず島に来たのは、やっぱりお金ですか」

「それも当然ありますけど、これほど面白そうなバイトって、そうそう見つかりませんよね」

さすがに新恒も呆れたらしいが、それを顔には出さずに、

「黒術師って、知ってますか」

他のスタッフと同様、いきなり問いかけた。

「ネットのとある掲示板で、去年のいつごろからかなぁ……話題になってた、呪術殺人の黒幕みたいな存在ですよね」

充分に予想できた反応だったのに、はっきりと口にされると、やはり俊一郎はどきっとした。

「六蠱による猟奇連続殺人事件の、その声明文がネットに出たあと……くらいかな」

「あの事件を知ってるのか」

「犯罪学者さん、大丈夫?」

思わず身を乗り出した俊一郎に、マユミは怪訝そうな表情で、

「あれほど話題になった大事件なのに、知らないほうが可怪しいでしょ」

「……それもそうか」

「あのとき掲示板では、早くも黒幕の存在が噂されてて、それが今年の春ごろまでの間

に、はっきりと黒術師って名前が出るようになって……」

「黒のミステリーバスツアーの件も、ひょっとして？」

「はい、その掲示板で目にしました」

「参加しようとは、まったく考えなかったのか」

このマユミなら、「何だか面白そう」という理由で、ほいほいとバスに乗っていそうではないか。

「だって……」

ところが、マユミが珍しく言い淀んでいる。

「何だ？」

「……バイト代がもらえるわけじゃ、ないもの」

「結局そこかよ」

俊一郎は呆れたが、相手は平気な顔をしている。

「黒術師についてですが――」

新恒が色々と質問をしたが、偽星影の松本行雅に負けないくらい、その知識がマユミにもあって、俊一郎は素直に驚いた。

「どこから仕入れた？」

「これくらいはネットに、普通に載ってます。犯罪学者さんは若いのに、ちょっと遅れてませんか」

「俺は犯罪学者じゃない」

「だったら探偵さん？」

と言ったあとで、急にマユミは顔を輝かせると大声で、

「あぁぁっ、もしかして死相学探偵さん！　そうじゃないですか」

どうしてそれを――という返しを、とっさに俊一郎が呑みこんでいると、

「訊かれる前に、先に言っておきますけど、黒術師の邪魔をしている相手に、そんな風に呼ばれる探偵がいるらしい……って、一時期ネットで話題になったんです」

邪魔ではなくて、阻止だろう――と怒ったが、もちろん黙っていた。

「それでもしや――と思ったんだけど、探偵さんはイケメンって噂なんで、きっと違いますよね」

さらに俊一郎の感情を逆なでするような物言いをしたが、それに動じる彼ではない。

「弦矢君は、とても男前ではないですか」

むしろ新恒にフォローされて、妙に恥ずかしい。

「その黒術師ですけど、掲示板によっては『黒術師様』って呼ばれて、多くの崇拝者も出ているようです」

と続けるマユミを見て、
この子が〈黒衣の少女〉になっていた可能性も、多分にあったに違いない。

そう俊一郎は考えたため、黒衣の少年のことを思い出して、何とも言えぬ気持ちにな

った。

この子と彼とが、入れ替わっていたかも……。

二人に差ができたのは、マユミがお金にこだわったせいとも言える。それが事実なら、中学生のくせに現実的なのが幸いしたわけだ。

「何ですか、私を見て、変な顔しないで下さい」

いきなり難癖をつけられて、俊一郎は苦笑したが、

「ところで君は、黒衣の少年を知ってるか」

彼も突然、黒衣の少年のことを問いかけた。

「えっ……」

きょとんとした表情を、マユミは見せたあと、

「物凄く邪悪な企みを思い浮かべた者のところに、黒術師の使いである黒衣の女が訪ねてきて、呪術殺人の秘儀を授けられる……という噂は、ネットの一部でも広まってましたけど——、黒衣の少年っていうのは、それと似た存在なんですか」

「黒衣の女は、もう捕まっています」

新恒の補足に、

「やっぱり日本の警察は、優秀なんですねぇ」

マユミが感心したようなので、

「この人たちは、普通の警察官じゃない。黒術師のために組織された、特別なチームの

警官なんだ」

　今度は俊一郎が補足した。

「あのー、今さらなんですけど――」

「何だ？」

「そういう特殊な警察のチームと、犯罪学者さんか死相学探偵さんらしいお兄さんとが、この島に招待客としてやって来たということは、私たちの雇主の黒島さんは、実は黒術師で、ここに住んでる――ってわけですか」

　俊一郎と新恒が同時にうなずくと、

「……どこに？」

　まさに好奇心むき出しで、マユミが訊いてきた。

「まだ突き止めていませんが、あなたに心当たりはありますか」

　新恒の質問に、しばらくマユミは考える仕草をしてから、

「……なんとなくですけど、怪しいなぁって所はあります」

「どこだ？」

「この建物の裏の、見晴らし台」

　その答えに、俊一郎は拍子抜けした。

「あれって側で目にしてないけど、建物が併設されてるのか」

「階段で上がるだけの、ただの見晴らし台です」

「隠れられる場所は？」

「どう見ても、ないでしょうね」

俊一郎が天を仰いでいると、

「怪しいと感じたのは、なぜです？」

新恒が優しく問いただした。

「そういうのって、感覚だと思います」

「なるほど。情報をありがとうございます」

あとは他のスタッフに対して、どういう印象を持ったかを尋ねて、マユミの事情聴取は終わった。その前に俊一郎は死視をしたが、死相は視えなかった。

最後は清掃係の津久井で、スタッフの中で最も年配の女性である。

長年にわたり彼女は、ラブホテルの清掃業務をしてきた。同系列のホテルを渡り歩いていたらしい。しかし経営者が別の事業で大きな損失を出し、全ホテルを手放した結果、スタッフも総入れ替えになってしまう。

津久井は次の仕事を探したが、なかなか見つからない。そんなとき元の同僚が「ネットで募集していたよ」と、この仕事を教えてくれたらしい。

「いいえ、同僚といっても、私の孫くらいの女の子なんですけどね」

そう言って笑う顔は、どこか童女のようである。

「私はパソコンが使えないので、その子が手続きなど、すべてやってくれました。ほんとに良い子で、大変お世話になりました」

「その子が、あのメイドのマユミさんというわけでは、ありませんよね」

新恒が念のための確認をすると、

「あぁ、でもマユミさんによく似た、性格の好い明るくて可愛い子でした」

その元同僚に全部を任せたため、請け負った仕事内容以外のことは、まったく何も知らないという。

もちろん黒術師についても同様で、はじめて聞くと答えた。なお彼女にも死相は、少しも現れていなかった。

スタッフ全員から話を聞き終えたところで、

「弦矢君、大丈夫ですか」

まず新恒は、俊一郎の心配をした。

「平気です。特にダメージは受けてません。むしろ疲れたのは、マユミの相手をしたときでしょうか」

「明るくて元気な、お嬢さんです」

「それに引き換え他の人たちは、少しも覇気が感じられません。もっとも彼女と比べたら、ほとんどの者はそう映るでしょう。でも――」

「言いたいことは、よく分かります」

全員の事情聴取を、新恒はふり返っている様子で、

「自分が請け負った仕事にしか、あとの五人は興味がない。それは間違いないでしょう。個々の事情は異なりますが、五人とも職を失って、とても困っていたように見受けられました。そんなときネットで、胡散臭い仕事を見つけた。しかし給金は非常に良い。しかも半分は前払いしてもらえる。だから飛びついたのであり、仕事以外のことに関わるつもりは毛頭ない。これが五人の共通点でしょう」

「俺が言いたかったのも、まさにそれです」

「この五人の考え方というか、今回の仕事に対する捉え方は、普通に理解できます。ただし、肝心の客が警察とその関係者であり、かつ雇主が黒術師という得体の知れぬ存在らしいと分かり……という状況の中で、頑なに我関せずを五人とも通そうとしていることに、私は違和感を覚えました」

「それって逆に見ると、五人とも実は黒術師の息のかかった者だから……という見立てができませんか」

「その通りなんですが――」

新恒は思案するような顔で、言葉をと切らせた。

「やっぱり違う……と？」

「五人が黒術師側の者だった場合、もう少し上手く立ち回りませんか」

「……確かに」

「つまり五人の反応が、どうにも妙なのです」

「そのせいで俺たちの敵なのか味方なのか、さっぱり分からないことに……」

「黒術師の狙いが、実はそこにあるのだとしたら、本当に見事としか言い様がありませんね」

新恒の指摘に、俊一郎は思わず寒気を覚えた。

自分たちの世話をするスタッフに対して、こちらが疑心暗鬼になるという心理状態が、とても薄ら寒く感じられたのである。

だが次の瞬間、ある疑惑が脳裏に浮かんで、彼は愕然とした。

「どうしました？」

すぐさま俊一郎の変化に気づいたのは、さすが新恒である。

「まさか、とは思いますが……」

「何です？」

「あの五人の中に、黒術師がいるなんてことは……」

新恒は息を呑んでから、

「うかつでした」

「あり得る……と？」

「自分の正体を隠すために、わざと仕事以外のことには無関心なスタッフばかりを集めて、そこに潜んでいるとも考えられます」

「もしそうなら当然、やつは変装してますよね」

「普通の変装なら、こっちも見破れますが、きっと『黒蓑(みの)』のような我が身を隠す呪術(じゅじゅつ)を用いているでしょう」

黒蓑とはダークマター研究所事件の犯人に、黒術師が特別に授けた一種の変装に関する呪術である。

「あれが使われてるなら、厄介ですね」

新恒はうなずきながらも、

「弦矢君の見方には、一つ誤りがあるかもしれません」

「えっ、どこですか」

「容疑者を五人とした点です」

俊一郎が何も言えないでいると、

「マユミさんも入れた、六人とするべきでしょう」

九　夕食会の十三人

新恒警部と俊一郎が二階の廊下のラウンジに行くと、すでに曲矢と唯木と城崎が待っていた。

最初に報告したのは、曲矢である。

濤島（とうじま）は「く」の字に似た形をしており、その最も下部に当たる南に船着き場が、折れ曲がった下の直線の上寄りに元別荘が、折れている地点に見晴らし台が、各々あるという。上の直線の下半分は森で、上半分は岩場らしい。

森はあまり深くなく、通り抜けて岩場に行くこともできる。しかし、どちらにも何もない。前者には樹木が茂り、後者は殺風景な岩肌が広がっているに過ぎない。

つまり島の中で開発されているのは、「く」の字の折れ曲がった地点から下部にある辺りだけ、ということになる。

「森と岩場に黒術師が潜んでるとは、とても思えない」

そう曲矢は締めくくった。

「見晴らし台は、五階建てになっています」

次は唯木が報告した。

「わずか五段の階段を上がると、十畳くらいの一階があります。コンクリートの打ちっ放しで、階段のあるところ以外は、四方が鉄の手摺（てす）りで囲まれています」

「一階なのにか」

曲矢の確認に、唯木は「はい」と返事をしてから、

「中央に螺旋（らせん）階段があるのですが、その周りには私の胸くらいの高さの、石筍（せきじゅん）のような代物が、ぐるっと囲むように並んでいて、ちょっと無気味でした」

「何だ、そりゃ？」

「一種のオブジェに思えましたので、近づいて目を凝らしたところ、それぞれに顔のようなものが描かれていました」

「人物像なんですか」

新恒の問いかけに、唯木は困り顔で、

「巨大な筍(たけのこ)のような形の石に、平面の顔が彫られている。そんな感じです」

「なるほど。他に変わった点は？」

「一つずつ顔が違っていて、それが十体ありました。そして十一体目だけは、顔ではなく五重塔のようなものが彫られていました」

「どうも意味深長ですね」

「私も怪しいと思いましたので、色々と触っているうちに、その一体が突然、ずんっと少し沈みました」

「おいおい、大丈夫か」

彼女が元気な姿で目の前にいるため、何かあったわけではないと分かるが、やはり曲矢と同じく、思わず突っこみたくなる行動である。

「お前は慎重な性格のくせに、時に大胆なことをやらかすからな」

「恐れ入ります」

律儀に一礼する唯木に、新恒が興味津々で尋ねた。

「それで、どうなりました？」

「すぐ右横の一体の頭を、力をこめて押したところ、同じように沈みました」

「おいおい……」

「さすがに不味いと判断しましたが、元に戻す方法が分かりません」

「そりゃそうだ」

「だから顔ではない、五重塔の一体を、ちょっと押してみようか……と」

「いやいや、何でそうなる？」

曲矢でなくても、彼女の判断には冷や冷やしてしまう。

「どうしようかと迷っていたら、がきっと物音がして二体の石が上がり、勝手に元通りになりました」

「ほうっ」

新恒が感心したように、

「一定時間のうちに連続で押さないと、元に戻るようですね」

「かなり怪しくないですか」

俊一郎の言に、新恒はうなずきつつ、

「正しい順で石像を押して、最後に五重塔に手をかけると、見晴らし台の地下に通じる扉が開き、そこに黒術師が潜んでいる。そんな展開が予測できます」

「その順番ってのは、どうすれば分かる？」

曲矢に訊かれ、俊一郎は首をふった。

「今のところ、手がかりはない」

「もし適当に押したら……」

「黒術師のことだから、間違えた場合には、何らかの仕掛けが発動して、こちらが怪我を負うのかもしれない」

「この件は、あとで検討しましょう」

新恒に促され、唯木は続きを話した。

「螺旋階段を上がり、二階に出ましたが、コンクリートの床と四方の鉄の手摺りという作りは、まったく一階と同じです。三階も四階も五階も、同様でした。ただ妙なところまで、いっしょで……」

「どこのことです？」

「まず一階に上がるために、五段の階段を使うわけですが、そこだけ手摺りはありません。当たり前ですが、切れています」

「まさか、他の階も？」

「はい。同じ箇所で手摺りが、ぽっかりと切れてるんです」

「危ねぇなぁ」

「一階から五階まで――」

新恒が手ぶりを交えながら、

「その箇所をつなぐように、梯子が立てかけられるようになってるとか、そんな感じはありませんでしたか」

「あっ、なるほど」

曲矢は感心したようだが、

「……私が見た限りでは、なかったと思います。申しわけありません。もっと徹底して確認するべきでした」

「いえ、問題ありません。それで携帯は、いかがでしたか」

「駄目でした。すべての階で試しましたが、まったくつながりません」

そこで唯木が、ふと言い淀んだように見えた。しかし俊一郎だけでなく、彼女の素ぶりは新恒にも分かったらしく、

「何でしょう？」

「我々の船が、島の北側で待機していると、先の会議で警部はおっしゃいました」

「ええ、その通りです」

「ところが、いくら目を凝らしても、まったく見当たらなかったもので……」

「そりゃ唯木、ちゃんと隠れてっからだよ」

曲矢が自慢そうに言ったが、

「船に迷彩的な仕掛けは、特に施されていません」

あっさりと新恒は否定した。

「この建物から見えないように、島の北側で待機していますが、それだけです」

「なのに唯木さんの目には映らなかった、ということは……」

　俊一郎の不安に対して、

「黒術師の妨害が、そこにあると考えるべきでしょう」

　予想通りの返事を新恒がした。

「曲矢主任とは別に、森と岩場を歩き回って、あちこちで携帯を試しました。でも、どこも駄目でした。島の南側も同じです」

　三人目は城崎だったが、その報告はあっさりしていた。

「一階のラウンジで事情聴取が行なわれている間、残りの者は全員、大人しく食堂にいました。この表現は比喩(ひゆ)ではなくて、本当に誰も喋(しゃべ)らないのです」

「あのマユミさんも？」

　新恒は驚いたようだが、それは俊一郎も同じである。

「あの子と他のスタッフでは、年齢が違い過ぎるから、まぁ無理もないと最初は思ってたんですが……」

「一言もしゃべらない？」

「はい。そのときの彼女の様子が、話が合わないとか、嫌ってるとか、関心がないとか──ではなくて、もっと奇妙でした」

「どういう風に、ですか」

「……上手く表現できないけど、自分だけは違うっていうような……感じです」

「なるほど」

「ただ、清掃係の津久井だけは、時おりマユミを見て微笑んでいるようでした。支配人の枝村、雑用係の熊井、料理人の呂見山、配膳係の樹海からは、虚無感のようなものが感じられるのに、マユミを気にかけているらしい津久井には、他の者とは少し違う印象を受けました」

「それに対して、マユミさんは？」

「やはり笑顔を返してたので、本当の祖母と孫のように見えました」

　俊一郎は新恒の顔を見やりながら、

「六人のスタッフの中に、黒術師の息がかかっている者がいて――と思っていましたが、津久井とマユミは除外できる、ということでしょうか」

　それに新恒は応えずに、

「他に何かありますか」

「そのうちマユミが、私を見つけて、うれしそうに話しかけてきました」

「どんな会話をしました？」

「黒術師と闘ってきた警察官なら、危険な目に遭ったことがあるのではないか。あなたの場合はどうか。ここへ来るまでに、そういう出来事はなかったのか。という質問を、やたらとされました」

「あの子らしいですね」

新恒の感想に、俊一郎がうなずくと、

「で、事情聴取のほうは？」

痺れを切らしたらしい曲矢が、催促してきた。

「個人の癖が、マユミさんを除いて誰にも感じられない、と思えるところが、逆に強烈な癖になっています。そんなスタッフばかりなので、とても扱いやすい反面、同じくらい対応に困りそうで、なんとも厄介です」

そこからは新恒が、事情聴取の詳細を説明した。

「黒術師に操られてんじゃねぇのか」

警部の話が終わったとたん、曲矢が発言して、つい城崎に目をやりそうになるのを、俊一郎は我慢しなければならなかった。

「呂見山が本音を漏らしたように聞こえたのは、黒術師の操作が完璧じゃねぇ証拠かもしれんぞ」

「それは鋭い見方ですね」

新恒が賛同したので、曲矢は得意そうだったが、

「だとしても我々に怪しまれないように、もう少し上手く演技をさせるのではないでしょうか。そのうえで襤褸が出たというのなら、まだ分かります。しかし最初から、ああいう風なのが解せません」

ものの、

結局は新恒に否定され、俊一郎にも止めを刺されて、曲矢はぶすっとした顔になった

「……言われてみりゃ、そうか」

意外にも自分の意見を引っこめた。

「また、なぜマユミだけ例外なのか、も問題になる」

城崎の場合は、黒捜課にスパイを潜りこませるため、という理由が考えられる。しかしマユミだけ違うのは、どうにも説明できない。

「そこに津久井も入るとなると、よけいに分からなくなるな」

厄介だと言わんばかりに俊一郎がぼやくと、

「問題の黒術師ですが――」

新恒が全員を見渡しながら、

「この六人の中に潜んでいると、一応は用心すべきでしょう」

「どいつもこいつも、それっぽくないぞ」

曲矢が率直な感想を述べ、唯木と城崎は黙ったままである。

「みな様――」

そこに声がかかり、廊下の向こうに目をやると、支配人の枝村が立っていた。

「お夕食の支度ができましたので、どうぞ食堂にお出で下さい」

「分かりました。すぐにまいります」

返事をする新恒に、俊一郎は、

「俺は祖父母といっしょに、あとから行きます」

そこから黒捜課の四人は一階へ、俊一郎は二階のスイートルームへ向かった。

「祖母ちゃんは、どう？」

ノックと同時に部屋へ入り、すぐさま祖父に尋ねたが、

「うむ」

と言った切り、本に目を落としている。読書に没頭している祖父の、それは典型的な反応だった。

仕方なくベッドの枕元に近づき、そっと祖母の寝顔をうかがうと、

「お腹が空いたな」

と言いながら、ぱちっと両目を開けて起きたので、俊一郎はどきっとした。

「……脅かすなよ」

「薄命の美人にかける言葉が、それか」

「すでに薄命の五倍くらい、とっくに生きてるだろ」

「実年齢の問題やない」

「いやいや、薄命の意味を知ってるのか」

「そこはええとして、美人いうんは認めるんやな」

「あえて否定するまでもない、事実無根だからだよ」

「倒れて弱ってる祖母に、なんと情けのない物言いを……」

　よよと泣く真似をしたが、

「夕食だってさ」

　と俊一郎が言うと、いそいそと祖母はベッドから起きてきた。

「料理人の呂見山さんが、さっき見えましたで」

「どうして？」

「わたしゃの身体を気遣って、何か食べたいものはないか、わざわざ訊きにきて下さいましたのや」

　そういう心配りができるのかと、俊一郎は意外に思った。新恒の話を聞いた限り、そんな印象は受けなかったからだ。

「祖父ちゃんも、食堂に行くよ」

「うむ」

　しかし部屋を出られたのは、祖母の入念な化粧が終わり、かつ祖父が切りの良い箇所まで本を読んでからだった。

「すみません。遅くなりました」

　俊一郎が謝りながら食堂に入ると、すぐに新恒が心配顔で、

「愛染様、お加減はいかがですか」

「警部さん、美人薄命と言いますが――」

律儀に付き合う新恒に、俊一郎が心の中で頭を下げていると、

「いやぁ、それにしても、この子も成長しましたなぁ」

いきなり祖母が感慨深そうに溜息をついたので、全員がきょとんとした。

「弦矢君のことですか」

いち早く気づいたのは、新恒である。

「ここに入るときの、この子の言葉を、警部さんも聞かれたでしょ」

「はい。『すみません。遅くなりました』と」

「あんな挨拶ができるようになるとは、上京する前の俊一郎からは、ちょっと考えられませんわ」

「あぁ、そういうことですか」

「これも、みなさんのお陰です。ほんまにおおきに」

「いえ、私どもは、別に何も――」

新恒は大いに謙遜したものの、

「教育係として、そりゃ苦労しました」

曲矢が大いに自分の手柄としたのは、言うまでもない。

こんな夕食の席になるとは……。

俊一郎がぼやいたのは、決して卓上の会話の内容のせいだけではなく、食堂に漂う異

様な雰囲気が大いに関係していた。

長方形の大きな食卓の、戸口側の長辺に黒捜課の四人が、その反対の長辺に弦矢家の三人が、それぞれ座った。俊一郎たちの後ろが調理室で、そこに料理人の呂見山がいると思われる。その調理室と食堂を行き来しているのは、料理の器を両手に持った配膳係の樹海である。

これだけであれば、別に何の問題もない。樹海が料理の説明をせずに、ただ黙々と運ぶ姿には愛想がないものの、まったく気にはならない。肝心の料理が「まさか冷凍食品か」と思える代物なのは、正直ややショックだった。とはいえ誰も最初から、絶品料理は期待していない。いや、むしろ毒入りの心配をしていたと言うべきか。

そのため最初にスープが出たとき、新恒が無言で片手をあげて、みんなが口をつけるのを止めてから、自分が毒味役を買って出た。

この状況は明らかに異常だったが、それに匹敵する異様さが、実は食堂内にはあった。なんと四つの隅に、支配人の枝村、雑用係の熊井、メイドのマユミ、清掃係の津久井が、食卓を向いて立っていたのである。樹海の手伝いをするでもなく、七人の客たちに目を配るでもなく、ただ何もせずに突っ立っている。そういう風にしか見えないことが、かなり異様だった。

お陰で俊一郎は、落ち着いてスープを飲めない。それは彼だけでなく、唯木と城崎も同じようだった。

もっとも残りの四人は、平然としている。おそらく新垣は演技で、曲矢は鈍感さ故だろう。祖父母は年の功と考えるべきか。いずれにせよ四隅のスタッフを完全に気にしていない、この四人の頼もしい態度が——曲矢は外すべきかもしれないが——俊一郎には救いだった。

次に前菜が出たところで、

「みなさんも、ごいっしょにどうです？」

枝村のほうを向いて突然、祖母が誘ったので、俊一郎は仰天した。

「ば、祖母ちゃん、何を——」

「いっぱい席は空いてるし、呂見山さんと樹海さんには気の毒ですけど、あとの方は今のところ、特に仕事もないでしょう。ほんならごいっしょに、夕食を楽しんだらええんです。ほんまのホテルやったら、そうもいかんやろうけど、ここなら大丈夫そうやないですか」

「いえ、我々は結構です」

枝村が慇懃（いんぎん）に断り、熊井は無反応で、津久井は少し迷っている様子だったが、

「いいんですかぁ。ぜひごいっしょしたいです」

マユミが能天気な返事をして、俊一郎たちを驚かせた。

「お嬢ちゃん、こっちへお出で」

祖母の手招きに応じて、いそいそとマユミが席に座る。今にも枝村から叱声が飛ぶか

と思ったが、支配人は黙認している。

……いいのか。

俊一郎は予想外の展開に戸惑ったが、祖母が誘い、マユミ本人が望み、枝村が特に咎めないのなら、別に問題はないのかもしれない。

しかも、まるで用意されていたかのように、すぐさまマユミの料理が出てきた。その素早さには、どうにも薄気味悪さが感じられる。

……何か、変だ。

再び俊一郎が戸惑っていると、

「毒殺される心配は、もうないみたいですな」

あっけらかんと祖母が言ったので、全員がぎくっとした。

まさか祖母ちゃん、それを狙って……。

マユミを夕食に誘ったのだとしたら、かなりのあくどさと言える。しかしながらマユミが黒術師側の者かどうか、今のところ不明である。仮にそうだとしても、いざとなれば黒術師は見捨てるかもしれない。

祖母の真意が読めない。だが、それは新恒も同じらしく、珍しく困惑した顔で祖母を見ている。

「相手の懐に入ってるんですから、今さら回りくどい話し方をしても、まぁ仕方ありませんわ」

新恒に笑顔を向けながら、祖母がそう言った。

「……おっしゃる通りです」

新恒も覚悟を決めたのか、

「我々は六日間の招待を受けたわけですが、いったい黒術師は、どんな歓待をするつもりなのでしょう」

暗に黒術師本人に聞かせるような、そんな発言をした。

「さっぱり分かりませんな」

すぐに祖母は応じながらも、

「けど何事ものう、このまま最初の夜が更けるかいうと、それは甘いような気ぃもしますな」

「先制攻撃しかない」

いきなり断言する曲矢に、祖母が尋ねた。

「主任さんの、お考えは？」

「どうぞ『曲矢』と、呼び捨てにして下さい」

「そんな、俊一郎がお世話になってる方を――」

「いや、いいんだよ、祖母ちゃん」

「お前が言うな」

「そもそも世話になってないしな」

「てめぇ、どの口が言う？」

「こっちが事務所で、そっちの相手をしてるくらいだ」

「妹まで、ただ働きさせてる癖に」

「バイト代は、ちゃんと払ってる」

「雀の涙じゃねぇか」

「こっちは事務所を、図書館代わりに使われてんだぞ」

「ケチなこと言うな」

「今まで事務所の経費で、エリカの珈琲（コーヒー）を飲んできたのは、どこの誰だ？」

「それは領収書を提出して下されば、警察の経費で払います」

新垣が口を挟んで、ようやく二人の言い合いは一段落ついたが、そこで祖母が笑い出した。

「この子が他の人と、ここまでしゃべるんを聞いたんは、はじめてかもしれません。ここまで成長したとは……。ほんまに曲矢さん、ありがとうございます」

そう言って一礼したまま、祖母は頭をあげずにいる。

「い、いや、そんな……」

さすがの曲矢も、しどろもどろである。

「祖母ちゃん、もう――」

頭をあげろよ、と言いかけて、はっと俊一郎は息を呑（の）んだ。

祖母がハンカチで、そっと目頭を押さえているのが、ちらっと目に入ったからだ。

あの祖母ちゃんが……。

ぐっと胸が痛くなって、何とも言えぬ感情がこみ上げてきそうになり、大いに彼は慌てた。

「で、バイト代って、なんぼ払ってるんや」

「へっ……」

感動しかけた自分が甘かったと、俊一郎は反省した。

やがてメインの料理が出た。そのころには祖父の顔が、ビールとワインで赤くなっていた。同じ量を祖母も飲んでいるはずなのに、まったく何の変化もない。俊一郎と新恒と唯木はビールを一杯だけで、城崎は下戸らしい。曲矢は言うまでもなく、祖父母以上に飲んでいる。

デザートのあと、おみくじクッキーが出たので、ふと俊一郎は警戒心を覚えた。

「何だ、こりゃ？」

曲矢は馴染みがないのか、不思議そうにしている。

「クッキーを砕くと、中におみくじが入ってるんですよ」

新恒が説明して、みんながクッキーに手を伸ばした。

俊一郎もクッキーを砕いて、その中の紙片を取り出す。広げると綺麗な筆致で、そこに文字が書かれている。

それに目を通して、やっぱり……と怒りがこみ上げた。

「この島で起きる事件の謎を、あなたは解けるでしょうか」

彼が紙片に書かれた文字を読み上げると、

「あなたは責任者であるだけで、万死に値します」

「あなたの警察官人生は、その部署にいるだけで終わりました」

新恒と唯木が、同じように口にした。

「二人はそれなりなのに、俺のこれは何だ？」

曲矢が文句を垂れたので、

「それなり……って言い方は、変だろ」

俊一郎は返しつつ、身ぶりで読むように促すと、

「私が弦矢俊一郎に挑んだ、呪術殺人事件を並べなさい」

確かに曲矢への文言は、新恒や唯木とは異なっている。

「殺人事件を並べるって、意味が分からん」

「それが俺ではなく、曲矢刑事宛てというのも……」

俊一郎が当然の疑問を口にしたのに対して、

「せっかく所轄から警視庁へ出向したのに、そこが変な課で残念でした――くらいのことを書いとけよ」

曲矢はぼやき続けている。

「祖父ちゃんと、祖母ちゃんは？」

　それを俊一郎は無視して、祖父母に尋ねた。

「あなたの著作には、まったく何の価値もありません」

　祖父は感情の籠らない口調で棒読みしたあと、

「そもそも怪奇小説に価値を求めて、読むやつなどおらん」

　即座に切って捨てた。

「可愛い孫に荊の人生を歩ませた責任は、すべてあなたにあります」

　祖母は読んでから、

「改めて言われてもなぁ。その通りやからな」

　あっさりと認めたので、それは違う――と俊一郎が否定しかけたときである。

「……何だよ、これ？」

　城崎が紙片を食卓に放り出して、がたっと席から立ち上がった。

「俺だけ、可怪しいじゃないか……」

　そして全員を見回したあと、

「ううっ！」

　と呻きながら両手で胸を押さえたかと思うと、そのまま床に頽れた。

「城崎ぃ！」

　新恒が駆け寄り、彼を助け起こそうとして、

「……死んでいます」

十　第一の殺人？

城崎が椅子から立ち上がり、床の上に倒れて絶命するまでの様を目にして、俊一郎は既視感めいたものを覚えた。

これって……。

しかし、その正体が何なのか、まったく分からない。

「……毒ではないか」

城崎の遺体の口元を調べながら、新恒がつぶやいた。

「申しわけない」

それから警部は両手を合わせると、遺体に頭を垂れた。

「のちほど改めて、お弔いをしましょう」

「よろしくお願いします」

祖母の申し出に、新恒は一礼してから立ち上がり、城崎が食卓の上に放り投げた、おみくじクッキーの紙片を手にとった。

「これは、妙ですね」

警部は紙片に目を落としてから、それを読み上げた。

「お前は数を間違った」

しかし、そこに書かれた文言を耳にしても、俊一郎をはじめ誰にも、さっぱり意味が分からない。

「城崎さんだけ、内容も文体も異なっています」

「他の方々の紙片は、完全にその個人に向けられたものだと、はっきりと分かる内容ばかりでした」

俊一郎の指摘に、新恒はうなずいたが、

「いやいや、俺のも違ってただろ」

曲矢が不満を漏らすと、

「確かに異なっていますが、これまでに曲矢主任は、弦矢君が解決した黒術師がらみの呪術殺人事件に、すべて関わっています。だからこそ、あの文面はあなた向けなのです」

そう説明してから、

「しかし、城崎捜査官のものは、明らかに違っています。曲矢主任宛ての文面も謎ですが、それ以上に『お前は数を間違った』は、あまりにもわけが分かりません。とはいえ彼宛てであることは、まず間違いないでしょう」

警部は調理室のほうを向いて、そこにいた樹海を呼ぶと、

「このクッキーは、どれを誰に出すか、そういう指示があったのですか」

「はい。お盆の上に、みな様のお名前が書かれた紙が敷かれ、その上にクッキーが載せてありました」

「あなたが調理室に入ったとき、すでに用意されていましたか」

「そうです」

次に新恒は、支配人の枝村を見ながら、

「この島にみなさんは、そろって一度に来られた？」

「港で待ち合わせをして、六人でまいりました」

「最初に調理室へ入ったのは？」

「私です」

料理人の呂見山が、その調理室から顔だけを出している。

「でも私が入ったとき、もうお盆は用意されてました」

新恒と呂見山がやり取りをしている間に、祖母が遺体の側にしゃがんだので、

「何か分かる？」

俊一郎は期待して尋ねたのだが、

「黒術師の影響は、もう綺麗になくなってますな」

そう答えただけで、逆に彼が問いかけられた。

「こないなる城崎さんを見て、あんたは妙な反応をせんかったか」

さすが祖母である。ほんの一瞬の変化だったと思われるのに、それに目敏く気づいたらしい。

「前に見たことがある……ような気になったんだ」

「上京する前か、それともあとか」

「……あと、かな」

しばらく祖母は遺体を眺めていたが、

「警部さん、よろしかったらご遺体を、どこぞに安置しませんか」

「そうですね。お心遣い、ありがとうございます」

遺体の頭側を曲矢が、足元側を唯木が抱えて、城崎の部屋に運ぶことになった。それに祖父母が付き添った。

新恒は食堂の食卓にスタッフたちを座らせ、そのまま事情聴取を続けたため、俊一郎は許可を得て残ることにした。

だが、支配人の枝村、雑用係の熊井、メイドのマユミ、料理人の呂見山、配膳係の樹海、清掃係の津久井の誰からも、何ら有意義な証言は得られなかった。改めて分かったのは、あくまでも六人はネットの雇用に応募して、それに選ばれて島に来ただけであり、もちろん全員が初対面で、自分の仕事以外のことは何も知らされていない。黒術師に関しても同様である。ただ一人マユミが、ネット上の知識を持っているくらいで。

まったく収穫のないまま、二人は食堂を出た。

「スタッフは無関係そうですけど、それでも怪しいと思いませんか」

俊一郎は二階への階段を上がりながら、

「何かを隠してる……いいえ、そうじゃないか」

自分が感じている疑いを、新恒に伝えようとしたが、上手く表現できずに、ちょっと苛立った。

「そうですね。隠しているというよりも、思い出せないのではないか、という気が私はしました」

「記憶を消されてる？」

「その可能性は、充分にあるでしょう。ただし仕事に関わる部分は、意図的に残されている。だから前の職業については、普通に話せる。そうでないと、ここでの仕事にも差し支えるからです」

新恒は筋の通る解釈を下したものの、

「ただ……」

と言ったきり、ふと黙ってしまった。

俊一郎が促しても、なかなか口を開かない。

「何ですか」

「警部さんらしくないですね」

「いや、失敬」

新恒は苦笑すると、

「私もあの人たちと話していると、どうにも説明できない妙な何かを、ふっと覚えるときがあるのです」

「……やっぱり」

「ただ、その正体が、どうしても分かりません」

「マユミは、どうです？」

「あの子だけは今時の、まさにお嬢さんという感じです」

そんな会話をしているうちに、二人は城崎の部屋に着いた。

「遅くなりました」

新恒が断って入ると、白いハンカチを顔に被せた遺体がベッドに安置され、その横で祖母が経をあげている最中だった。枕元で焚かれている香は、おそらく祖母のものだろう。きっと線香の代わりに違いない。

祖父と曲矢と唯木は、ベッドの足元で合掌していたので、その後ろに二人はつくことにした。

「ありがとうございました」

祖母の経が終わったところで、新恒が深々と頭を下げた。曲矢と唯木も、同じようにしている。

「あいつらの事情聴取は？」

そこから間髪容れずに尋ねたのは、いかにも曲矢らしい。

「収穫は、なしです」

新恒は首をふったあと、スタッフたちの記憶に関する疑惑も口にした。

「手がかりが見つかるとすれば、城崎捜査官の持ち物からかもしれません」

旅行鞄の中を新恒が、クローゼットや洋簞笥に仕舞われた衣類を唯木が、室内全体を曲矢が、それぞれ調べはじめた。

やがて新恒が、大判の黒革の手帳の間から、縦長の茶封筒を見つけた。数十枚が一束になって安く売られている、お馴染みの質素な封筒である。

「城崎捜査官宛ての封書ですね」

裏返して差出人を目にして、

「こ、これは……」

と言って絶句したあと、警部は茶封筒の裏側を全員にかかげた。

そこには短くて黒い棒のようなものが、点々と描かれていた。
「……あっ！」
俊一郎は思わず叫ぶと、

「十三の呪……」

そうつぶやいて、祖母を見やった。

「あんたが覚えた妙な感覚は、それか」

「……うん。『十三の呪』事件のとき、入谷家の犠牲者たちが、城崎さんと同じように倒れたのを、俺は目にしている。だから既視感を覚えたんだ」

「おいおい、待てよ」

曲矢が慌てた様子で、

「つまり城崎は、黒術師から十三の呪をかけられてたってのか」

「その封筒が、何よりの証拠だ」

しかし、俊一郎の返答など耳に入っていないらしく、

「にもかかわらず警部や俺に、そんな大事なことを黙ってた？」

遺体に怒りの視線を向け出した。

「おそらく城崎捜査官は、自分で呪術（じゅじゅつ）を解く自信があったのでしょう」

「まったく、あいつは……」

「同じ目に遭ったら、曲矢主任もそうしませんか」

「……いや、それは、まぁ」

曲矢が不承不承といった感じで、新恒の指摘に同意しかけたが、

「けど、だったら可怪（おか）しいじゃねぇか。十三の呪の対処法は、黒捜課のファイルにも載

ってる。それを誤るわけねぇ」

「封筒の中を、確認してみましょう」

警部が取り出したのは、粗末な藁半紙である。

「……やっぱり」

それにも俊一郎は見覚えがあった。

「藁半紙の中には、朱色の棒が記されていませんか」

新恒が藁半紙を広げると、

俊一郎の推測通り、薄汚れた朱色で描かれた棒が、点々と何本も見えた。

「これは間違いなく、十三の呪です」

「だとすると、この色は……」

「おそらく血痕でしょう」

「そうなると曲矢主任の疑問が、どうしても引っかかりますね」

「実は分かってなかったんじゃねぇか」

「十三の呪をかけられたことを？」

俊一郎は信じられないと言わんばかりに、

「城崎さんの様子が変だったのも、これで説明がつくじゃないか。十三の呪の徴候が身の回りに現れていないかどうか、ずっと彼は注意してたんだ」

「だったらどうして、やつは防げなかった？　あいつは自分を、かなり過信していたからな。その割に経験不足で、大した知識もなかった」

「それは、そうかもしれないけど……。十三の呪がどんな呪術か、さすがに知ってただろう」

「……まぁ、そうか」

「確かに城崎捜査官には、少し問題もありましたが――」

新恒は痛ましそうな眼差しをベッドに向けつつ、

「黒捜課の捜査員として、使命感は誰よりも強かったと思います」

「警部ほどじゃねぇよ」

曲矢の突っこみに、新恒は軽く目礼してから、

「故に黒術師の呪術殺人事件の資料は、よく読みこんでいました。そんな彼が、十三の呪の対応を誤ったとは、ちょっと考えられません」

「あっ……」

そのとき俊一郎は、とても厭な可能性に思い当った。

「どうしました？」

「それと同じことが、黒術師にも言えませんか」

新恒が怪訝な表情を見せたのは、ほんの一瞬だった。

「罠やったか」

祖母も気づいたらしく、そう口にした。

「何だ？　ちゃんと説明しろ」

「黒捜課の誰に対してであれ、明らかに十三の呪と分かる封書を送って、その呪術が成功すると、本当に黒術師が考えるか——ってことだよ」

あんぐりと口を開ける曲矢から、新恒へと視線を移して、

「貸してもらえますか」

俊一郎は封筒と藁半紙を受け取り、どちらも注意して数えた。

「棒の数は十三ではなく、十四あります」

「な、何ぃぃ」

曲矢の驚きをよそに、新恒が冷静な様子で、

「だから『お前は数を間違った』と、おみくじクッキーにあったんですね」

「城崎さんの様子が変になり出したのは、七月の十九日あたりだと、曲矢刑事から聞きました」

「ええ、その通りです」

「つまり昨日が、十三日目でした」

「それで彼は、十三の呪を回避できたと勘違いした……。だから彼に妙な様子が見られ

たのも、昨日までだった……」

港沿いのホテルで一泊したあと、クルーザーに乗りこんだわけだが、そのとき城崎は確かに、いつもの彼に戻っているように見えた。

「でも実際の呪術は、十三の呪に見せかけた別のものでした」

「そんな都合の良い呪術が、ほんとにあるのか」

怒りを覚えながらも、曲矢は呆れ返っているらしい。

「どうかな？」

俊一郎が尋ねると、祖母は思案顔で、

「いつものような呪術連続殺人事件を、それで起こすんは無理やろうけど、城崎さんだけを狙うた、あくまでも限定的な呪術やと考えたら、そら可能でしょうな」

「十三の呪に見せかけた、今回限りの呪術によって——つまり『十四の呪』で城崎さんは殺された」

「みなさんは、大丈夫ですか」

その場の全員に目を向けながら、新恒が尋ねた。

「俺は、特に……」

「私も心当たりは、今のところありません」

曲矢と唯木が答えるのを聞きつつ、俊一郎は首をふった。

「おみくじクッキーの文面から考えても、事前に呪術を仕掛けられたのは、城崎さんだけだったと思われます」

「そうでしたね。うっかりしてました」

己の不明を恥じるような態度を、ふと新恒が見せた。

「いえ、みんなの心配を警部がなさるのは、当然です」

「なぜ城崎だけが、事前に狙われたのか」

曲矢の疑問に、すぐさま新恒が答えた。

「その事実を城崎捜査官が我々には話さずに、自分だけで解決しようとする――であろうことを、黒術師は読めたのでしょう」

「そこを突かれたか」

「城崎捜査官としては、十三の呪が効果を発揮する直前に、それを見事に防いでみせて、その手柄を我々にあとから報告するつもりだった」

「この島で……ってことか」

「日数から考えても、ちょうど合います。また黒術師の裏をかいたと報告するのに、これほど相応しい場所もないでしょう」

「それら全部が、黒術師の罠だったわけです」

俊一郎がまとめると、

「莫迦野郎……」

曲矢が遺体に声をかけたが、そこに非難の色は少しもない。

「弦矢君のおみくじクッキーに書かれた、『この島で起きる事件の謎を、あなたは解けるでしょうか』は、城崎捜査官の死を指しているのかどうか……」

「えっ、違うんですか」

独り言のような新恒の言葉に、俊一郎は思わず反応した。

「ここで彼が死ぬことを、確かに黒術師は計算していたでしょう。でも呪術が仕掛けられたのは、十四日も前です。『この島で起きる事件』という表現とは、相容れない気もします」

ついで警部は険しい顔になると、

「それに黒術師が『事件』という場合は、ほぼ連続殺人事件のことだと考えるべきでしょう」

「濤島を舞台にした連続殺人事件の、被害者は俺たち……ってことですか」

「その場合は城崎捜査官が、第一の被害者になるわけですが――」

「だとすると『この島で起きる事件』という文言と、どうにも合わない。そんな謎が出てきてしまう」

「警部は頭が良過ぎんだよ」

二人のやり取りに、曲矢が割って入った。

「だから細かいことまで、色々と考えちまう」

「曲矢刑事とは、正反対だな」

いつもなら口喧嘩がはじまるところだが、

「今はお前の、子守りをしてる暇はねぇ」

と曲矢は言ったあと、

「おみくじクッキーの解釈も、城崎が最初の被害者かどうかの判断も、俺にはできんけどな。次に狙われる者が、この場にいる誰かだってことは、さすがに分かるぞ」

「確かに、その通りです」

新恒はすぐに賛同すると、

「今夜は黒捜課の三人が交代で、建物内を巡回しましょう」

「俺もやります」

俊一郎は右手をあげたのだが、

「認められません。これは我々の仕事です」

きっぱりと新恒に却下された。

「しかし今は、限られた人数しかいません。祖父母に深夜の巡回は酷ですが、俺なら平気です」

それでも彼が粘ったところ、次のようなシフトを組むことになった。

俊一郎は午前零時まで。

新恒は午前零時から二時まで。

曲矢は二時から四時まで。

唯木は四時から六時まで。

朝食は七時半のため、スタッフは六時半には起床すると、支配人の枝村が言っていたらしい。

「私は朝食まで、巡回を続けます」

「その前に三十分でも、仮眠するべきです」

長い時間を負担しようとする唯木に、やんわりと新恒が駄目出しをした。

「しかし――」

「いけません」

「六時から朝食までは、早起きの怪奇小説家が担当しよう」

この祖父の一言で、問題は解決した。その時間帯なら危険性は少ないと、きっと新恒も考えたのだろう。それに警部のことである。唯木の巡回が終わるころには、おそらく起床するつもりに違いない。

つねに二人の見張りをつけながら、全員が入浴をすませる。そこから祖父母はスイートルームに引き取り、巡回の手順の打ち合わせをしたあと、俊一郎だけが二階のラウンジに残った。

主に注意するのは、自分たちが就寝する部屋に面した、この二階の廊下である。ただし新恒は、一階のスタッフたちの部屋も見回るように決めた。黒術師が彼らを狙うとは思えないが、この島にいる一般人だという事実を考えると、そう無下にもできない。それに巡回は逆に、スタッフたちを監視することにもなる。

俊一郎は二階を七、一階を三の割合で見回るようにした。祖父母と黒捜課の面々を護るためだが、それ以外にも実はわけがあった。

一階のスタッフ部屋の辺りは、どうにも薄気味が悪い。

そんな風に感じられたからである。その一番の理由は、まったく物音がしないことだろうか。

スタッフの部屋は四室あった。男性陣は支配人の枝村と料理人の呂見山が、女性陣は配膳係の樹海と清掃係の津久井が相部屋で、雑用係の熊井とマユミは一人で一室を与えられている。年齢や性格を考慮して、枝村が決めたのだろう。

この場合、相部屋からは話し声くらい聞こえそうである。しかし実際は、しーんとしている。咳の一つも響かない。耳につくのは、しとしとと降り出した外の雨音くらいである。

不審に思った俊一郎は、四つの部屋の扉に耳をつけてみた。すると一つの室内で、かすかに音楽が鳴っていた。

ここは、きっとマユミだな。

ところが残りの三室は、まったく物音がしない。全員が寝てしまったのか。それにしても何ら気配がないのは、変ではなかろうか。

よほど扉を開けて、室内を検めようか……と考えたが、彼は思い留まった。いくら何でもプライバシーの侵害だろう。

ようやく午前零時になって新恒と交代するとき、ほっと安堵したことを俊一郎は恥じた。これまでにも依頼人の家で、たった一人で深夜に危険な目に遭った経験もあるのに、この程度で怯えるとは情けないと反省した。

それでもベッドに入るや否や、すぐに寝入ってしまったのは、やはり疲れていたからに違いない。

翌朝、祖父に起こされるまで、彼は熟睡した。

「俊一郎、すぐ来なさい」

祖父について廊下へ出ると、曲矢と唯木も部屋から出てくるところだった。

「新恒警部は？」

「先に下へ行ってる」

曲矢の問いかけに、祖父は簡潔に答えながら、三人を一階のスタッフの部屋の区画へ連れていった。

そこの廊下にいたのは、新恒だけだった。

「駿作先生が朝の巡回をされていると、熊井さんが起きてこないと、枝村さんに言われたそうです」

「六時四十分くらいやった」

祖父の合いの手に、新恒はうなずきながら、

「何度ノックをしても返事がなく、扉には鍵(かぎ)がかかっていて開かない。その状況を聞いた先生は、すぐ私に知らせて下さいました」

そこから祖父は曲矢と唯木、そして俊一郎を起こしたらしい。

「他のスタッフは、今どこに？」

「食堂です」

俊一郎の確認に、新恒は応じると、

「建物内の合鍵(あいかぎ)は昨夜の時点で、私が預かっていました」

さらりと言ってのけたのには、俊一郎も驚いた。さすがの対応である。

「これから開けるので、曲矢主任と唯木捜査官は、もしもの場合に備えて下さい。駿作先生と弦矢君は、少し下がってもらえますか」

そう言ったあと新恒は、

「熊井さん、扉を開けますよ」

室内に声をかけてから、合鍵で扉を開けた。

「熊井さん？」

警部の呼びかけに、変な調子が交ざったのは、扉越しに見えた熊井の姿が、明らかに異様だったからである。

彼はベッドの上に正座をした恰好で、部屋の隅である角の一つに頭をつけたまま、首に何重にも紐を巻かれて、どうやら絶命しているようだった。

十一　第二の殺人？

新恒警部はふり返ると、

「唯木捜査官は、駿作先生と弦矢君についていて下さい」

そう指示してから、曲矢を促して入室した。

「絞殺か」

ぶっきらぼうな曲矢の物言いとは対照的に、新恒は一通り遺体を検めてから、

「亡くなっています」

ようやく熊井の死を認めた。

「狙われてるのは、俺らじゃねぇのか」

その場の全員の驚きを、曲矢が代表して口にした。

「こいつに死相は、視えなかった。そうだろ？」

「……ああ、間違いない」

力なく答える俊一郎に、

「その件は、あとで考えましょう」

新恒は慰めるように声をかけると、曲矢の注意を遺体に向けた。

「どう見ます？」

「この図体のでかい熊井を、背後からとはいえ絞殺してやがる」

「たとえ後ろに回れても、熊井さんほどの体格の人の首を絞めて、そのまま殺せるか疑問ですね」

「それに、この妙な恰好は何だ？」

「あたかも懺悔をしているような……」

「もしかすると被害者は——」

俊一郎は室内を覗きこむようにして、

「何らかの宗教の信者で、寝る前に祈っていたのかもしれません。ベッドの上で正座して、壁の角を向いた状態で。そこを背後から襲われたので、とっさに反撃できなかった。祈りのための不自然な体勢が、命取りになったわけです」

「一理ありますね」

いったん俊一郎の推理を受け入れつつも、新恒は遺体の検めをなおも続けながら、

「ただ、その場合でも被害者は抵抗して、間違いなく暴れたはずです」

「だよな」

すぐに曲矢が賛同した。

「だとしたら凶器の紐が、こんな何重にも綺麗に巻かれてるはずがねぇ。もっと歪んで、無茶苦茶になってないと可怪しい」

「そうなると宗教の信者という仮説が、信憑性を増すんじゃないか」

「なるほど」

俊一郎の意見に、新恒が応じた。

「一心に祈っていたため、犯人が背後に近づいたことも、そっと首に紐が何重にも巻かれたことも、熊井さんは気づけなかった」

「おいおい、いくら何でも――」

「あり得ないことでは、決してないでしょう。その宗教に対する信仰の度合いが深ければ深いほど、充分に起こり得ます」

「けど、警部――」

曲矢は不満そうだったが、

「城崎捜査官が黒術師にかけられた呪術を、自分だけで処理できると思いこんでいた精神状態と、まぁ言ってみれば似ているでしょうか」

そんな風に説明されると、しぶしぶといった様子で黙ってしまった。

「新恒警部、一つご報告があります」

話すタイミングを計っていたのか、そこで唯木が声をあげた。

「早朝の巡回中、この部屋の前を通ったときです。ごんっという鈍い物音が、室内から聞こえました」

「何でしょう？」

「何時でしたか」

「五時五十六分です」

　すると曲矢が興奮した口調で、

「犯人が熊井の首を絞めていて、やつの頭が角にぶつかった瞬間か」

　生々しい犯行の様子を再現しつつ、唯木に尋ねた。

「どうだ？　そんな物音だったと、今なら分かるか」

「……断言はできませんが、それに近かったとは思います」

「煮え切らねぇな」

「曲矢主任、誘導はいけません」

　新恒は注意してから、

「それに唯木捜査官が聞いた物音は、犯行時のものではない可能性が、極めて高いでしょう」

「どうして？」

「よく遺体を観察して下さい」

「それは、さっきから……」

と言いかけたあと、しまった……という顔を曲矢がした。

「死後硬直か」

「遺体の全身に見られますね」

「えっ……」

俊一郎と唯木が、ほぼ同時に驚きの声を出した。

「つまり熊井さんが殺害されたのは、六時間から八時間前になります」

「警部が遺体を検めたのが、六時五十分前くらいでしたから――」

俊一郎は逆算して、

「昨夜の二十二時五十分から今日の午前零時五十分の間に、熊井は殺害されたことになるわけですか」

「では私が、五時五十六分に聞いた物音は？」

唯木の疑問に答えられる者は、誰もいなかった。

「一つ考えられるのは――」

それでも俊一郎が、果敢にも口を開いた。

「犯人が立てた物音だった、という推理です」

「すでに犯行から何時間も、そのとき経ってたってのにか」

さっそく曲矢が反応した。

「被害者でないのなら、あとは犯人しかいない」

「けど犯人が残って、ここですることなんか何もねぇだろ」

「この部屋を密室にしていた――としたら？」

「何ぃぃ」

うなり声をあげる曲矢に、ベッドとは反対側にある備えつけの小さな机の上を、新恒警部は指差しながら、

「この部屋が密室状態だったのは、まず間違いありません」

そこには一本の鍵が置かれていた。曲矢が試したところ、それは確かに熊井の部屋の鍵だと判明した。

「合鍵は一つしかなく、それは私が持っていました」

「普通なら新恒警部が疑われるところですが、もちろんあり得ない」

俊一郎の言に、いつもなら口をはさみそうな曲矢も、さすがに黙っている。

「犯人はオリジナルの鍵を部屋に残したまま、この部屋から出た」

「それを犯行後、何時間も経ってからやったってのか」

曲矢は納得がいかないとばかりに、

「そういう細工をすんなら、どう考えても犯行の直後だろ」

「でも、できない理由があった。だから犯人は止む無く、数時間後に戻ってきた。その間に熊井を誰かが訪ねる心配も、きっとないと考えたからだよ」

「筋は通っています」

新恒が擁護したものの、

「だったら部屋を、どうやって密室にした？」

曲矢の突っこみに、俊一郎は返せなかった。

「……無意味やな」

そのとき祖父が、ぽつりとつぶやいた。

「えっ、何が？」

俊一郎がびっくりして訊くと、

「現場の部屋を、密室にする意味がない」

「そこか」

「しかも犯行のあと、数時間も経ってから、わざわざ戻って密室化することに、いかなる意味があるいうんか」

「……ない、よな」

すっかり困惑している俊一郎をよそに、新恒は熊井の部屋を曲矢と一通り調べてから、退出して扉に鍵をかけた。

「一般の方が殺された以上、警察を呼ぶ必要があります」

城崎の死では、新恒には警察を介入させる気がなかったと知り、俊一郎は複雑な気持ちになったのだが、

「携帯が使えないのに、どうします？」

実際に口に出したのは、その問題だった。

「大丈夫です」

新恒は力強い口調で、

「曲矢主任は唯木捜査官と二人で、裏の見晴らし台から照明弾を撃って下さい」

「見張りの船に、それで異変を知らせるんですね」

いざというときの手を、やはり新恒は用意していたのである。

「唯木、お前が行って――」

「単独行動は、絶対に駄目です」

曲矢の勝手な指示を、新恒がきつくたしなめた。

「しかし警部、たかが照明弾を撃つだけ――」

「必ず二人で行なうこと」

荒らげた口調でもなく、表情も怒っていないのに、曲矢がぎくっとしたのが、俊一郎にも分かった。

「……了解、です」

ぶすっとしながらも返事をする曲矢を見て、普通なら笑うところだが、そうできない空気が廊下に流れている。

「俺も行って、いいですか」

「見晴らし台に？」

俊一郎がうなずくと、

「もちろんです。三人なら、より安心ですからね」

「で、警部は？」

曲矢の問いかけに、

「私はこれから、スタッフたちに話を聞きます」

新恒が答えたとたん、

「そりゃ駄目だ。警部を独りに、するわけにはいかんからな」

先ほどのお返しかと俊一郎は思ったが、曲矢が本気で新恒の心配をしていることが、はっきりと伝わってきた。

「いや、私なら――」

「警部は責任者だ。真っ先に狙われねぇのが、不思議なくらいだろ」

そこで曲矢は少し迷ってから、唯木を見やって、

「お前は、警部の補佐につけ」

「分かりました」

曲矢が逡巡（しゅんじゅん）したのは、残るのは自分か唯木か、その判断だったに違いない。

「では、曲矢主任と弦矢君は見晴らし台へ、私と唯木捜査官は食堂へ」

新恒は改めて指示したあと、

「駿作先生は、どうされます？」

「あれを起こして、この事件を伝えるよ」

祖父が言った「あれ」とは、祖母のことである。ちなみに祖母は俊一郎と話しているとき、祖父を「あの人」と呼ぶ。かといって互いが、他人行儀なわけでは決してない。むしろ「あれ」や「あの人」には、とてつもない親しみが感じられる気が、俊一郎はしていた。

新恒が部屋から照明弾を持ってきて、それを曲矢に渡すのを待ってから、俊一郎は一階の北側の裏口から外へ出た。

相変わらず空はどんよりと曇っていたが、昨夜の雨も今朝には止んだらしい。それでも雨雲が、濤島（とうじま）の上空にだけ広がっている。島から少しでも離れると雲の色合いも白っぽくなり、その合間から朝日が射しこみ、まさに晴れていた。この眺めを一枚の絵に描いたとしたら、きっと「あり得ない」と言われるだろう。しかし今、間違いなく彼の眼前に、そんな不可思議な光景が見えている。

裏口からはじまる道は、最初こそ芝生の中を通っていたが、すぐに左右が雑草に覆われた山路（やまみち）のような案配（あんばい）となり、それが蛇行しながら丘へと延びている。

「どうして、こっちを選んだ？」

先を進む曲矢の背に、俊一郎が声をかけると、

「まだ経験の浅い唯木と、ひよっこ探偵の二人組じゃ、心配でしょうがねぇだろ」

「その点、新恒警部のほうは、どっちでも問題ないか」

「どういう意味だ？」

「ベテランの警部と組むのは、唯木さんにとって願ってもない経験となる。そしてエリートで優秀な警部と組むのは、落ちこぼれで柄の悪い曲矢刑事にとっても、また願ってもない経験となる」

「この照明弾は、お前に打ちこんだほうが、いいんじゃねぇか」

「貴重な弾の、無駄遣いは止めろ」

「二発あるから、大丈夫だ」

「だったら二発目は、自分用に残しておかないと」

「どうして？」

「唯木さんが先に大きく出世して、曲矢刑事の上司になったとき、その現実に悲観して使いたくなるかもしれない」

「リアルな想像すんじゃねぇよ」

「おいおい、現実的なのか」

「あいつは優秀だからな」

「それは間違いないけど……いや、否定しろよ」

というお馴染みのやり取りをしているうちに、二人は丘を上っていた。

「黒捜課の船は、やはりどこにも見えないな」

俊一郎は見晴らし台を回りこむと、島の北側だけでなく東西にまで目を向けたのだが、それらしき船影はまったく目に入らない。

「これってどう考えても、変だよな」

俊一郎の不安そうな声に、曲矢が短気じみた口調で、

「何がだ？」

「黒捜課の船どころか、他の船影が一隻も目に入らないのは、いくら何でも可怪しくないか」

「……一隻も、見てないか」

「ああ。そもそも島の近くに航路があるのか、ないのか、それは分からない。でも太平洋のど真ん中の、絶海の孤島というわけじゃないだろ」

「こっちに船が見えないんなら、向こうからは島が消えちまってる――ってことになるのか」

「この島の存在自体は認識できるけど、そこで起きてる出来事は、少しも目撃できない……とか」

「てことは照明弾を撃っても――」

「それを目にすることはできない……のかもしれない」

「ここから撃つか」

見晴らし台をふり返って、曲矢が迷いを見せた。

「それとも上がって撃つか」

「仮に低地から撃っても、ちゃんと相手の目に入るのが、照明弾ってやつだろ。すでに丘の上に立ってるんだから、ここからで充分じゃないか」

「それもそうか」

　こういうときの曲矢は、意外と素直である。

「撃つぞ」

　そう言ってから彼は、北の方向へ向けて、照明弾を打ち上げた。

「これを黒捜課の船が認めた場合、どうなる？」

「すぐに島の北から南側へと回り、そのまま桟橋に船をつけるだろうな」

「行って待つか」

　俊一郎の提案が受け入れられ、二人は丘をあとにした。

　裏口まで戻ったところで、建物内を通り抜けるよりも、前庭を突き抜けたほうが早いと判断する。あとは桟橋まで一気に、二人は歩を進めた。

　ところが、いくら待っても、船の影さえ現れない。

「まさか黒術師に、やられたんじゃねぇよな」

「その心配もあるけど、他の船が一隻も見えない現象から考えて、黒捜課の船が照明弾を認められない状況にあると、やはり見なすべきだと思う」

「これ以上は、待っても無駄だ。戻るぞ」

　二人が建物に引き返すと、一階のラウンジで行なわれていた事情聴取が、ちょうど終わるところだった。

「えらく早いな」

びっくりする曲矢に、新恒が説明した。

「昨夜の二十二時過ぎには、全員が部屋に引き取っていた。それから朝まで、誰も部屋から出なかった。二十二時五十分から今日の午前零時五十分の間に、物音を聞いた者は一人もいない。今朝の五時五十六分も同様でした。誰もが判で押したような供述をしたため、あっという間に終わったわけです」

「口裏を合わせた……とか」

「そういう感じは、まったく受けませんでしたね」

「警部の見立てなら、間違いないな」

「ただ……」

新恒が珍しく戸惑いを露にしながら、

「どこか妙な気がして、どうにも仕方ありません」

「お前は、どうだ？」

曲矢が尋ねると、唯木も珍しく口籠ったあと、

「……警部には失礼ですが、全員が嘘をついている、そう私は感じました」

「口裏合わせの可能性は？」

「あると思います」

曲矢は完全に困惑した顔を、俊一郎に向けながら、

「警察官として優秀なのは、もちろん警部のほうだ。けどな、唯木も決して負けてねぇ。もっと経験を積めば、こいつは警部に追いつくだろう。だからこそ、この二人の意見の差異は、ちと厄介だぞ」

　すると新恒が苦笑しつつ、

「そういう台詞を、本人たちの前で言うのは、どうでしょうね」

　一方の唯木は、

「温かいお言葉を、ありがとうございます」

　いつも口の悪い曲矢にほめられたのがうれしいのか、少し笑顔になっている。

「凶器の紐に関しては？」

　俊一郎が問うと、新恒が答えた。

「荷物の梱包などに使うもので、被害者の持ち物だと分かりました」

「それを犯人が利用したとすると、用心深いやつですね」

「だからこそ凶器の紐を回収せずに、そのままにしたのでしょう」

「えらいことになりましたな」

　そこへ祖母が、祖父に連れられて下りてきた。

「寝てたのか」

　思わず俊一郎が尋ねたのは、早起きの祖母にしては、寝坊などあり得なかったからな

のだが、

「この島に来てから、あんまり調子が、ようありませんのや」

心配していた通りの返答があり、彼の心は沈んだ。

新恒が熊井殺しの所見を述べ、曲矢が照明弾を撃ったのに待機しているはずの船が桟橋に現れなかったと報告し、俊一郎が濤島の孤立の懼れについて話した。

そのうえで新恒が、祖母に訊いた。

「やはりスタッフたちは、黒術師に操られているのでしょうか」

「新恒警部と唯木さん、お二人の矛盾した意見が、もし共に正しいんやとしたら、その解釈しかありませんやろ」

「祖母ちゃんは、何も感じなかった？」

「その前に、わたしゃ倒れてしもうたからなぁ」

「昨夜の食堂では？」

「つい飲み過ぎて、それどころやなかった」

「あのなぁ……」

ちょっとは緊張感を持てよ——と言いかけて、はっと俊一郎は察した。

「昨夜の飲酒は、祖母ちゃんなりの自衛策だったのか」

「よう分かりましたな。わたしゃが少しでも探るような気配を見せたら、きっと黒術師は妨害してきよりますやろ。せやから飲兵衛のふりをしたんですわ」

「いや、ふりって、充分に飲んでただろ」

「敵を欺くには、まず味方から――言いますやろ」

誤魔化されている気がしたが、俊一郎は目をつむると、

「で、酔ったふりをしながら、スタッフを探ったのか」

「それが、妙なんですわ」

祖母は真面目な表情で、

「城崎さんに感じたんと、似たような何かを、マユミちゃん以外の人には覚えたんやけど……」

「その正体が、どうしても分からない？」

祖母はうなずいたあとで、

「城崎さんの場合は、十三の呪に似とるのに、実は違う呪術やいうことで、こっちが混乱させられたわけや。せやけどスタッフのみなさんは、どうにもわけが分からん。何ぞあるんは間違いないのに、それが一向に見えてこん」

「愛染様の不調は、お前の死視が外れたこととも、関係あるんじゃねぇか」

「そう言えば、黒のミステリーバスツアーのときも、俺の死視はまったく役に立たなかった……」

俊一郎のつぶやきに、祖母が応えた。

「あれは、前提が違うてましたからや。つまり今回も、わたしらは何かを見逃してる、

いうことになりますな」

「ところで――」

祖父が突然、新恒に質問した。

「被害者は宗教の信者ではないか、という問題は、どうなりました？」

「それほど個人的な話は、誰も知らないみたいです。ただマユミさんには、熊井さんが信心深い人とは、とても思えない――と言われました。他の人から無理に聞いた意見も、ほぼ彼女と同じです」

「となると被害者の奇妙な恰好は、わざわざ犯人がとらせた、のかもしれんということか」

「それって……」

俊一郎が言葉にする前に、祖父が口にした。

「無意味としか思えん行為が、またしても増えたことになる」

十二　三つの無意味

「無意味いうんは、何のことです？」

祖母に尋ねられて、俊一郎が説明した。

「城崎さんの死から考えても、俺たちが狙われてるはずなのに、次に殺されたのはスタッフの熊井だった」

「これ、熊井さんと、ちゃんと『さん』づけしなさい」

「はーい」

「ほんまにこの子は、依頼人さんでも、平気で呼び捨てにしますからな。社交性が身についたんは、大いに喜ばしいことやけど――」

「えーっと祖母ちゃん、その話は、また今度な」

俊一郎は急いでさえぎると、

「つまり熊井さん殺しの動機が、さっぱり分からない。だから祖父ちゃんは、無意味な殺人だと言った」

「なるほど」

「二つ目は、現場が密室だったこと」

部屋の鍵は室内の机の上に置かれ、合鍵は昨日から新恒警部が持っていた。という説明を俊一郎はしてから、

「この場合、どうやって部屋を密室にしたのか――の謎もあるけど、同時に、なぜ部屋を密室にしたのか――の問題も出てくる」

「密室の必然性いうやつやな」

「へぇぇ、祖母ちゃん、よく知ってるな」

「この人とは、そりゃ長い付き合いですからな」

祖父のほうを見て、祖母が微笑んだ。それが意外にも可愛らしく感じられ、俊一郎は戸惑った。もっとも祖父は、あらぬ方向に顔を向けて、何やら考え事をしているようである。

「けど祖父ちゃんは、怪奇幻想作家だろ」

「そうなる前は、いっぱしの探偵小説マニアやった」

「だったら密室講義なんかも――」

「あぁ、そないな分類が大好きで――」

だからこそ祖父は、『死相学』の原稿に取り組んでいるのだと、俊一郎は改めて納得できた。

彼が死視した死相の様――形状や色彩や濃淡など――と実際の死因との間に、いかなる関係があるのか、それを分析して分類し、最終的には大系づけることを目的としたのが、かなり大部な著作になる予定の『死相学』である。これを祖父は「お前の死相学探偵としての活動を、少しでも手助けするため」に書いていると言っていたが、どうやら他にも理由があったようである。

俊一郎と祖母が本人をよそに、祖父の分類癖について盛り上がっていると、

「おい、話がそれてるぞ」

曲矢に小声で怒られた。さすがの彼も、祖母には注意できないらしい。

「だから、わざわざ現場を密室にしたのは、まったく無意味だと、祖父ちゃんは言ったわけだ」

「なるほど」

「三つ目は、熊井さんの奇妙な姿勢にある」

発見時の被害者の様子を、俊一郎は具体的に表現してから、

「彼が何らかの宗教の信者で、それで礼拝の姿勢をとっているとき、犯人に襲われたのではないか——という俺の推理は、どうやら外れたみたいだ」

そういう証言は、まったくスタッフから得られなかったと、さりげなく横から新恒が補足した。

「なかなか鋭い解釈やと、わたしゃは思いますけどな」

「うん。被害者の妙な姿勢が、殺害方法の説明にもなってるからね」

「けど、それが違うてるとしたら……」

「わざわざ犯人が殺害後に、そういう恰好をさせたことになる」

「いったいどんな意味が、それにあるんか」

「祖父ちゃんは、無意味だと言ってる」

「何や、あんたの話を聞いてると——」

と口にして祖母は、少し考える仕草を見せたあと、

「城崎さんと熊井さんは、別々の事件みたいですな」

「……まさか、不連続殺人か」

だとしたら各々に、別の犯人がいることになる。

「あとのスタッフの中に、これまでの呪術殺人事件のように、黒術師が見出した犯人がいて、黒術師の犯行である城崎さん殺しとは別に、事件を起こした……」

「それが正解やったら、当の犯人は、この状況下で連続殺人事件を起こすことを、ちゃんと承知しとることになります」

「いや、いくら何でも、それはないか……」

「そないな無理を考えるよりも、どっちも黒術師が起こした事件やと見なすほうが、やっぱり自然ですやろ」

「うん」

「にもかかわらず二つの事件が違うて見えるんは、何でやろね」

「スタッフたち以外に実は真犯人がいて、そいつが外部から侵入したってことは……」

「この島の状況を考えたら、まず有り得ませんやろ」

しーんと静まり返ってしまったラウンジに、新恒の力強い声が響いた。

「駿作先生に、お願いがあります。弦矢君といっしょに、密室の謎に挑んでいただけませんか」

相変わらず祖父は考え事をしている様子だったが、こっくりとうなずいた。

「唯木捜査官は、お二人の補佐をして下さい」

「了解しました」

要は俊一郎たちの護衛役である。

「俺は？」

「曲矢主任には、スタッフのみなさんの事情聴取を、もう一度やってもらいます」

「それは警部が——」

「ですから担当を代えて、もう一度やるわけです。私は補佐につきます」

一回目は新恒と唯木のコンビだったため、二回目は曲矢と新恒の組み合わせにして、かつ事情聴取を曲矢に任せることで、なんとか新事実を聞き出そうという、新恒の作戦らしい。

「愛染様は、またお休みになられますか」

「……すみませんが、そうさせてもらいます」

てっきり「密室って、どない作りますのや」と興味津々で、祖父に付き合うものと俊一郎は思っていた。だから少しびっくりしたが、すぐさま祖母の体調を気遣った。

それは新恒も同じだったらしく、

「でしたら唯木捜査官を、お部屋にいかせましょう」

「いいえ、そんな滅相もない。唯木さんは、予定通り捜査に——」

「いけません。お部屋で休まれるだけにしても、独りになるのは危険です」

「そうだよ、祖母ちゃん。こっちは祖父ちゃんと二人だから、唯木さんには、そっちに行ってもらおう」

　俊一郎もそう言い、唯木までが、

「お邪魔にならないようにしますので、ぜひお願いします」

　と頭を下げたので、ようやく祖母も折れた。

「すみませんなぁ。こんな年寄りの相手をさせて――」

「とんでもありません。それに私、お祖母ちゃん子だったもので――」

　いっしょに二階への歩き出した二人を、俊一郎たちは見送ったのだが、唯木が意外にも個人的な話をしていることに、新恒も曲矢も驚いたようである。

「あれも唯木さんとは、馬が合うみたいでな」

　たった一人だけ、そんな二人を見ていないと思われた祖父が、ぼそっと口にした。

「えっ、そうなの？」

「ほんまに、ええ娘さんや」

「ありがとうございます」

　新恒が礼を述べると、祖父は警部を見つめてから、

「あれが孫の嫁にどうかと、言うとりました」

　とんでもない台詞を吐いた。

「な、何を言ってんだよ。それに唯木さんのほうが、年上だよ」

「お前には、姉さん女房がええと、あれは思うとるのかもしれん」

「てめぇ、妹はどうする気だ？」

「はあぁ？」

そこへ曲矢がわけの分からない乱入をしてきて、俊一郎は頭が可怪しくなりそうになった。

「まぁ冗談は、さておいて――」

「……祖父ちゃん、冗談かよ」

ほっとしたのも束の間、

「あれが唯木さんに、そない言うてたんは、ほんまやけどな」

「な、何ぃぃ」

「合鍵をお借りします」

祖父は熊井の部屋の合鍵を、新恒から受け取ると、

「俊一郎、行くぞ」

さっさと奥へと歩き出した。

「よろしくお願いします」

新恒は祖父に頭を下げてから、曲矢を促して食堂へと向かった。そこにスタッフたちが、どうやら待機しているらしい。

祖父が熊井の部屋の扉を開け、二人で入室しようとしたが、あまりの腐敗臭に尻ごみ

する羽目になった。

遺体はベッドに寝かされ、毛布で全身を覆われている。そのため目には入らないのだが、物凄い臭いを発していた。鼻ではなく口で息をしようとしたが、ぽろぽろと両目から涙がこぼれて仕方ない。

「こりゃ無理や」

すぐさま二人は退室して、再び扉を施錠した。

それから新恒に相談した結果、マユミの部屋を代わりに使うことになった。新恒と曲矢の二人が、双方の部屋の作りに――特に扉と窓の構造に――まったく違いがないことを認めたからだ。もちろんマユミ本人の許可も得たうえで、事前に荷物もすべて出してもらった。

「祖父ちゃん、どうする?」

マユミの部屋に入ったところで、早くも俊一郎はとほうに暮れた。

「新恒警部には、ああいう風に頼まれたけど、そもそも祖父ちゃんは、本格ミステリなんか書いたことないだろ。いくら探偵小説のマニアだったからって、密室の謎が解けるのか。言っとくけど俺も、密室事件なんか未経験だからな」

入谷家事件や月光荘事件――別名「四隅の魔」事件――では、人間消失の謎に出くわした。六蠱の軀事件では、見えない犯人の謎があった。それらは不可能犯罪と言えたかもしれない。とはいえ熊井殺しほど、はっきりとした密室の謎に当たったのは、本当にはじめてである。

「部屋への出入りは――」

だが祖父は、すでに密室の解明に取り組んでおり、俊一郎の愚痴など聞いていなかったらしい。

「扉からか、窓からか、二つしかない」

まず祖父は扉の前へ行くと、

「扉についてやが、廊下側から施錠するときは、この鍵を使う。で、室内側からかける場合は、ツマミを回す構造になっとる」

鍵が開いていると、ツマミは「|」のように縦になっている。それを九十度ひねって「―」の状態にすると、鍵がかかる仕組みである。

「一方の窓は――」

部屋の奥へ祖父は移動すると、

「クレセント錠やな。しかも錠を閉めたあと、ポッチで二重ロックができる」

クレセント錠自体に「□」の形状のツマミがあり、施錠したあとで上に動かせば、クレセント錠そのものがロックされる。窓を開けるときには、「□」を下に動かしたあと、クレセント錠を外す。

「犯人がとった行動は、三つのうちどれかや」

そう言って祖父は、扉と窓を左右の指で同時に示しながら、

「一つ目は両方を施錠して、かつ扉の鍵を机の上に置いた状態で、犯行現場の部屋から抜け出したか。二つ目は窓だけ施錠して、扉から出て鍵を使って閉め、その鍵を室内の机の上に室外から戻したか。三つ目は扉または窓から外へ出たあとで、それを外側から施錠したか」

「いやいや、祖父ちゃん。一つ目の状態からの脱出は、絶対に無理だろ」

反射的に俊一郎は突っこんだのだが、

「最初から自明のことでも、あらゆる可能性を除外せんと考察するいうんが、物事を論理的に考える——つまり推理するいうことや」

祖父には冷静な口調で返された。

「怪奇幻想作家なのに、そういう考え方もするのか」

「どんな小説であれ、作者の計算が働いておらんものなど、一作もない」

「えっ……そうなの？」

「作家が自覚しとるか、しとらんか、の違いはあるがな」

もっと詳しく聞きたかったが、今はそれどころではない。俊一郎は密室の謎解きに集中しようとした。

「で、扉と窓を内側から施錠した状態で、どうやって犯人は部屋から出たんだ？」

「無理やな」

「……へっ？」

「せやから、それは無理やと言うとる」

相手が他の者なら、俊一郎は間違いなく怒っていただろう。しかし祖父では、そうもいかない。

「扉と窓以外で、人間が抜け出せるような空間は、この部屋には存在しとらん。ゆえに一番目の可能性が、まず消えよる」

「論理的だな」

多少の皮肉をこめたつもりだったが、もちろん祖父には通用しない。

「二つ目は犯人の出入りじゃなくて、鍵だけを室内に戻すのだから、まだ可能性はあるよね」

「そうやな。ただ窓側には、そないな隙間はなさそうや」

祖父は一通り窓側の壁を調べたあと、

「俊一郎、ちょっと扉の上下を見てくれ」

彼は椅子を用いて、または腹這いになって、扉の上部と下部を検めながら、

「隙間があるって言えば、そうだけど……」

「鍵が通るほどではないか」

祖父から問題の鍵を受け取って、俊一郎は試してみた。

「平べったいから、簡単に通るかと思ったけど、やっぱり無理だな」

「これで二つ目も消えた」

祖父は断言してから、

「三番目は、さらに二つに分かれる」

「犯人は扉から出たか、または窓を利用したか」

俊一郎は先回りしたあと、

「俺もミステリは読んでるけど、扉と窓だと、扉に関する密室トリックのほうが多くないか」

「部屋の扉やと、たいていは屋内にある。けど窓は、ほぼ屋外に面しとるから、気密性が高いわけや。また現場の部屋が上階やと、そこに高さも加わる。つまり犯人にとっては、色々と厄介なわけや」

「この窓も、厄介そうだね」

クレセント錠とポッチの二つを、俊一郎は何度も開け閉めしながら、

「どちらも施錠するためには、上へ引っ張る力がいる」

「先端に輪っかを作った紐(ひも)を、クレセント錠とポッチに引っかけ、それを外へ出してから、窓から抜け出して閉める。あとは紐を引っ張ると、両方の鍵がかかる」

「けど窓は気密性が高いから、紐とはいえ外へ出す隙間なんかない？」

「その通り。某日本作家の密室トリックでは、窓ガラスに小さな穴が開けられていたことになってるけど、さすがに気づかれるやろ」

そう言われて俊一郎は、慌てて窓ガラスの隅々まで検めたが、どこにも異常は認めら

れない。

「そのうえ——」

祖父は窓を開けると顔を出して、

「昨夜は雨が降って、今朝方には止んだため、もし犯人が窓の下に立ったんなら、足跡が残ったはずや」

俊一郎も窓から外を覗きながら、

「熊井の部屋は……」

「右隣や」

その窓の下は土の地面で、確かに何の跡も見当たらない。というよりも建物に面した土の地面のどこにも、何ら痕跡は残っていなかった。

「となると、やっぱり扉か」

二人は窓から離れると、反対側へ移動した。

「さっき見たとき、扉の上にも下にも、鍵は駄目でも紐を通せるくらいの隙間は、どうにかありそうだったけど……」

「それは好都合やな」

「でも、祖父ちゃん——」

俊一郎は扉のツマミを開け閉めしつつ、

「これは上へ引っ張るんじゃなくて、横にひねらないといけないだろ。窓よりも難しくないか」

「そういう場合は、支点を設ければええ」

「……あっ、何となく分かったような気がする」

だが俊一郎は、すぐに困惑した様子で、

「けど、どうやってツマミを回すのか……」

「学校の理科の授業で、きっと使うてるはずや」

祖父はヒントを出したが、彼が戸惑ったままなのを見てとると、右手でピースサインをして、二本の指を閉じたり開いたりしてみせた。

「……ピンセットか」

俊一郎は施錠されていない「―」状態のツマミに、自分の右手のピースサインを逆向きにして被せると、

「こういう風に、ピンセットでツマミをはさむ。ピンセットのお尻には、あらかじめ紐を結んでおく。ただし、その紐を扉の下から外へ出しただけでは、ツマミを回すのは難しい。だからツマミから真横へ数センチ移動した地点に、支点となるピンを刺す。そのピンの頭にも、もちろん紐を結びつけておく。廊下に出て扉を閉め、まずツマミの紐を引っ張る。するとピンが支点となって紐が動き、ツマミが横に倒れる。あとは二本の紐を引っ張り、ピンセットとピンを回収する」

「ほうっ、なかなかやるな」

祖父にほめられ、俊一郎は少し得意になったが、

「今では極めて古典的な、まぁ密室トリックやけどな」

そう説明されて、やや落ちこんでしまった。

「このトリックの難点は、扉にピンを刺した痕が残ることや」

だが、そんな気持ちも祖父の指摘を受けて、すぐさま吹き飛んだ。

「ピンの小さな穴が見つかれば、このトリックが使われた証明になるよね」

「一つの証左にはなるな」

あくまでも祖父の物言いは慎重だったが、夢中で扉を検める俊一郎の耳には、ほとんど入っていない。

「……あれ、ないぞ」

しかし、どれほど熱心に捜しても、ピンの痕が見つからない。

「やっぱり、ないか」

「えっ、どういうことだよ」

俊一郎は扉から顔を上げて、祖父を見た。

「この部屋の密室を、祖父ちゃんは解明するために――」

「ああ、お前と取り組んだわけや」

「なのに、やっぱり――って？」

「仮にピンセットのトリックが正解やったとしても、なぜ密室にしたんか、肝心の謎は

残りよる」

「そう、だけど……」

「むしろ、わざわざ密室を作った無意味さが、よけいに強調されるだけやないか」

「つまり？」

混乱する俊一郎に、祖父が言い切った。

「この密室を解くという行為には、まったく意味がない。そういうことや」

十三　見晴らし台

昼食のあと、俊一郎たちは二階のラウンジに、改めて集まった。さすがに食堂では話ができないと、新恒警部が判断したためである。

「先生、いかがでしたか」

新恒が祖父に尋ねたので、俊一郎が代わりに可能な密室トリックの説明と、しかしながら使われた痕跡がないこと、また密室の解明そのものが無意味である点を、まとめて話した。

「結局は、何も分かりませんでした」

そう締めくくったのだが、警部の捉え方は違った。

「いえ、先生がご指摘された、三つの無意味が強調されたわけです。それが収穫と言えるかもしれません」

「どういう意味ですか」

俊一郎は大いに戸惑ったが、

「残念ながら私にも、まだつかめていません」

実は新恒も同じだと教えられ、正直かなり失望した。

「こっちも収穫は、まったくない」

事情聴取について、そう曲矢は断じた。「こっちも」という表現をしたのは、熊井殺しの密室に対する祖父と俊一郎の考察が、新恒とは違って完全に失敗だったと、彼が見なしている証拠だろう。

「今回は、スタッフの中に黒術師がいるとすれば、それは誰か——という観点で、全員に話を聞きました」

新恒が補足する。

「しかし、見当さえつきません」

「怪しいと思える者も、いないってことですか」

と訊きながらも俊一郎は、そんな人物を自分でも見出せていない事実に、もちろん気づいていた。

「支配人の枝村さん、料理人の呂見山さん、配膳係の樹海さん、この三人は相変わらず覇気がなく、とても黒術師とは思えません。メイドのマユミさんは、こんな状況にもかかわらず妙に元気で、その異様なテンションが、逆に黒術師らしくない。あくまでも私の受け取り方ですが——残りの清掃係の津久井さんは、この中では一番まともそうに見えます。濤島にいるスタッフたちの中では、という但し書きがつきますけど。とはいえ彼女の関心は、なぜかマユミさんだけに向けられている」

「前に城崎さんが指摘していたように、孫を見る祖母のような心境なのでしょうか。今回の仕事の手続きを全部やってくれた、やはり孫のような元同僚とマユミが、彼女の中で重なっているとか」

「そうかもしれません。私が事件に関して色々と尋ねても、『マユミちゃんだけでも、島から逃がすことはできませんか』と、津久井さんに何度も言われましたから」

「当のマユミは？」

「これ、呼び捨てはいかんと、何度も言うとるのに」

祖母の小言が入ったが、なぜか俊一郎の代わりに、新恒が軽く一礼してから、

「孤島の元別荘で殺人事件に巻きこまれて、まるでミステリみたいだと、マユミさんは興奮しています」

「自分も被害者になるかもしれない……という想像力は、皆無ですか」

俊一郎が呆れていると、

「一人目が城崎捜査官で、二人目がスタッフの熊井さんなので、自分は関係ないと考えているようです」

「それって彼女を除外する理由に、まったくなってませんけど……」

さらに呆れたマユミの受け答えを聞かされた。

「他の人も、自分が殺されるかも……とは思ってないのですか」

「ネットの募集によって雇われただけで、それ以外は何の関係もない。全員がそういう認識のようです」

「黒術師のことを知らなければ、無差別連続殺人事件に巻きこまれるとは、普通は想像もしませんか」

そう応えながらも俊一郎は、やはり違和感を覚えていた。

「ただ、それで納得してはいけない何かが、どうも全員にあるような気がします」

するとと新恒が、そんな彼の疑惑を後押しする台詞を、はっきり口にした。

「一人ずつ、見張りますか」

俊一郎の提案に、警部が首をふりつつ、

「マユミさんを除くと、あとの四人は、ほぼ食堂にいます。津久井さんは清掃係のため、建物内のあちこちへ行くようですが、仕事以外のときは、みんなと同じく食堂にいます。つまり見張っても、あまり意味はないわけです」

「やっぱり黒術師は、あんなスタッフ連中の誰かじゃなくて、この島のどこかに潜んでる——ってことじゃねぇのか」

曲矢の意見はもっともだったが、あえて俊一郎は異を唱えた。

「覇気がなくて無気力な三人のうち、二人は黒術師に操られてるからで、あとの一人は当の黒術師だから……かもしれんぞ」

「演技だってのか」

「他の者に比べると、まぁ普通に見える津久井——」

そこで祖母に睨まれ、俊一郎はつけ足した。

「——さんと、やたら元気なマユミさん、この二人を加えたのは、そっちに目を向かせるため、という見方もできる」

「ごちゃごちゃと、いつまで悩んでんだよ。スタッフ全員を、一人ずつ締め上げる。そっから島中を、再び隅から隅まで調べ回る。とにかく動くこった」

「そういう行動の前に、よく考え——」

「あーっ、辛気臭え」

「相変わらず単細胞だな」

「何だと、てめぇ」

「新恒警部さん、どうされます?」

祖母がそう尋ねたとたん、二人は黙った。

「曲矢主任が事情聴取を担当しても、やはり収穫はありませんでした」

「いや警部、俺はまだ、あいつらを締め上げて――」

「そういう脅しは、まず通用しないでしょう。それは曲矢主任も、あの方々と話してみて、充分に感じませんでしたか」

「……そりゃ、まぁ、そうだったけど」

　不本意そうに曲矢は答えたあと、

「そんなこと言ったら島の捜索も、一度やったようなもんだろ。だからどっちも二回目を、徹底してやるんだよ」

「島の捜索ですが――」

　俊一郎が口をはさんだ。

「再び一通り見て回る必要もありますが、その中でも例の見晴らし台は、一度じっくり調べなければならないと思います」

　少し新恒は考えこんでから、

「駿作先生と愛染様に、スタッフのお相手を、お願いできないでしょうか」

　意外な提案をして、みんなをびっくりさせた。

「事情聴取をしていただくわけでは、当然ありません。世間話でもしながら、スタッフたちの様子を探っていただく。それだけです」

「よろしいですか」

　祖父の同意を求めて、こっくり首肯するのを確かめてから、祖母が返事をした。

「承知しました。やってみます」

「ありがとうございます。でも、くれぐれもご無理はなさいませんように、よろしくお願いします」

新恒は丁寧に頭を下げてから、

「曲矢主任と唯木捜査官は、島の南側からはじめて、もう一度ぐるっと全体を歩き回って欲しい。目的は二つ。一つ目は船影を探すこと。我々の待機している船だけでなく、通りかかる船が見えないか、そこにも充分に注意する。もし発見できたら、照明弾を撃って下さい。二つ目は島内に怪しい場所がないか、外部からの侵入者がいないか、さらに念入りに調べること。以上です」

「警部とこいつは？」

曲矢の言う「こいつ」とは、もちろん俊一郎のことである。

「我々は、見晴らし台を調べます」

「例の変な石を？」

「それも含めて、全体を徹底的に検めるつもりです」

新恒は改めて全員を見やると、

「とにかく一人には、絶対ならないで下さい。仮に何か変事が起きても、その場に一人が残って、もう一人が知らせに走る——というのも駄目です。必ず二人で行動するようにお願いします」

そこから祖父母は食堂へ、曲矢と唯木は正面玄関から桟橋へ、新恒と俊一郎は裏口から見晴らし台へ、それぞれ向かった。

「愛染様のお身体は、大丈夫でしょうか」

二人になったとたん、新恒が祖母の心配をした。ああいう風に頼んだものの、やはり心苦しさを覚えているのだろう。

「いつもの祖母なら、スタッフたちの身に何が起きてるのか、すぐさま見当をつけたはずです。それが分からないのですから、本調子でないのは間違いありません」

「そんなご体調なのに、よけいな――」

「いえ、警部のお考えは、さすがだと思いました。警察による事情聴取ではなく、祖父母がスタッフたちと世間話をすることで、何か聞き出せるかもしれない――という作戦ですよね」

「言わば他力本願で、お恥ずかしい」

「とんでもない。これは立派な企みです。それに本調子でないとはいえ、あの祖母のことですから、スタッフたちとしゃべっているとき、ぱっと何か感じるものがないとは言えません」

「そこに私も、実は期待しています。ただ、普段はおしゃべり好きな愛染様ですが、ご体調が思わしくない今、それが大きなご負担にならないかと……」

「あっ、ご心配いりません」

俊一郎が軽く応じたので、新恒は怪訝そうに、

「どうしてです？」

「そういう場合は、祖父が代役でしゃべりますから」

「先生が？」

「祖父は普段、自分が興味ある話題以外は、ほぼ無口です。でも、その場で会話する必要があると判断すれば、あれで結構しゃべります」

「それを聞いて、安心しました」

「祖父が話をして、相手の口を開かせ、祖母は無関心をよそおいつつ、実際は相手を鋭く観察する。そういう役割分担が、あの二人は何の打ち合わせもせずに、瞬時にできてしまいます」

「さすがです」

新恒は心底、感心したらしい。

「ただ、いかに祖父母でも、今回は難しいかもしれません」

「愛染様が万全ではないため？」

「そうなった理由が——つまり黒術師の島にいることが——やはり問題だからです」

「だからこそ我々で、何らかの突破口を開きましょう」

いかなる状況下でも前向きな新恒に、わずかとはいえ希望をもらった気が、俊一郎はした。

「この建造物は、まさに無用の長物ですね」

丘を上がり切ったところで、警部は見晴らし台を見上げながら、遠慮のない感想を述べた。

「わざわざ丘の上に、こんな代物を建てたわけが、まったく分かりません」

「怪し過ぎますよね」

俊一郎は同意しながら、新恒のあとから階段を上がり、見晴らし台の一階へ足を踏み入れた。

曲矢と来たときは照明弾を撃つ使命があったため、その内部を満足に見ていない。そこで新恒と手分けして、隅々まで検めるように観察して回ったのだが、

「……何もありませんね」

「周囲に壁はなく、吹き抜けです」

警部が見たままを口にした。

「四隅の太い柱も、階段部分を除く四方の手摺(てす)りも、中央の螺旋(らせん)階段も、すべて鉄製ですが、特に変わったところはない。床はコンクリートですが、ここも問題ありません。そんな中で唯一の例外が、ぐるっと螺旋階段を取り囲むような、この石筍(せきじゅん)の群れです」

「階段の前は、ちゃんと開けられてますが、邪魔と言えば……」

「確かに邪魔でしょう」

「やはり何かの、これは仕掛けだと、警部は思われますか」

新恒は螺旋階段の周囲を、しげしげと改めて見回ってから、

「その場合、前にも言いましたが、問題の仕掛けが発動した結果、たとえば地下の隠れ家への扉が、この辺りのどこかで開く――と考えるのが、まぁ自然でしょう」

「そうですね」

「ただ、それにしてはコンクリートの床に、そういった痕跡が少しも見えないのが、ちょっと引っかかります」

「煉瓦やタイルを敷き詰めた床なら、縦横に筋が走るので、いくらでも誤魔化せそうですが……」

「何の継ぎ目もないコンクリートでは、そうもいきません」

「作動した仕掛けの変化が、実は二階から上に現れるとか――」

「可能性はあります」

と応えながらも、望み薄だと新恒は思っているようである。

「では石筍を調べる前に、上を見てみましょう」

それでも先に立って、警部は螺旋階段を上がった。

「とは言ったものの、これでは――」

二階に出て周りを見回したところで、思わず俊一郎は弱音を吐いた。

「とても無理そうですね」

石筍がない以外は、一階とそっくりだった。ほとんど何もないに等しい。念のため手

摺りに沿って一周してみる。しかし、まったく収穫はない。

「それにしても、変ですね」

新恒が問題にしたのは、一階では階段があるため切れている手摺りの部分が、二階でも同じ作りであることの、何とも言えぬ奇妙さだった。

「唯木さんによると、残りの上の階も、同様らしいですね」

「上(のぼ)って確かめましょう」

三階も四階も五階も、二階と違うところは何もなかった。五階は最上階のため、上へと続く螺旋階段はもう存在しない。四隅の太い柱も、手摺りと同じ高さである。

雨雲が近いな。

あえて五階だけの特徴を言えば、空が伸(の)しかかってくるような感覚に、俊一郎が陥ったことだろうか。

また手摺りが切れている箇所から下を覗(のぞ)くとき、当たり前だが上階に行くほど、より強い恐怖を覚える。ここから落ちた場合、二階は「怪我をするな」だったが、三階から「死ぬかもしれない」になり、四階と五階では「死ぬな」と確信した。

「ここに秘密があるとすれば、やはり一階のようですね」

新恒に促されて、俊一郎は螺旋階段を下りた。

「この石筍ですが――」

彼は一つずつ調べながら、

「唯木さんの報告にあった通り、それぞれに違う顔が彫られています」

「線描だけの、かなりシンプルなものですね」

「彫られた線によって、浅さと深さの差異がはっきりしてますけど、それで顔の表情を描き分けてるかというと……」

「そんな風にも見えない」

二人で十の顔を一つずつ見ながら、互いに首をかしげる。

「撮影しておきます」

俊一郎がスマホをかざすと、新恒は邪魔になると思ったのか下がりつつ、

「よく見ると単に異なっているだけでなく、各々の顔にしか認められない特徴がありませんか」

十の顔をすべて撮影した俊一郎は、スマホの画面上にそれらを並べて映して、それを警部といっしょに見ながら、

「額にしわのある顔、眉毛がつながってる顔、両目が丸ではなく八の字の顔、両目が閉じたように見える顔、口が一本線になってる顔など、かなりバラエティに富んでいます」

「ほとんどの顔は輪郭がないのに、この二つだけは丸と四角で囲っている。これらに果たして、いかなる意味があるのか……。弦矢君、分かりますか」

俊一郎は何度も十の顔を見返していたが、

「……駄目です」

「では、とりあえず押してみますか」

言うが早いか新恒は、任意に選んだらしい石筍の頭に片手をかけて、ぐいっと押しこむようにした。

そのとたん、ぐんっと石筍が沈んで、ばっと警部が急いで手を離したので、俊一郎は驚いた。

「大丈夫ですか」

「……何ともありません」

そう答えながらも新恒は、何とも表現しようのない顔をしている。

「どうしたんです？」

「石筍が沈む瞬間、ぞくっとする厭な感触が、ふいに伝わってきたもので……」

「唯木さんは、特に何も言ってませんでしたよね」

「彼女のほうが、私よりも豪胆なのでしょう」

新恒が苦笑をしていると、がきっという物音と共に、石筍が元に戻った。

「どう考えても、これには順番が――」

と言いかけた俊一郎の腕を、いきなり警部はつかむと、

「誰か来ました。こっちへ」

階段とは反対側へ引っ張っていった。

「誰です？」

「スタッフの一人のように見えたので、ひとまず隠れましょう」

二人は手摺りを乗り越えると、慌てて近くの藪(やぶ)に身を潜め、見晴らし台を覗く恰好(かっこう)になった。

やがて姿を現したのは、料理人の呂見山だった。彼は階段を使って見晴らし台の一階に上がると、きょろきょろしながら一周したあと、螺旋階段へ進んだ。

「誰かと待ち合わせ、でしょうか」

「先に相手が来ていないか、それを確かめたようにも見えます。ここは壁がないとはいえ、螺旋階段の陰など、一部は死角があるでしょうから」

俊一郎と新恒が囁(ささや)くように話していると、二階に呂見山が現れた。ただし下から見上げているため、北側の手摺りの側を通ったときだけしか、彼の姿は目に入らない。それが三階になると、ほんの一瞬しか見えず、四階と五階は上がったことすら確認できなかった。

「祖父母との会話から、彼だけ抜けたわけですか」

「待ち合わせをしてるのなら、もう一人も抜けることになります」

「目立ちますよね」

「それほど大事な用事か――」

と言ったあと、

「待ち合わせてる人物が、この見晴らし台に潜んでる黒術師だから、という可能性もあります」

　そう新恒が続けたときである。

「いったい何を――」

「話が違うじゃないか――」

　見晴らし台の上で突然、興奮した呂見山の叫び声が聞こえた。

「すでに相手がいますよ」

「そんな莫迦な――」

　誰もいない五階から順に、先ほど二人は下りてきたばかりである。

　すると急に、見晴らし台の上が静かになって――。

　次の瞬間、すうっっと呂見山らしき人影が上から落ちてきて、どさっと鈍い音が辺りに轟いた。

十四　第三の殺人？

　新恒警部は藪から飛び出すと、

「弦矢君は、呂見山さんをお願いします」

一瞬の迷いのあと、そう言ったように見えた。本当は自分が行くべきだと思いながらも、見晴らし台の上にいる「犯人」の確保のほうが、この場合は優先されると判断したのだろう。

それが俊一郎も分かるだけに、

「分かりました。どうか充分に注意して下さい」

とっさに警部を気遣う言葉をかけた。

新恒は北側の手摺りを手早く乗り越えて、俊一郎は見晴らし台を回りこんで、それぞれ急いだ。

丘の地面に倒れた恰好で、頭部から血を少し流している呂見山の姿が、すぐさま俊一郎の目に飛びこんできた。反射的に視線をそらすと、新恒が背広の内側から拳銃を抜いて、ちょうど螺旋階段を上がっていくところだった。

まさか――。

ある想像を瞬時にして、はっと俊一郎は見晴らし台を見上げた。しかし上階から見下ろしている犯人の顔は、残念ながら見当たらない。

そこで改めて呂見山に目を向けて、ぎくっとした。

これは……。

料理人の首には、なんと紐が巻かれている。

絞殺？

熊井の遺体と同じように、何重にも綺麗に巻かれていた。しかも、まったく同じ紐のように見える。

いや、その前に……。

生死の有無を確かめる必要がある。どう見ても死んでいるとしか思えないが、検めもせずに断じるわけにはいかない。

まず恐る恐る呂見山の手首に、それから念のため首筋にも指を当てる。どちらからも脈は感じられない。

……死んでる。

熊井に続いて二人目……、いや城崎さんも入れて三人目か。

被害者は黒捜課が一人、スタッフが二人。

次に狙われるのは、どっちだ？

そのとき俊一郎は首筋に、ちりちりっとした厭な感触を覚えた。虫でもついたのかと手でふり払ってから、はっ……となって頭上を見上げると、

五階から真っ黒な顔が、じっと彼を見下ろしていた。

「うわっ！」

思わず叫んで、その場から逃げそうになり、ぐっと踏み止まる。

犯人は、まだ五階にいる！

新恒警部は、どうしたんだ？

すぐさま応援に行こうとしたところで、上階から声が降ってきた。

「どの階にも、誰もいません」

えっ？

再び見上げると、犯人かと勘違いした顔は新恒だった。

「弦矢君、大丈夫ですか」

俊一郎が黙ったままで、ただ上を見ているだけのためか、たちまち警部の顔が曇り出した。

「……あっ、はい！」

彼は慌てて返事をしてから、呂見山を検めた報告をした。

「駄目です。亡くなってます」

「すぐに下りますから、そのまま見張っていて下さい」

螺旋階段を駆けながら下る足音が響き、ほんの数十秒で新恒が合流した。

「ふーむ、絞殺ですか」

やはり警部も、まずそこに目がいったらしい。

「頭部からの出血が少ないのは、落下する前に殺されていたから？」

「そういう風に、この場合は考えられますね」

新恒は自分でも呂見山の死亡を確かめたあと、

「ただ熊井さんにしても、この呂見山さんにしても、解剖をしないことには、死因の特定は無理です」

「でも警部なら、見当くらいは――」

「つけられますが、お二人とも死の状況が、あまりにも不可解過ぎます。通常の検視が、果たして通用するかどうか……」

そう言われて俊一郎は、急に寒気を覚えた。

「熊井殺しに続いて、確かに呂見山殺しも、尋常ではない可怪しさがあります」

「こういう状況を、ミステリでは何と表現するのですか」

「そうですね。『開かれた密室』でしょうか」

「ほうっ、言い得て妙ですね」

新恒は素で感心している。

「我々は見晴らし台に来て、一階から五階まで見て回りました。そして誰もいないことを、そのとき認めた。一階で石筍を調べてると、こちらへ何者かがやって来た。それが呂見山だったわけです。いち早く気づいた警部は、俺を促して見晴らし台の北側の藪に隠れた」

確認するように見ると、新恒がうなずいたので、俊一郎は続けて、

「犯人が見晴らし台に上がる機会があったとすれば、我々が藪に行くまでの間、つまり背中を向けていたときです」

「となると犯人は、私と弦矢君が来る前に、すでに見晴らし台にいたことになりそうで

すね。そこで二人の姿を目にして、とっさに北側の薮以外のどこかに隠れた。そして我々が呂見山さんに気づいて、同じように身を潜めるのを見て、素早く出てきて螺旋階段を上がった」

「それで呂見山殺しの半分は、一応の説明がつきます」

「問題は、あとの半分ですね」

「呂見山が見晴らし台に来る前から、我々はずっとここを見張っていました。そして彼が転落して、警部は螺旋階段を上がり、俺は被害者の下に駆けつけた」

「私は一階から二階、そして三階、四階、五階と上りましたが、どの階にも誰もおらず、可怪しなものも見当たらなかった」

「手摺りに結びつけたロープとか、もちろんなかったんですよね」

「ありません。仮に犯人がロープで見晴らし台から下りたのだとしたら、いくら何でも我々が気づくでしょう。二人とも見逃すとは、とても考えられません」

そう言ったあと新恒は、

「また呂見山さんを絞殺しておきながら、なぜ犯人は遺体を突き落としたのか」

「我々の目を被害者に向けて、その隙に逃げるため——と普通なら推理するところですが、こっちは二手に分かれましたから、この手は使えなかったはずです」

「どうして呂見山さんは殺されたのか。どうやって開かれた密室で犯行を成し得たのか。なぜ絞殺した遺体を落下させたのか」

警部は三つの謎を提示すると、

「駿作先生がおっしゃるところの、三つの無意味がここにもありそうです」

「そうか。祖父母に確認すれば――」

肝心なことに俊一郎は気づいたが、とっくに新恒は考えていたらしく、

「呂見山さんの前に、食堂を出たのは何者か。呂見山さんと同様、しばらく姿が見えなかったのは誰か。この二点をお尋ねすることで、容易に容疑者は浮かぶかもしれません」

俊一郎の考えを代弁したが、彼の口調は妙に弱々しかった。

「そんなに簡単ではない……と？」

「ええ。実際はスタッフ全員にアリバイがあるか、もしくは全員にないか」

「そういう悲観的な見方は、あまり警部らしくありませんけど……」

戸惑う俊一郎に、新恒は困惑した顔で、

「これまでの黒術師が黒幕だった一連の呪術殺人事件と、今回の事件とは明らかに何かが違っている。いえ、呪術が絡んでいるのは、まず間違いないでしょう。しかし、もっと別の部分が……、もっと根本のところが、どうも最初から異なっている気がして、私は仕方ないのです」

「黒捜課の捜査官としての、それは勘ですか」

「と言っても、いいでしょう」

そこへ元別荘の前庭のほうから、こちらへやって来る曲矢と唯木の姿が、俊一郎の目

に入った。新恒も気づいたようである。

そんな彼らのただならぬ様子を察したのか、いきなり曲矢が走り出した。すぐに唯木も続き、あっという間に二人は丘を駆け上った。

「くそっ、やられたか」

呂見山の遺体を見て、曲矢が悪態をつく。その横で唯木も、非常に険しい表情を浮かべている。

「またしても、三つの無意味だ」

俊一郎が状況を説明するにつれ、二人の顔がさらに強張っていく。

「こいつにも、死相は視えてなかった……」

「ああ、間違いない。スタッフの全員がそうだった」

「にもかかわらず熊井、そして呂見山が殺された」

「彼らの前には、城崎さんもいる」

「どういうことだ？」

曲矢の問いには答えられなかったが、指摘されていたのに失念している、とても基本的なある行為について、このとき俊一郎は思いを馳せていた。

「おい、どうした？」

「いや、ちょっと忘れてたことがあって……」

「何だ？」

「あとで話すよ。祖父母と合流してから——」

新恒の判断により、遺体は熊井の部屋へ運ぶことになった。現場での検視ができない以上、このままにしておいても仕方ない。あらゆる角度からスマホで写真を撮るだけで、この現場は対処するしかない。そう警部は考えたらしい。

遺体の頭側を曲矢が、足側を新恒が持つ。先導するのは俊一郎で、後方は唯木が受け持った。まだ犯人が見晴らし台の周辺に潜んでいて、後ろから襲われる危険がまったくないとは言えないため、彼女が背後を護ることになった。

裏口についたところで俊一郎は、新恒から熊井の部屋の鍵を受け取り、先に開けに行った。スタッフの部屋は裏口に近く、幸い誰にも気づかれていない。あとは遺体が運びこまれるまで、彼は部屋から離れていたのだが、それでもあまりの腐敗臭の酷さに、物凄く気分が悪くなった。さすがに新恒も曲矢も辟易したようで、部屋から出てきた二人は、かなり辛そうな顔である。

四人で食堂へ行くと、祖父母とマユミが談笑していた。

「……やられましたか」

俊一郎たちを認めたとたん、祖母が確認するように訊いてきた。

「はい、呂見山さんが殺されました」

「そうですか……」

「現場の状況は——」

と新恒は口にしかけて、改めてマユミの存在に気づいたようだが、結局はそのまま話した。スタッフたちに対する事情聴取の無意味さを、きっと嫌というほど実感していたからだろう。今さらマユミを食堂から出しても、ほとんど意味がないと判断したに違いない。

とはいえ呂見山殺しを報告したとき、警部が鋭い眼差(まなざ)しでマユミの反応を確かめたことに、俊一郎は気づいていた。

新恒は見晴らし台の事件を一通り説明したあと、

「午後からの全員の動きを、まず把握したいと思います」

その結果、左記のようにまとめることができた。ただし時間はおおよそである。

〈全員〉

十三時から同四十分　捜査側は二階のラウンジで打ち合わせ。スタッフたちは一階の食堂にいる。

十三時四十分　祖父母は食堂へ、曲矢と唯木は正面玄関から桟橋へ、新恒と俊一郎は裏口から見晴らし台へ向かう。

〈祖父母〉

十三時四十分から十四時二十分　二人はスタッフ全員と食堂にいる。支配人の枝村は話しかければ応じるが、料理人の呂見山と配膳係の樹海は無反応なことが多い。清掃係の津久井とは、そこそこ会話が成立する。マユミは相変わらずだが、どちらかと言えば祖父母と津久井の話を聞くほうに回っていた。

十四時二十分　呂見山が夕食の食材を調達しに貯蔵室へ行く。

十四時半　津久井が建物内の清掃をはじめる。樹海も手伝うために同行する。マユミも行こうとしたが、津久井に止められる。

十四時四十分　呂見山の戻りが遅いため、枝村が貯蔵室へ様子を見に行く。

〈新恒と俊一郎〉

十三時四十五分から十四時二十分　二人で見晴らし台を調べる。他には誰もおらず、不審な点も見当たらない。

十四時二十分　呂見山が見晴らし台に現れたため、二人は近くの藪に隠れる。

十四時二十五分　見晴らし台の五階と思われる辺りで呂見山の声が聞こえ、その後すぐ彼が転落する。

十四時二十五分から同四十分　新恒が見晴らし台を調べるが、やはり誰の姿もない。その間、俊一郎は遺体の側にいる。

十四時四十分　曲矢と唯木が見晴らし台に来る。

〈曲矢と唯木〉

十三時四十五分から十四時十五分　二人は桟橋にて沖合を通る船を探す。発見と同時に照明弾を撃つ手はずだった。

十四時十五分から十四時三十五分　元別荘の東西に分かれて船を探す。

十四時四十分　見晴らし台に着く。


この時間表の作成が終わったところへ、支配人の枝村、配膳係の樹海、清掃係の津久井がいっしょに、タイミングよく食堂に戻ってきた。

「呂見山さんが見晴らし台から落ちて、先ほど亡くなりました。ただし死因は、絞殺のようです」

三人が食堂に入ったところで、いきなり新恒が告げた。

「えっ……」

とっさに反応したのは、樹海だけだった。もっとも一瞬で、すぐさま興味を失くしたように見えた。

「これではお客様のお世話も、満足にできなくなるばかりです」

枝村は支配人という立場からか、そんな風に案じた。だが本当に、そう思っているのかは分からない。

「スタッフが二人も殺されたのに、あまりにも冷静過ぎませんか」

新恒にしては辛辣な物言いだったが、

「私の仕事は、ここでお客様のお世話をする者たちの、言わば監督です。それが二人も減ったのですから、支配人としては忸怩たる思いでございます」

「ご立派です」

皮肉かと俊一郎は考えたが、新恒の本心かもしれない。

「マユミちゃんは、ずっとここにいたの？」

津久井が心配そうに尋ねたが、当人がうなずくと、ほっと溜息をついた。

「もう何度もお訊きしていますが、今この島で起きている事件について、何か思い当ることはありませんか」

スタッフたち一人ずつの顔を見ながら、新恒が問いかけた。

「どんな小さなことでも結構です」

しかし、そう促しながらも警部自身、まったく成果を当てにしていないことが、まさに手に取るように分かる。

実際しばらく待ってみても、誰も何も答えない。

その間に俊一郎は、見晴らし台で気づいた「失念していたある行為」に関わる別の行為を、密かに行なった。

「我々はひとまず、二階のラウンジに移動しましょう」

質問に対する成果が少しもないと分かると、案の定、新恒はあっさりと食堂をあとにした。

　いったんロビーへ出て、階段を上がりはじめたところで、

「祖母ちゃん、また具合が悪いのか」

　その足取りの重さに目を留めて、俊一郎が声をかけた。

「食堂におったときは、どうもなかったんやけどな……」

「おしゃべりのし過ぎだろ」

「そんなことで、わたしゃがまいるかいな」

　確かにしゃべり疲れなど、祖母にあるわけがない。だとしたら、この急変はいったい何なのか。

「黒術師の案配かもしれんな」

「どういうこと？」

「わたしゃとスタッフに、黒術師は会話をさせたかったんかもしれん。せやから食堂では、体調が元に戻った。そう考えたら三度の食事のときも、同じでしたからな」

「会話って、何のために？」

「そうやなぁ……」

　と言った切り祖母は、二階のラウンジにつくまで、ずっと黙ったままだった。

「……いや、分からんわ」

　しかも結局、そう答えただけである。

だが俊一郎は、辛（つら）そうな様子で椅子に座る祖母を見て、それどころではなくなってしまった。

「寝たほうが、よくないか」

「どうか愛染様、ご無理はなさらないように」

新恒も心配し出したが、

「ここで大人しゅう、みなさんのお話を聞いてます」

祖母が椅子から動かない以上、本人の気持ちを尊重しようと、どうやら警部も思ったらしい。

「では早速、見晴らし台事件の検討に入りましょう」

すかさず曲矢が発言した。

「アリバイがあるのは、マユミだけか」

「でも、あとの三人も、見晴らし台に先回りできなかっただけでなく、呂見山を追ってもいないと、はっきりしてるぞ」

俊一郎が応じると、

「熊井さんも呂見山さんも、自殺とは考えられないでしょうか」

意外にも唯木が意見を述べた。

「お前なぁ」

曲矢が呆（あき）れたような声を出したが、すぐに新恒が、

「それは、どういう意味です？」

「スタッフたちは、やはり黒術師に操られていて、つまり『自殺させられた』のではないか、と考えました」

「なるほど」

「これだと閉じられた密室と開かれた密室、この二つの謎も解けます」

　すると曲矢が、

「熊井がベッドの上で、可怪（おか）しな恰好（かっこう）をしてたのは？　呂見山が見晴らし台から、わざわざ落ちたのは？」

「たまたまです」

「何ぃぃ」

「熊井さんはベッドの上に座って、自分の首を紐（ひも）で絞めました。普通なら苦しさのあまり途中で止めるでしょうが、黒術師に操られているため、そのまま絶命します。そして前方へ倒れたので、あんな恰好になったわけです」

「呂見山も同じように自殺させられたあと、その場で倒れた。そこに手摺（てす）りがなかったので、落下してしまった。そういうことか」

「はい」

「何のために、そんなことをする？」

「我々への挑戦です。いいえ、正確には弦矢俊一郎さんに対するものでしょう。ですから彼のおみくじクッキーには、『この島で起きる事件の謎を、あなたは解けるでしょうか』と書かれていたのです」

「こいつに挑むためだけに、黒術師は連続殺人事件を起こしてる——ってのか」

「はい。動機の問題も、そう考えると解決します」

「殺しの順番は、どうやって決めてる？」

「動機は挑戦ですから、順番に意味はないのかもしれません」

唯木は返事をしながらも、自分の意見がどう受け入れられるか、それを気にしていたらしく、

「ふん、悪くない推理かもな」

曲矢には珍しいほめ言葉に、彼女の顔が少し輝いた。

「愛染様、よろしいでしょうか」

新恒が遠慮がちに、祖母に声をかけた。なぜなら両目をつぶったまま、椅子にもたれかかっていたからである。

「……はい」

「今の唯木捜査官の考えですが、どう思われますか」

「俊一郎への挑戦のために、黒術師が事件を起こしてるいうんは、きっと正しいでしょうな」

「ありがとうございます」

唯木が律儀に礼を述べると、祖母は弱々しく微笑み返してから、

「熊井さんと呂見山さんに対する、それぞれの殺人の動機を探しても、まず見つからんでしょう」

「せやから無意味やと、わしは言うとる」

口をはさむ祖父に、祖母はうなずきつつ、

「ただ、黒術師が自殺を強要したいうんは、ちょっと無理でしょうな」

「仮に操られてたとしても、ですか」

「たとえ相手が信者であろうと、自らの命を絶つように仕向けるんは、そら至難の業ですわ。人間である限り、無意識に防衛本能が働きますからなぁ。黒術師とはいえ、かなり難しいですやろ」

「……そうですよね」

唯木は悔しそうな様子だったが、祖母の意見は素直に受け入れたらしい。

「操られて自殺した——で、決まりと思ったんだがな」

しかし曲矢は、往生際が悪かった。

「唯木の説明通り、ほとんどの謎に説明がつくしな」

「おそらく真相に近いところを、唯木さんはついたんやと思います。けど、やっぱり自殺の強要は、黒術師といえども無理でしょうな」

とはいえ祖母にそこまで言われると、彼としても引かざるを得ない。

「愛染様がおっしゃるなら……」

そのとばっちりが、どうも俊一郎に来たようで、

「おい、さっきから黙ってるけど、探偵小僧の推理は、どうなってる？」

だが俊一郎は、それどころではなかった。問題の「ある行為」に取りかかっている最中（さなか）だったからだ。

捜査側の人間、全員を死視（しし）する。

城崎に指摘されながらも、あえて行なっていない。彼の死のあと、狙われたのがスタッフたちだったこともあり、そのままになっていた。それを俊一郎は今、実行したのである。

結果は衝撃だった。

新恒警部、曲矢主任、唯木捜査官、そして祖父母にも、はっきりと死相が視（み）えていた。しかも、これまで視たこともない真っ黒さである。禍々（まがまが）しいまでの黒々とした死の影が、それぞれの身体に憑（つ）いている。

自分自身を視ることは叶（かな）わないが、こうなると俊一郎も同様に違いなかった。

全員が死ぬ……というのか。

十五　相反する死相

「お前はさっきから、何をぼうっとしてんだよ」

曲矢に毒づかれながらも、俊一郎は大いに迷った。

死視の結果を、みんなに伝えるべきか……。

依頼人の場合は、死相の有無または種類を確かめるために、相手は事務所に来ている。それでも当人に再確認してから、死視の結果を教えるのが常だった。

だが今は、その対象が身内である。黒捜課の三人とは、もちろん血のつながりはないが、かなり近しい人たちであることは間違いない。五人とも死相の何たるかを充分に理解しているとはいえ、それを我が事として受け止めるのは、また別の問題だろう。むしろよく知っているゆえに、かなりの衝撃を覚えるのではないか。

……どうしたものか。

なおも俊一郎が悩んでいると、祖母に名前を呼ばれた。

「何だ？」

「視えたままを、ちゃんと伝えなさい」

彼が死視したことを、祖母は察しているらしい。

「食堂でも、やらんかったか」

そう祖父が続けて、二人にはバレバレだったと気づいた。

「うん、何のことだ？」

曲矢は怪訝そうにしたが、

「弦矢君、死視をしたのですか」

さすがに新恒警部は、すぐ分かったようである。

「えっ……俺らをか」

驚く曲矢に、俊一郎はうなずきながら、

「さっき食堂で、スタッフたちに二度目の死視をした」

「結果は？」

「支配人の枝村、配膳係の樹海、清掃係の津久井は、前と同じで死相は視えなかったけど、マユミには妙な影が現れていた」

「……これ、呼び捨てするんやない」

祖母に注意されたが、いかにも弱々しい口調に、俊一郎はどきっとした。

「大丈夫か――」

片手をふっただけで祖母は、話を続けるように促した。

「彼女の影は、明らかに死相だった。ただ、やけに薄くて変なんだ」

「一回目の死視のとき、マユミさんにも死相は出ていませんでしたよね」

新恒の確認に、俊一郎は「はい」と答えて、

「それが二回目で、薄いとはいえ彼女にだけ視えたわけです」

「ふむ、参考になるやもしれん事例が、いくつかあったな」

祖父は記憶を呼び覚ますような表情をしながら、

「ある依頼人を俊一郎が死視したとき、はっきりと死相が視えた。その場所と形状と色を聞いたわしは、過去のデータから内臓疾患の疑いを持ち、それを孫に伝えた。しかし俊一郎が死相の原因を突き止める前に、依頼人が事務所を再訪して、再度の死視を求めてきた。それに応じたところ、死相の濃さが前の半分ほどになっている。依頼人に訊くと、精密検査を受けたという。その後、検査結果が出て、ある内臓疾患が見つかった。そして治療のあと、依頼人の死相は消えた」

「つまり精密検査を受けることで、死相の原因である内臓疾患が発見される可能性が高まったため、それに比例して死相の濃さが薄まった。そうなりますね」

簡潔に新恒はまとめてから、

「ただしマユミさんの場合は、その逆のようです。一回目でなかった死相が、二回目では現れはじめています」

「なぜだ？」

曲矢が怒ったような口調で、

「一回目と二回目で、何か違うことでもあったか」

「それは……」

　ふと脳裏に浮かんだ事実を、俊一郎は口にした。

「一回目は殺人事件が起きる前で、二回目は起きたあとだった」

「そりゃまぁ、そうだけど……」

　困惑する曲矢を見ているうちに、逆に俊一郎は頭が冴え出した。

「はっきりと現れた死相を十とすると、彼女のは二から三くらいかもしれない。この島に元々いたのは十三人で、すでに三人が殺された。ほぼ四分の一だ」

「すると何か。被害者が増えるごとに、マユミの死相も濃くなるってのか」

「スタッフに限れば、六人のうち二人が殺された。つまり三分の一だ。どっちの場合でも、死相の濃さは当てはまる」

「けど、理由は何だよ」

「……分からない。けど、この死相に対する解釈が合ってるとしたら、連続殺人事件を早く解決するほど、彼女が助かる率も上がることになる」

「うーむ」

　うなったまま黙ってしまった曲矢に代わり、新恒が口を開いた。

「スタッフの中で、なぜかマユミさん一人が異質なのも、それに関係しているのかもしれません」

「本来なら、だからこそ彼女が黒術師だ……と考えるのですが、だとしたら死相が現れるのは可怪しい。やっぱり変ですよね」

「連続殺人事件の謎を解くことで、この状況を打開できるかもしれない。今の時点では、これにかけるしかないでしょう」

新恒は一応の結論を出したあと、

「それで我々の死相ですが、どんな感じです？」

はっきりと視えていることを前提にして、ずばり俊一郎に尋ねた。

「……真っ黒です」

彼の返答に、全員が沈黙した。

「まるで死神が黒いマントを広げて、ばさぁっと身体に覆い被さってるような、そんな様が視えました。みんな見事なまでに、それが同じです」

「黒術師のせいやから……やろうな」

祖父のつぶやきに、応じる者は誰もいなかった。だが全員が、そう思っているのは間違いなさそうである。

「それにしても――」

新恒が思案顔で、

「城崎捜査官は別として、死相の出ている我々ではなく、まったく出ていないスタッフが立て続けに殺されたのは、いったいどうしてなのか」

「この島では弦矢さんの死視が、逆に視えるのでしょうか」

唯木の意見に、俊一郎も同意したかった。しかし、それが間違いであるらしい実感が、どうにも彼にはあった。

「俺も同じように、一時は考えました。けど、みんなの死視をして、あまりにも悍ましい死相を視て、そういう逆転現象はないと確信しました」

つまり五人に——俊一郎を入れると六人に——出ている死相は、わずかな否定もできないほど正真正銘の本物である、ということになる。

それが誰にも分かるだけに、その場には重苦しい空気が流れ出したのだが、

「どうやら最後になって『死相学』の項目に、とんでもない事例が加わりそうやな」

祖父が能天気な物言いをして、少しだけ雰囲気が変わった。

「ここまで酷いのは、これまでにない？」

俊一郎が訊くと、

「もっと詳細を教えてもらわんと、そりゃ確かなことは言えんけど、今のお前の表現から推測する限り、空前絶後かもしれん」

「黒術師の呪術をかけられた依頼人より、みんなの死相のほうが禍々しいのは、どうしてだと思う？」

「これまでの呪術殺人事件は、黒術師と依頼人の間に、要は犯人が入っとる恰好やった。けど、わしらは黒術師から直接、呪いをかけられとるからやろう。もしくは濤島に渡っ

た時点で、わしらの運命が決まってしもうたからか。まっ、どっちにしても解けん呪術はないやろうし、変えられん運命もないわな」

「ほんとに？」

「はなからあきらめて、なーもせんかったら、そら駄目やろうけど、自分の頭で考えて立ち向かってったら、なんぼでも道は開けるもんや」

　ここまで祖父がしゃべるのは、具合の悪い祖母に代わってに違いないと、俊一郎が思っていると、

「……ふうっ」

　椅子に座ったまま半ば眠っていた祖母が、かすかに息をついた。

「どうした？　しんどいのか」

　俊一郎が心配して声をかけると、

「夕飯はまだか」

「へっ？」

「お腹が空いた」

　この一言で、ラウンジの雰囲気が完全に変わった。沈滞して淀んでいた空気が、急に吹き払われた感じである。

　とはいえ、それは表面的な現象に過ぎなかった。

　ここが黒術師の島であり、早くから城崎が狙われていたと分かり、その彼が殺され、

謎の連続殺人事件が起こり、自分たちにも強烈な死相が現れていると知らされ……とい
った状態の中で、そう簡単に楽観的になれるわけがない。
だけど……。
黒捜課の三人も祖父母も精神的に強いと、俊一郎は認めている。そんな三人でも死視
の結果には、かなりの衝撃を受けた。だから祖父はフォローをした。それに祖母も加勢
した。
だから三人は表向きだけでも、立ち直ったようなふりをした。そう察することができ
るだけに、俊一郎は忸怩(じくじ)たる思いを抱いた。
一番こたえてるのは、俺じゃないか。
しかし、無理もなかった。黒捜課の三人と祖父母に、絶望的とも言える死相を視たの
である。これなら「お前に死相が出ている」と言われたほうが、どれほどましか分から
ない。
夕食まで少し間があったので、しばらく休憩することになった。特に黒捜課の三人は
夜警があるため、仮眠が必要になる。かといって独りで寝るのは危険だった。三人に俊
一郎を加えて、四人で二室あるツインを使うことになった。そうなると唯木と誰を同室
にするか、その問題が出てきた。
「わたしゃと、いっしょに寝ますか」
祖母が申し出たものの、それでは唯木が気を遣って、きっと熟睡できないだろう。そ

う新恒は考えたに違いない。

「ここは、曲矢主任と――」

「おいおい、冗談じゃねぇぞ。俺は嫌だね。ごめんだ」

女性との同室を恥ずかしがるのを誤魔化すために、わざと強い言葉でぶっきらぼうに返したようだが、

「私は構いません」

当の唯木は奇特にも、少しも嫌がらない。

「よく考えたほうがいい。あの男と同じ部屋で、あろうことか寝るんですよ」

俊一郎が思い留まらせようとすると、

「てめぇ、何を――」

曲矢が怒り出したので、

「それでは私が責任を持って、唯木捜査官と同室になります」

さっさと新恒が決断を下した。

「警部、よろしくお願いします」

もちろん唯木にも、まったく異存はないようである。

「ということで曲矢主任は、弦矢君と――」

「じょ、冗談じゃねぇ」

先ほどより強く曲矢はごねたが、新恒は再び聞く耳を持つことなく、新たな部屋割り

が決まった。

「お前といっしょで、安眠できるかよ」

ツインの部屋に入ったとたん、曲矢は愚痴った。

「それは、こっちの台詞だ」

「うるせぇ、とっとと寝ろ。いびきや歯ぎしりしやがると、たたき起こすからな」

と言った当人が、ベッドに入って少し経つと、いびきをかき出した。しかも熟睡している様子である。

やれやれ……。

俊一郎は寝るのをあきらめ、事件について考えた。だが、これまでに引っかかった疑問点が、ぐるぐると脳裏を回るだけである。

城崎さんが狙われたのは、言うまでもなく黒捜課の一員だからだ。そして我々が島に渡ったタイミングで彼を殺すことで、大きなショックを与えようとした。それも間違いない。

では、どうして次に熊井が殺されたのか。しかも密室で、奇妙な恰好をして。

まったく同じことが、呂見山殺しにも言える。

祖父が指摘した三つの無意味は、それこそ何を意味するのか。

そもそもスタッフたちに覚える違和感は、いったい何なのか。その中でマユミだけが異質に思えるのは、なぜだろうか。そこには津久井も入るのか。だとしたら理由は何か。

死相の視えないスタッフたちが、どうして死ぬのか。

マユミにだけ薄い死相が現れ出したのは、なぜか。やはり彼女はスタッフたちの中で、一人だけ違う存在なのか。

黒捜課の三人と祖父母に視えた死相は、この五人から次の犠牲者が出るという暗示なのか。そこには当然、俺も含まれているのか。

——といった問題が頭の中を回っているうちに、昼間の疲れが出たのか、いつしか彼はぐっすりと寝入っていた。

「おいこら、いつまで寝てんだよ」

目が覚めたのは、曲矢に乱暴に起こされたからである。

「てめぇとは違って繊細な俺が、あんまり寝られなかったっていうのに、気持ち好さそうに、すやすやと寝息を立てやがって——」

「いびきかいて熟睡してたのは、どこの誰だよ」

「お前だろ」

「俺が寝る前に——いいや、ベッドに入って少ししたら、もういびきをかいて、あんたは寝てしまったじゃないか」

「いやいや、そんな記憶、俺にはねぇし」

今さらだが話にならないと俊一郎はあきらめ、さっさと部屋から出た。廊下で新恒と唯木の二人と合流して、四人で祖父母を迎えにいく。

祖母によると先ほど、樹海が訪ねてきたらしい。何か食べたいものがあるか、と生前の呂見山と同じことを訊いたという。

やっぱり夫婦みたいだな。

そう俊一郎は思ったが、新恒も同様に感じたように見えた。

六人で食堂へ向かうと、食卓の側に立つ支配人の枝村とメイドのマユミに、丁重に出迎えられた。調理室で料理をしているのは、どうやら配膳係の樹海と清掃係の津久井らしい。

俊一郎たちが席に着くと、

「お嬢ちゃんも、いっしょに食べなさい」

さっそく祖母がマユミを誘った。

「うわっ、ありがとうございます」

「支配人さんたちも、ごいっしょにどうですか」

祖母が枝村にも声をかけるが、

「いえ、私どもは……」

かたくなに首をふって断られた。

もっともマユミもすぐには着席せずに、調理室と食堂を行き来して、しばらく配膳を手伝った。それは枝村も同様であり、その間に調理の手伝いを終えたらしい津久井も加わった。

昨夜はまだコース料理の恰好をとっていたが、今夜は一般家庭の夕食に近い。つまりほぼ一度に、すべての料理が食卓に上る形である。そのためマユミを含めた七人分の料理は、あまり時間がかかることなく食卓に並べられた。

「津久井さんも、ごいっしょにどうです？」

祖母が当たり前のように誘うと、彼女がちらっとマユミを見やったのが、俊一郎には分かった。

「樹海さんも呼んできて――」

という祖母の台詞に、新恒が続けた。

「支配人さんも、ぜひ」

二人がスタッフたちを同席させようとしているのは、親切心だけからでは決してないだろう。こんな特殊な状況下で連続殺人事件が起きているにもかかわらず、その関係者から有益な情報がまったく得られない現状を、少しでも打破したいと考えているからに違いない。

ところが、枝村は相変わらず辞退して、津久井は態度がはっきりせず、樹海は一向に調理室から出てこない。

「私、呼んできます」

マユミが元気よく席を立って、調理室へ姿を消した。

この子が誘えば――。

きっと津久井は食卓に座るだろう。マユミと津久井を見て、樹海も真似するかもしれない。そうなると枝村も、折れざるを得ないのではないか。

　そう俊一郎が思っていると、

「……いやっ」

　低いながらも黄色い叫び声が、調理室のほうで聞こえた。

「どうしました？」

　真っ先に動いたのは新恒で、それに曲矢と唯木が続き、慌てて俊一郎も三人のあとを追う。もっとも彼は調理室側の席だったので、自然と警部の後ろにつく恰好で、二番手になっていた。

　そのため奥の部屋に飛びこんだとき、新恒の肩越しに、その場の光景がはっきりと目に入った。

　調理室の奥には、広い流し台と複数のコンロが、右手には食器棚が、左手には大型冷蔵庫が、そして食堂寄りの中央には大きな配膳台が、それぞれ設置されていたのだが、どこにも樹海の姿が見えない。ただし調理室には裏口があったため、そこから外へ出たと考えるのが普通だろう。

　だとしたらマユミは、なぜ配膳台の横に突っ立って、その向こう側をじっと見つめているのか。

　ちなみに配膳台の下部には引き出しがついており、その内部が収納スペースになっているタイプだった。よって食堂側から台の向こうは、まったく見えない。

「マユミさん？」

新恒が声をかけながら、そっと近づいていく。

「これは……」

だがマユミの視線の先を目にした瞬間、ぴたっと警部の動きが止まった。

まさか……。

俊一郎は信じられない思いで、やっぱり新恒の肩越しに覗きこんで、
そ、そんな……。

一言も口にできないまま、絶句した。

配膳台の向こう側で、樹海が床の上に倒れている。胸の真ん中と左右の脇腹に一本ずつ、包丁を刺された状態で絶命していた。凶器が抜かれていないせいか、幸いにもあまり出血は見られない。

ただ、どう見ても刺殺なのに、何とも奇妙だったのは、被害者が左右の手に一本ずつ、包丁を持っていたことである。まるで自分を襲ってきた犯人と、両刀で戦おうとしたかのように……。

しかし現場には、そういう争ったあとが一切ない。

そもそも調理室で騒ぎがあったのなら、食堂にいた俊一郎たちの誰かが、いくら何でも気づいたはずである。

では、この可怪しな遺体の両手の有様は、いったい何を意味するのか。

十六　第四の殺人？

「亡くなっています」

新恒警部は配膳台の向こう側に回りこむと、樹海の死亡を認めた。

「この状況は、簡単に……」

と言ったところで、曲矢が意外にも自制心を働かせて口を閉じたのは、すぐ側にマユミがいたからに違いない。

——犯人が絞りこめるじゃねぇか。

きっと彼は、そう続けようとしたのだろう。

俊一郎たちが食堂に入ったとき、調理室にいたのは被害者の樹海の他に、清掃係の津久井だけだった。ただし料理の配膳がはじまると、メイドのマユミと支配人の枝村も手伝い出した。その間ずっと樹海は調理室におり、そこに三人が出入りをする。そういう状態が、しばらく続いた。

つまり枝村、津久井、マユミの三人の誰かが、樹海を殺したことになる。

新垣は裏口が内側から施錠されているのを確認したあと、

「いったん戻りましょう」

全員を促して調理室を出て、食堂へと戻った。

「何がありました？」

祖母は充分に察しながらも、あえて訊いたのだろう。

「樹海さんが――」

現場の様子を新垣は一通り説明したあと、

「みなさんからお話を聞く必要がありますので、どうぞお座り下さい」

枝村と津久井とマユミの三人に、彼が順々に目を向けると、まずマユミが、次に津久井が食卓についたが、枝村は立ったままだった。

「津久井さんに、お尋ねします。あなたが調理室で、樹海さんの手伝いをしていたとき、もちろん彼女は生きていましたよね」

「はい」

あまりにも当然の質問に、津久井も真面目に答えた。

「お二人で調理していたとき、枝村さんとマユミさんの動きは、どうでした？」

「配膳台の料理を、最初に運んだのは、マユミちゃんでした。次に支配人さんが来られて、そのころには料理も終わってたので、私も配膳しました」

「樹海さんは？」

「早くも後片づけに、取りかかっていました」

「ここまでの動きについて、どうです？」

新恒が問いかけたのは、俊一郎たちに対してである。そこで曲矢に促され、代表して唯木が答えた。

「我々が食堂に入ったとき、ここには枝村さんとマユミさん、調理室には樹海さんと津久井さんが、それぞれおられました。ちらっとですが、私は調理室を覗きましたので、そのとき樹海さんが生きておられたのは、まず間違いありません」

そんな検めを唯木がしていたと知り、俊一郎は感心した。

「確かにそうでした」

当然のように新恒も認めたため、そこまで気が回らなかった自分を、俊一郎は大いに恥じた。もっとも彼と同様のはずの曲矢には、当たり前だが反省の色など少しも見られない。

「愛染様がいっしょに食べましょうと、スタッフのみなさんを誘われ、マユミさんが応じたあと、まず彼女が調理室に入りました。次に枝村さんが向かったのと入れ替わるように、津久井さんが料理を持って出てこられた。それにマユミさんが続くのですが、彼女は津久井さんよりも先に、また調理室へ行きます」

「よく観察していますね」

新恒がほめたが、彼自身もスタッフの動きに目を光らせていたのは、ほぼ間違いないだろう。

「そこで、改めてお訊きしますが――」

警部は三人を見やりながら、

「ご自分が調理室に入ったとき、樹海さんは何をしていたのか、彼女以外に誰かいたのか。それを順番にお答え下さい。まずマユミさんから」

「樹海さんは流しの前で後片づけをしていて、津久井さんが配膳台にいました」

「配膳台の向こうですか、それとも食堂側の手前ですか」

「手前でした」

「次は枝村さん」

「樹海さんは後片づけの最中で、マユミさんは配膳台の手前にいて、津久井さんが料理を持って食堂に戻るところでした」

「津久井さん」

「お料理が終わりましたので、私は配膳台の上のお皿を、食堂に運ぼうとしました。そこへマユミちゃんが来て、手伝ってくれました。私がお料理を持って食堂へ行くのとすれ違うように、支配人さんが調理室に入ってこられました」

「そのとき樹海さんは？」

「流しの前で、後片づけをしていました」

新恒は再び三人に、ちらっと視線を向けてから、

「次は二回目です。最初はマユミさん」

「樹海さんがいなかったので、変だなとは思いました。でも何か用事があって、裏口から出たのかなぁ……って、特に気にしませんでした」

「次は枝村さん」

「確かに樹海さんの姿は、調理室に見えませんでした。ただ料理は全部そろっていたので、別に問題はないと考えました」

いかにも支配人らしい判断を、枝村はしたらしい。

「最後は津久井さん」

「樹海さんがおられず、変だなとは感じました。裏口から出たにしても、彼女に行くところがあったとは、ちょっと思えません。気にはなりましたが、みなさんにお料理を運ばなければなりませんので、そのまま配膳を続けました」

「それからマユミさんが、樹海さんを呼びに調理室に入るまで、誰も食堂から動いていない。この事実は、我々が証明できます」

「つまり、こういうことですか」

ここまでの証言から導き出されるある推論を、俊一郎が口にした。

「三人が行なった一回目の配膳では、樹海さんの生存が確認されているが、二回目では三人とも、被害者の姿はなかったと言っている。なぜなら彼女はすでに殺害されて、配膳台の向こう側に倒れていたから……」

「まとめましょう」

新垣が整理した結果、左記のようになった。そこに番号が便宜的につけられた。

一　調理室　樹海、津久井。
　　食　堂　枝村、マユミ。
二　調理室　樹海、津久井、マユミ。
　　食　堂　枝村。
三　調理室　樹海、マユミ、枝村。
　　食　堂　津久井。
四　調理室　樹海、枝村。
　　食　堂　津久井、マユミ。
五　調理室　樹海、マユミ。
　　食　堂　津久井、枝村。
六　調理室　樹海、津久井。
　　食　堂　枝村、マユミ。

「誰の目もない中で、調理室で樹海と二人っきりになったのは、四の枝村が最初だ」

まとめのあとを曲矢が受けて、

「五のマユミの証言が正しい場合、犯人は枝村ってわけだ」

　そう指摘されても、当の支配人は顔色一つ変えない。

「けど枝村が犯人でない場合は、五でマユミが樹海を殺害したことになる。だから六で津久井は、被害者の姿を見なかったと証言した」

「その津久井さんの証言が嘘で、彼女が犯人の可能性はないのか」

　すかさず俊一郎が突っこむと、

「だったら五でマユミが、樹海はいなかったと言わんだろう」

「へえっ、ちゃんと理解してるんだ」

「てめぇぇ――」

　完全に怒り出す前に、

「けど四から五の間に、被害者は裏口から外へ出ていて、六で戻ってきたところを、津久井さんに殺害された可能性は、どうしても残るぞ」

　素早く俊一郎は指摘したのだが、

「わざわざ裏口から、樹海が出た理由は？」

「彼女は喫煙者でしたか」

　三人のスタッフに尋ねたが、みんな首をふった。

「裏口から出たわけを、何か思い当りませんか」

　この質問にも、三人は首をふって応えた。

「ほらみろ。やっぱり犯人は、枝村かマユミか、どっちかだ」

「私にも彼女にも、動機がありません」

枝村が珍しく自己主張をした。

「料理人の呂見山さんでなく、樹海さんまで亡くなってしまったら、いったい誰がお客様方の三食をご用意するのですか」

もっとも言いわけの内容が、相変わらずである。

「支配人さんはともかく、マユミちゃんが犯人のはずありません」

大人しかった津久井まで、そんな発言をしはじめた。

「いえ、ですから私は――」

それに枝村は腹を立てるでもなく、あくまでも客の世話ができなくなるため、自分は犯人ではないという主張をくり返した。

「分かりました。今はここまでとしましょう」

新恒は曲矢と二人で、樹海の遺体を熊井の部屋へと運んだ。その前に凶器と被害者が両手に持っていた包丁は、すべて調理室のものだと枝村が証言した。その検めを行なったときも、ほとんど彼に動揺は見られなかった。

彼は犯人じゃないのか。

ずっと観察していた俊一郎は、しきりに首をひねった。

でも、そうなるとマユミが犯人になる……。

それはそれで、どうにもしっくりこない気がした。

やっぱり黒術師が身を隠しており、この事件の犯人ではないのか。その場合、現場の密室状態など、まったく何の意味もなくなってしまう。相手は呪術を使えるのだから。もっとも被害者にまつわる奇妙な謎は、そのまま残ることになる。

新恒と曲矢が戻ったところで、夕食となった。この状況で食欲のある者など、曲矢を除けばいなかったのだが、「ちゃんと食べておきましょう」という新恒の一言に、みんな素直に従った。

夕食にはマユミも加わり、それに津久井も付き合う恰好になった。とはいえ彼女は小食なのか、あまり食べなかった。問題は枝村で、いくら誘っても断った。それどころか夕食の間、ずっと食堂の隅に立ち続けた。

俊一郎は無理して食べながらも、本人に気づかれないように、そっとマユミを死視した。その結果、前よりも死相が濃くなっていると分かった。

……樹海が殺されたから？

このまま枝村と津久井も続くようなら、マユミの死相は完成して、最後は本人が犠牲になるのだろうか。

だが、そうなるとスタッフの中に、黒術師はいないことになってしまう。

そもそも死相の出ていない彼らが、なぜ次々と殺されていくのか。

死相が明らかなはずの俊一郎たちが、どうして無事でいられるのか。

もはや料理の味など感じられない。ただ口に運び、噛んで、呑みこむ。そのくり返しをしているだけである。

食後、二階のラウンジで捜査会議が開かれた。スタッフの三人だけを食堂に残すことを、新恒はかなり危惧した。だが、樹海殺しの状況を考えると、いっしょに――というわけにもいかない。

「その間に支配人さんには、お食事をしてもらいます。みなさんの前では、きっと恥ずかしがって、お食べにならないでしょうからね」

という津久井の言葉を、新恒は有り難く受けることにした。

「なるべく早く戻りますので、ここから絶対に離れないで下さい」

そう言って警部は、俊一郎たちを促して食堂を出た。

「これで戻って津久井が殺されてりゃ、犯人は枝村かマユミか、どっちかだってことが、よりはっきりするわけだ」

「その場合は互いに、犯人は相手だって主張するだろうから、まったく進展していないのと同じだぞ」

曲矢の無責任な物言いに、俊一郎が釘を刺した。

「なら津久井じゃなくて、枝村かマユミが殺されてりゃ――」

「莫迦なこと言うな」

「何が莫迦だよ。こんな無意味としか思えん殺人なんか、まともな捜査で解決できるわけねぇ」

「だからって、次の被害者を望むなんて――」

「黒術師側の者だっていう疑いが、あいつらにはあるだろ」

「それとこれとは――」

「別じゃねぇよ。いいか――」

「曲矢主任」

新恒が普通に呼びかけただけなのに、ぴたっと曲矢が口を閉ざした。それは俊一郎も同じだった。

二階のラウンジに着いたところで、

「マユミさんの死視の具合は、いかがでしたか」

新恒に訊かれて、すべてお見通しかと俊一郎は感心した。

「前よりも濃くなってました」

「そうですか。これについて、愛染様は――」

そこで祖母の様子が、またしても良くないことに、みんなが気づいた。

「祖母ちゃん、横になるか」

「……いや、こうしてたら、ええ」

ぐったりと椅子に身体をあずけながら、祖母は両目を閉じている。そのまま逝ってしまいそうな儚さを覚え、俊一郎は胸が痛くなった。

「うむ」

祖父がうなったあと、

「食堂におるときは元気やのに、あそこから離れると具合が悪うなるんは、いったいなんでなんか」

「……食い意地のせいや、ありませんで」

両目をつぶって休みながらも、すかさず答える祖母を見て、まだまだ大丈夫そうだと、少しだけ俊一郎は安堵した。

「マユミさん本人に、死相の件を知らせるべきかどうか……」

迷う新恒に、曲矢が強い口調で、

「やつは容疑者の一人なんだから、そんな必要はねぇよ」

「しかし死相が出ている以上、そのままというわけにはいきません」

「実際に殺されてんのは、死相の出てないスタッフばかりじゃねぇか。マユミは放っておいても、きっと大丈夫だろ」

相変わらず無茶苦茶な意見である。

「この島に来て、まだ二日目ですが、すでに四人も殺されています。しかも今日だけで、三人です。こうなると死相の有る無しなど、ほとんど関係ない状況だと言えるのではありませんか」

「……そう言われりゃ、そうかもな」

さすがに曲矢も、うなずかざるを得ないらしい。

「差し当たっての問題は、今夜ですね」

「スタッフの三人を、どのように見張るか。または保護するか。ということですか」

新恒の心配に、俊一郎が応えた。

「今のままであれば、枝村さんは独りで、津久井さんとマユミさんは二人で、それぞれ就寝するでしょう」

「一晩中、廊下を見張ることになりますか」

唯木が尋ねると、新恒は難しそうな顔で、

「交代をするにしても、捜査官が独りで大丈夫かどうか……」

「全員に死相が、はっきり出てますからね」

俊一郎の台詞に、新恒と唯木は黙ってしまったが、

「死相の出てる俺たちが、死相の視えない三人を――うち二人は容疑者なのに――見張って警護するってのも、黒術師にしてみたら、楽しくてたまらねぇんだろうな」

曲矢が皮肉っぽい物言いをする。

「それが目的……かもな」

ふと俊一郎は、そんな気がした。

「無意味な連続殺人事件の動機が、それだってのか」

「我々を濤島に招いて、こんな事件を起こして、黒術師に何のメリットがあるのか」

「いや、ねぇだろうな」

「だとしたら、ただただ我々を混乱させ、精神的に追いつめ、恐怖を覚えさせる。それがやつの目的じゃないだろうか」

そのとき祖父が、ぼそっとつぶやいた。

「これまでの呪術殺人事件も、黒術師にとっては、まぁ遊びみたいなもんやったと考えるべきやろう」

黒捜課の会議室で飛鳥信一郎に対して、俊一郎が下した解釈とまったく同じことを、祖父は言っている。黒捜課の見解も同様である。

「やっぱり、そうなのか」

「ああ、これの意見も、わしといっしょや」

これとは、もちろん祖母である。

「今夜ですが――」

新恒が話を元に戻した。

「枝村さんと津久井さんマユミさんには、三人いっしょにラウンジで寝ていただき、それを我々が見張る。という作戦を提案したいと思います」

「あの支配人が、それを受け入れるか」

すぐさま新恒が会いに行ったものの、曲矢の心配通り、枝村は断ったらしい。その理由が「我々はスタッフルームで寝る決まりですから」と、いかにも支配人らしいものだったので、誰も何も言えなかった。

「というわけで――」

新恒が三たび話を元に戻した。

「スタッフの部屋の前を、二人一組で見張ることにします」

「わしらも、お手伝いしよう」

祖父が申し出て、慌てて新恒が断ろうとしたが、

「といっても、今から寝るまでの間や。三人を食堂に集めといて、わしら二人で相手すれば、別に問題はないやろう」

「そうか。祖母ちゃんも食堂でなら、きっと元気になるからな」

「ありがとうございます。お言葉に甘えさせていただきます」

新恒は祖父母に礼を述べてから、今夜の組み合わせと予定を決めた。

二十三時まで（スタッフが部屋に引き取るまで）　食堂　弦矢夫婦。
明日の三時まで　一階の廊下　新恒と唯木。
六時半まで　一階の廊下　曲矢と俊一郎。

さっそく曲矢が異を唱えた。

「スタッフたちが早々と寝たら、警部と唯木の負担が大きくなるんじゃねぇか」

もっとも上司と部下を思いやる、彼にしては意外な心配である。

「へぇ、優しんだな」

すかさず俊一郎がからかうと、

「てめぇといっしょにするな」

曲矢が怒り出したが、照れ隠しなのはバレバレだった。

「弦矢ご夫婦と話しこんで、部屋に引き取るのが遅くなるかもしれません。その場合は、我々の時間が短縮されるので、まぁ公平な配分でしょう」

可能性としては低いだろうが、曲矢としても一応は納得したらしい。

そこから祖父母は食堂へ向かい、俊一郎たち四人は仮眠をとった。部屋割りは新恒と唯木、曲矢と俊一郎のままである。

ベッドに入ったあと、くだらない話をふってくる曲矢を無視して、俊一郎は眠ろうとした。うるさくて就寝できないかと危ぶんだが、だらだらと内容のない話は、あたかも意味の分からない経文のようで、子守唄代わりになったらしい。

新恒に起こされたのは、翌日の午前三時五分だった。

「枝村さんは独りで、津久井さんとマユミさんは同室です。扉にも窓にも、内側から施錠してもらっています」

それぞれの部屋の場所を、俊一郎は再確認したあと、

「祖父母は結局、何時ごろまで？」

「三人が食堂から部屋に引き取ったのは、昨日の二十三時十五分ごろでした。結構お話ができたと聞きました。とはいえ枝村さんは口数が少なく、もっぱらしゃべったのはマユミさんで、それに津久井さんが続く感じでしょうか」

「警部さんたちの、見張りのほうは？」

「まったく静かなものでした。本当に怖いくらい、しーんとしていましたね」

一日の夜、俊一郎が覚えたのと同じような恐れに、どうやら新恒たちも囚われたようである。

二人が話している横では、唯木が「主任、交代の時間です。起きて下さい」と曲矢の身体をゆすっていた。

ぶつぶつと悪態をつきながら、ようやく目を覚ました曲矢といっしょに、手早く顔を洗ってから俊一郎は、すぐさま一階に下りた。交代のタイムラグの隙をついて、新たな事件が起きないとも限らない。

本来なら新恒も、一人を一階の廊下に残して、もう一人が俊一郎たちの部屋に来たはずである。だが、そうしなかったのは、どちらも独りになる時間ができるからだろう。特に残った一人に危険が及ぶかもしれぬ懼れを、警部は看過できなかったに違いない。

それが俊一郎には分かるだけに、寝起きの悪い曲矢を引っ張って、一階の廊下へと急いだ。

ところが、そこは新恒が言った通り、怖いほどの静寂に満ちていた。それも決して今だけのことではなく、三人が部屋に引き取ってから、ずっと続いている静けさのようだった。

一日の夜と、かなり似た感覚がある。

全員が就寝しているのだから当然なのだが、そう簡単には割り切れない何かが、辺りに漂っている気がしてならない。

でも、あのときの雰囲気とは、どこか違う風にも思える。

同じ静寂でも、一日の夜よりは薄いような感じを受けるのだ。森閑とした静けさに濃淡などあるはずもないが、そんな違和感をはっきりと覚える。

これは、いったい……。

俊一郎は全神経を研ぎ澄ませて、まず枝村の部屋の扉に耳を当てた。しばらくそうしていたが、

……まったく気配がない。

それから津久井とマユミの部屋の前でも、同じことをした。ここでは辛抱強く待っていると、

……ほんのかすかに、寝返りを打ったような物音が聞こえた。

新恒たちが用意した椅子に、俊一郎は戻りつつ考えた。

まさか枝村は、すでに殺されてるとか……。

その疑念を小声で曲矢に伝えると、

「あの真面目な警部と、それ以上に真面目かもしれん唯木の二人が、ここで見張ってたんだぞ。俺とお前じゃあるまいし、そんなわけあるか」

一応は納得できる返しがきた。

結局、六時近くになって枝村が部屋から出てくるまで、何事もなく二人は朝を迎えたのである。

「おはようございます。ご苦労様でございます」

挨拶をする支配人に、

「早いんですね」

俊一郎が声をかけると、

「料理人も配膳係もおりませんので、残りの者で対応しなければなりません。そのためには、いつもより早く起きませんと」

そう言いながら、津久井とマユミの部屋をノックしはじめた。

「三人が調理室へ行ったら、俺らは食堂で見張るぞ」

「うん。祖父ちゃんたちが起きてくるまで、そうしよう」

予定よりも三十分ほど早いため、とっさに曲矢と俊一郎は、そうやって対処することにした。

だが、枝村の数度のノックにもかかわらず、二人は一向に部屋から出てこない。

「津久井さん、朝ですよ。マユミさん、起きて下さい」

という声をかけても、何の効果もない。

「可怪しいぞ」

曲矢が代わって、どんどん扉を叩きはじめた。

「おい、警部から——」

みなまで聞くことなく、合鍵を取りに俊一郎は、新恒たちの部屋まで走った。

彼のノックに応えて、すぐ二人は起きてきた。津久井とマユミの部屋の異変も、詳しく説明するまでもなく理解した。

三人で取って返すと、新恒が合鍵で扉を開けた。

次の瞬間、空っぽの室内が目に入った。ベッドには寝た形跡があるのに、二人の姿はどこにも見えない。

ただし、窓は開いたままだった。

「……逃げた？」

俊一郎は信じられない思いで、そう口にした。

十七　第五および第六の殺人？

新恒警部は入室すると、素早く室内を検めてから、

「この状況は、そう見えますね」

「拉致の可能性は？」

念のため俊一郎は訊いたのだが、

「二人の荷物が、全部なくなっています。窓の鍵も外から破られておらず、内側から開けたように見えます。よって逃げ出したと、これは考えるべきでしょう」

「でも、どこに？」

濤島に船は一隻もない。沖合を通りかかる船影も、今ところ誰も目にしていない。元別荘の建物から逃げ出せても、この島から出ることは不可能である。

「きっと津久井の婆さんの、ここが変になったんだよ」

曲矢が自分の頭を指差しながら、

「だから孫のように可愛がってるマユミを連れて、えっちら窓を越えて、あたふたと逃げ出した」

「で、どこへ行った？」

「そんなこたぁ知るか」

新恒がすぐに指示を出した。

「曲矢主任と弦矢君は、桟橋に向かって下さい。私と唯木捜査官は、見晴らし台に行きます。そこで見つからなければ、各々が島の南と北を捜す。二人を発見したら説得して、ここに連れて帰る。見つけても、万一の場合は――」

警部の言う「万一」とは、二人が遺体で見つかった場合だろうと、とっさに俊一郎は察した。

「拳銃を一発、空に向けて撃つこと」

新恒だけでなく曲矢と唯木も、共に拳銃を携帯していることを、このとき俊一郎は知った。普段はともかく黒術師の根城に乗りこむのだから、当然かもしれない。

「わしらは枝村支配人と、食堂におるよ」

祖父の申し出に、新恒が一礼したあと、俊一郎と曲矢は表玄関から、新恒と唯木は裏口から、それぞれ外へと出た。

前庭を通り抜け、視界をさえぎる樹木がなくなったところで、桟橋の辺りで倒れている人影が、いきなり俊一郎の目に入った。それも二人のように見える。

「警部ぅぅ！　こっちだぁぁっ！」

曲矢が突然、大声で叫んだ。

「びっくりするだろ」

「弾の節約になるだろうが」

「へぇ、意外だな。曲矢刑事なら、声の届く場所に警部たちがいても、喜んで合図の一発を撃つと思ってたけどな」

「俺は拳銃好きな中学生か」

いや、中学生のほうが、きっと勉強はできるんじゃないか――という言葉を、辛うじて俊一郎は呑みこんで、

「早く行こう」

そこから二人は走った。

すると桟橋の付け根の辺りにマユミが、その先端に津久井が、それぞれ倒れている姿が、はっきりと目に入ってきた。

まずマユミの側で立ち止まり、曲矢がしゃがんで首筋に片手を当てて、

「……生きてる」

そう言ったので、ひとまず俊一郎は安堵した。

しかし次に曲矢が、独りで桟橋の先まで行って、津久井に同じ行為をしたあと、ふり返って首を横にふったため、せっかく覚えた安心も半分になった気がした。

「こりゃ、毒かもしれんな」

「どうして？」

「口から少しだけど、血を吐いてる。しかも遺体の側に、ペットボトルが転がってるじゃねぇか」

マユミの近くにも、ボトルキャップが外されたペットボトルが、その中身をまき散らした跡を残して、やはり転がっていた。彼女の側には、なぜかビスケットの袋も落ちている。

「何だ、こりゃ？」

津久井の遺体はうつぶせの状態だったが、その下を曲矢は覗きこみながら、

「こいつは右手に、本を持ってるぞ」

「何の？」

「えーっと、占星術の本だな」

ということは、マユミの持ち物か。津久井が借りたのだろうか。だが、なぜ右手に持っているのか。逃げようとしている状況で、わざわざ占星術の本を取り出して持つなど、どう考えても変ではないか。

「まさか……二重殺人ですか」

そこへ新恒と唯木が駆けつけ、警部が絶望的な声を出した。

「いえ、マユミは生きています」

「津久井さんは？」

俊一郎が首をふると、その場を唯木に任せて、新恒は桟橋の先へと急いだ。

「……気を失ってるだけのようですね」

　マユミを一通り診てから、唯木がそう判断した。

「毒を飲んでる可能性は、まったくありませんか」

「断言はできませんが、そんな風には見受けられません」

　津久井に毒殺の疑いがあり、二人の側にペットボトルが落ちていることを、俊一郎が指摘すると、

「本当に毒が使われたのなら、ちょっと厄介です」

　ここでは検査も治療もできないからだろう。

「……あれ？」

　そのときマユミが、ふっと目覚めた。

「おい、大丈夫か」

「……私、倒れたの？」

「何も覚えてないのか」

「朝食代わりのビスケットを食べて、ペットボトルの水を飲んで……。しばらくしたら、なんか眠気に襲われて……」

「えっ……睡眠薬？」

　俊一郎が驚く横で、唯木も意外そうな顔をしている。

「津久井さんは、やはり毒殺のようですね」

　桟橋の先から戻った新恒は、曲矢の見立てを認めてから、マユミに話を聞いた。しかし、まだ完全には目覚めないのか、どうにも口調が重い。それとも津久井の死を知らされ、さすがにショックを受けたのかもしれない。

　ひと足先に、俊一郎と唯木がマユミを連れて帰ることになった。新恒は曲矢と二人で、津久井の遺体を熊井の部屋に安置するという。

　俊一郎たちが食堂に戻って、事件のことを伝えると、まず祖父母はマユミの無事を喜んだ。そして枝村は、とほうに暮れているように見えた。またスタッフが減ってしまった……という理由であることは間違いない。

　唯木がマユミを部屋で寝かせようとしたが、本人が断った。そこで祖母がココアを作って飲ませたところ、マユミの意識も次第にはっきりしてきたように見えた。

　しばらくして新恒と曲矢が、食堂に入ってきた。警部が津久井の持っていた本を食卓に置くと、

「あっ、それ、私のです」

　びっくりしたような声を、マユミが出した。

「この本を津久井さんに、あなたが貸したのですか」

　新恒の質問に、マユミが首をふる。

　その本は、白水社の「ヘルメス叢書」というレーベルの、マルクス・マニリウス『占星術または天の聖なる学』だった。

「結構な専門書のようですね。そう言えばマユミさんは、占星術を勉強したいと、前におっしゃっていました」

警部の確認に、こっくりとマユミはうなずいた。

「でもあなたは、津久井さんに貸していない。にもかかわらず被害者は、この本を持っていた」

「盗ったんじゃねぇか」

曲矢の意見を、すぐさまマユミは否定した。

「その本は私の鞄の中に、ずっとあったはずです」

「マユミさん、何があったのか、今から話せますか。少し休んでからでも、もちろん構いませんよ」

新恒の気遣いに、ぺこりと頭を下げてから、ゆっくりとマユミは話し出した。

「昨日の夜、津久井さんは寝る前に、調理室からペットボトルを、貯蔵室からビスケットやクッキーを、それぞれ持ち出しました」

「理由を言ってましたか」

「夜中にお腹が減るかもしれないから……って。そのときは、別に何とも思いませんでした。でも朝になって起こされ、いきなり逃げるのよ――って言われて、そのためのものだったんだって、はっと気づきました」

「どうやって逃げるのか、その方法を彼女は説明しましたか」

「いいえ」

　マユミは弱々しく首をふりながら、

「私もそう訊いたんですけど、とにかく『ここにいてはいけない』しか言わないんです。まだ眠いし、迷惑だなぁって。でも私の心配をしてくれてるのは、とてもよく分かりました。どうせどこにも行けないので、彼女の気がすむまで、ちょっと付き合えばいいかって考えて、いっしょに窓から出ました」

「廊下に我々がいることを、お二人は知ってたんですか」

　にっとマユミは、悪戯っ子のような笑みを浮かべて、

「私は気づいてましたよ。だから窓から出ようって提案したのも、私です」

「ほうっ、大したものですね」

　新恒のほめ言葉に、マユミはうれしそうな顔をしながら、

「窓から出たあと、津久井さんは桟橋へ向かいました。『船があるの？』って驚いて尋ねたら、『通りかかるのを待って、それに乗せてもらう』なんて言うので、やっぱり駄目だなぁって思いました」

「どうしてです？」

「だって黒捜課のみなさんが、この島のあちこちから沖合を眺めたけど、一隻の船も見つけられなかったって、そう言ってたじゃないですか」

「なるほど」

新恒は苦笑しつつ、

「我々の捜査会議を、あなたは盗み聞きしていたわけですか」

「すみません。二階のラウンジだと、階段を上がった辺りにいたら、少しは聞こえるんです」

頭を下げた割には、まったくマユミは悪びれる様子もなく、

「だって暇なんだもん」

あの曲矢を絶句させるような台詞を吐いたあと、

「照明弾を撃っても、警察の船は助けに来なかった。そうですよね」

そんな確認まで、ぬけぬけと新恒に求めた。

「あなたの言う通りです。なのに津久井さんに付き合って、どうして桟橋まで行ったのでしょう？」

「お年寄りって、頑固な人が多いから……」

「本人が納得するまで、とりあえず付き合おうと？」

「はい。桟橋に着くと津久井さんは、その先で沖合を眺めはじめました。私が暇そうにしてると、朝ごはん代わりに、ビスケットかクッキーを食べれば――って言われたんで、そうしながらペットボトルの水も飲んだら、そのうち眠たくなってきて、最後に覚えてるのは、なんとか倒れずに、桟橋の端に座りこんだことです」

「そのとき津久井さんは、どうしてましたか」

「意識がなくなる前に見たのは、私と同じようにペットボトルを飲もうとしてる、その姿でした」

「津久井のペットボトルにだけ、毒が入れられてた……」

曲矢の一言に、みんなの視線が自然に、枝村へ向けられた。だが当人は、少しも気にした風がない。

「その段階で占星術の本は、まだあなたの鞄の中にあった？」

「はい、間違いありません」

「お二人が部屋の窓から出たのは、何時ごろでした？」

「五時前だったはずです」

「枝村が部屋から出てきて、津久井とマユミの部屋をノックしたのは、確か六時前だったよな」

曲矢に訊かれ、俊一郎はうなずいた。

「つまり枝村さんも同じように窓から出て、桟橋に行く時間は、充分にあったことになります」

新恒がそう指摘しても、枝村は相変わらずの台詞をくり返した。

「スタッフを減らすようなことを、支配人である私がするわけありません」

「毒入りペットボトルを作ったのが、枝村さんだったとしても——」

みんなが疑問に思っていることを、俊一郎が述べた。

「それを津久井さんがいつ飲むのか、彼には分かりません」

「もう一つ、問題があります」

新恒が続けて、

「二本のペットボトルのうち、毒入りを津久井さんが飲むとは、必ずしも限らないということです」

「そうか。マユミの可能性も……」

と曲矢が口にしたため、ぎょっとした顔をマユミがした。

「弦矢君、彼女の死相は、どうなっていますか」

もはや新恒はマユミ本人に、その問題を隠す気はないらしい。

「えっ……私の、死相？」

戸惑いと恐れを見せるマユミを、じっと俊一郎は見つめながら、死視を行なった。

「やはり前よりも、濃くなってます」

「……ど、どういうこと？」

かすかに新恒がうなずいたので、マユミに視える死相の変化について、俊一郎は説明した。

「そんな……」

かなりのショックを受けたらしく、とたんに顔色が悪くなった。

「……この連続殺人事件が解決しないと、私も殺される？」

「現状では、そう考えざるを得ない」

俊一郎は答えつつも、続けて「ある指摘」をしようとしたのだが、

「弦矢君も、あれには気づいていますね」

いきなり新恒に訊かれ、はっとなった。

「警部も……」

よく考えるまでもなく、新恒なら分かって当然である。

「私も引っかかりました」

それに唯木も加わったので、俊一郎は確信を持った。

「おいおい、俺だけ仲間外れかよ」

案の定、曲矢が吠えたものの、今は相手をしている暇がない。

「マユミさん、あなたが助かるためには――」

と俊一郎が言いかけたとき、それまで食堂の隅に立っていた枝村が突然、ふらふらっと食卓に近寄ってきた。

「どうしました？」

新恒が尋ねるも、何も答えない。

「枝村さん？」

呼びかけにも反応を示さず、すっと右手を自分の胸の辺りまで上げただけで、あとは固まっている。

「おい、何の真似だよ」

曲矢が相手の前に立ったのは、万一の場合——急に暴れ出すなど——を考えてだったに違いない。

ところが枝村は、そこから右手の人差し指を伸ばすと、くるくるくると円を描きはじめた。しかも円は、少しずつ大きくなっていく。渦巻きを描いているのではなく、最初に描いた円の周りに、それよりも大きな円を作る。それをひたすらくり返しているように見える。

「な、何をされてるんです？」

さすがの新恒も、度肝を抜かれたようである。

すると枝村は、最後に大きな円を描いたあと、いきなり頽（くずお）れるように、その場にどっと倒れた。

「おい！」

すぐさま曲矢が抱き留めて、そっと床の上に寝かせた。しかし枝村は、ぴくりとも動かない。

曲矢は首筋に片手を当てたあと、

「……死んでる」

十八　連続殺人事件の秘密

　枝村の最期の謎の仕草が、俊一郎を刺激した。なぜかは分からない。だが彼には、その意味が理解できる気がして仕方なかった。

「……待って下さい」

　そんな言葉が、とっさに口から出た。

「何だよ、待つって――」

　曲矢の突っこみを、新恒警部が鋭い眼差しで封じたのを感謝しつつ、俊一郎は沈思黙考に入った。

　やがて目の前が、ぱっと明るくなる。だが気分は逆に、ずんっと沈みこむ。そんな上昇と下降を一時に体験して、ようやく連続殺人事件の意味を、彼は察することができた。

　だが、それには確認が必要だった。

「新恒警部、お願いがあります」

「何でしょう?」

　俊一郎が側まで行って、新恒に耳打ちをすると、

「分かりました」

警部は訳を尋ねることなく、すぐに食堂を出ていった。

「おい、こそこそと、何やってんだよ」

曲矢に頼まなくて正解だったと思っていると、新恒が戻ってきて、

「一つ目ですが、呂見山さんの四肢の付け根には、確かに首筋と同じ紐が巻かれていました。そして二つ目の死臭は、かなり酷いものでした」

その瞬間、俊一郎は自分の推理に確信を持った。

「この島で起きているのは、呪術連続殺人事件だったんです」

「はぁ？　お前は、今さら何を――」

「どういうことですか」

曲矢と新恒の対照的な反応に、いつもなら笑うところだが、俊一郎は真面目な表情のまま、

「城崎さんは、十三の呪で殺されました。実際は『十三の呪もどき』だったわけですが、そう捉えても問題ないでしょう」

これには曲矢も異論がないのか、黙ったままである。

「二人目の熊井さんは、部屋の角を向いて、そこに頭をつけていました。これは『四隅の魔』を表現していたのです」

「えっ……？」

きょとんとした顔を曲矢は見せ、はっと新恒と唯木が息を呑んだ。

「三人目の呂見山さんの首には、熊井さんと同じように紐が巻かれていました。そして見晴らし台からの転落前に、彼は殺されたと考えられました。そのため遺体の検めはされなかったわけですが、これは他の被害者にも言えることです。ここでは検死など、まずできませんからね」

「弦矢君に頼まれて、呂見山さんの遺体を調べたところ、首だけでなく四肢の付け根にも、同じく紐が巻かれてありました」

新恒が説明したあと、俊一郎は続けて、

「この巻かれた紐は、遺体が六つの部位に分かれていること、それの見立てです。つまり『六蠱の軀』に、呂見山さんの遺体は見立てられてたのです」

「そういうことか……」

ようやく曲矢は、合点がいったらしい。

「四人目の樹海さんですが、ここまで来ると、もう言わなくても分かりますよね」

「被害者は胸の真ん中と左右の脇腹を、三本の包丁で刺されてた。そして自身も両手に、一本ずつ包丁を持ってた。こりゃ『五骨の刃』ってことか」

「そうです。そして五人目の津久井さんは、『占星術または天の聖なる学』を抱えるように持っていました。これは『十二の贄』の見立てです」

「てことは……」

まじまじと曲矢が、亡くなったばかりの支配人の遺体を見下ろした。

「枝村さんが絶命する前に見せた行為は、八つの丸を描くことだったのです。これは『八獄の界』を、もちろん表現していました」

「けど――」

曲矢は気味悪そうに、

「いったい枝村は、どうやって殺されたんだ？」

「黒術師の呪術によってです」

「いや、そりゃそうだろ。俺が言ってるのは――」

「ただし黒術師といえども、被害者に少しも近づくことなく、普通に健康な人をいきなり殺害することは、さすがに無理です。城崎さんのように前もって、十三の呪もどきの呪術をかけておくことが、どうしても必要になります。でも被害者のみなさんには、そういった痕跡がどこにも見当たりません」

事件を解決する推理を語る段になると、なぜか俊一郎は誰に対しても丁寧な言葉遣いになる。それは相手が曲矢でも、やはり同じである。

この奇妙な癖を曲矢は理解しながらも、どうにも居心地が悪いと言わんばかりの様子だったのだが、

「ああっ！」

いきなり大声を出した。

「俺のおみくじクッキーにあった、『私が弦矢俊一郎に挑んだ、呪術殺人事件を並べなさい』ってのは、これのヒントだったのか」

「――かもしれません」

しかし俊一郎が煮え切らないでいると、曲矢はぶっきらぼうに、

「で、どうやったんだ?」

「我々は最初から、完全に騙されていたのです」

「何のことだ?」

「次々と殺される被害者たちに、なぜ死相が視えなかったのか。現場に流れている血痕は、なぜ少量だったのか。遺体安置所と化している熊井さんの部屋で、なぜ腐敗臭があれほど酷いのか」

「なぜだ?」

「マユミさんを除くスタッフの全員が、死者だったからです」

新恒も曲矢も唯木も、三人とも口を閉ざしたままだったが、相当な衝撃を受けたことは間違いない。

それに比べると祖父母は、俊一郎の推理を自然に受け入れているように見えた。

「城崎さんの調べで、この島に滞在する人数に比べると、食料が圧倒的に足りないと分かりましたが、はなから半分は食べる必要がなかったからです」

「だから愛染様が誘っても、いっしょの席に着かなかった……」

「マユミさんの料理が、すぐに出てきたのも、事前に用意されていたからでしょう。なぜなら彼女だけは、食事をしなければならなかったからです」

「スタッフたちの無気力さも、それで説明がつくか」

「とはいえ生前の記憶が、ふっと時おり蘇った。それが言動に出ることが、人によってはあった。そのため事情聴取でも、そういう話が出た。ですから呂見山さんと樹海さんは、本当に夫婦だったのかもしれません」

「やっぱり、そうでしたか」

合いの手を入れた新恒に、

「警部の見立ては、正しかったわけです」

「だから呂見山さんの死を伝えたとき、樹海さんだけが反応したのですね」

「さすがに何か感じるものを、ふっと覚えたのでしょう。ただし、それもすぐに消えてしまった」

「見晴らし台の上での、呂見山さんの意味深長な台詞も、黒術師が言わせた独り言だったわけですか」

「スタッフの事情聴取で――」

曲矢が納得できたと言わんばかりに、

「警部と唯木の意見が食い違ったのも、無理ねぇ。なんせ相手は、死んだ人間だったんだからな」

「確かに」

「それにしても、ひでぇ話だな」

曲矢は嫌悪感を丸出しにしたが、

「おい、待て」

床に倒れた枝村へ目を向けながら、

「こいつらが、はじめから死んでたっていうなら……、いったいどこから、やって来たんだ？」

「うちの事務所に、飛鳥さんたちが訪ねてきたとき——。最近の謎として、関東圏の病院の霊安室から、何体もの遺体が消え続けている事件のことが、話題に上りました。あの犯人が、黒術師だったのです」

新恒が怒りを抑えた口調で、

「我々の世話をさせるスタッフを、わざと死者にした。それが黒術師の、いわゆるもてなしだった。そういうことですか」

「はい。元が死者ですから、自らの首に紐を巻く命令にも、何の抵抗もなかったでしょう。あとは呪術的な操りを止めさえすれば、再び死者に戻ります。現場が密室であろうと、まったく関係ありません」

「死者に戻ったとたん、一気に遺体の腐敗が進行したわけですね」

「熊井さんの死亡推定時刻は、二十二時五十分から翌日の午前零時五十分の間でしたが、実際は唯木さんが彼の部屋で物音を聞いた、五時五十六分だったのです。そのとき黒術師が、彼の操りを止めたからです」

「なるほどなぁ」

新恒と俊一郎の指摘に、曲矢は納得したようだが、

「で結局、黒術師は何がしたかったんだ？」

「祖父も言っていましたが、我々に対するお遊びであり、からかいであり、ゲームなのかもしれません」

「唯木捜査官も、同じ意見でしたね。弦矢君のおみくじクッキーの、『この島で起きる事件の謎を、あなたは解けるでしょうか』に、すべてが表現されている――と」

「せやからこそ――」

ぼそっと祖父が、

「三つもの無意味があった。そうも考えられるな」

「……ちょっと、待てよ」

曲矢が焦った口調で、

「黒術師がらみの事件と言えば、まだ『九孔の罠』が残ってるじゃねぇか」

そう言いながら彼は、じっとマユミを見つめた。

「た、探偵さん、私の死相は？」

当人に訊かれて、俊一郎は死視をした。

「薄くなってる」

「……良かったぁ」

いったんは安堵したが、すぐにマユミは不安そうに、

「けど、消えたわけじゃないんですよね」

俊一郎はうなずきつつ、

「呪術見立て連続殺人事件という真相に、こちらが到達しなければ、おそらく黒術師はマユミさんも手にかけて、『九孔の罠』の見立てをするつもりだったのでしょう」

「そんな……」

「あなたを除いた——そこには城崎さんも加わっていますが——五人のスタッフだけでは、『十三の呪』から『九孔の罠』までの呪術見立て連続殺人事件は、完成しませんからね」

「頭が可怪しいぞ」

曲矢はぼやきながら、

「けどマユミだけ死者じゃねぇのは、どうしてなんだ？　見立て殺人の一人目が城崎だったのは、俺らにショックを与えるためだろ。それは理解できる。しかしスタッフの中で、彼女だけが生きた人間なのは、なぜだ？」

もっともな疑問を口にした。

「それには、二つの理由がありました。一つは呪術見立て連続殺人の他に、もう一つの

――マユミさんが加わらなくても完成する――ある趣向を、黒術師が用意していたからです」

「まだあんのか。いったい何だ？」

「唯木さんは、この事件が我々に対する挑戦だと、見事に看破されました」

「さすが俺の部下だ」

当然のように曲矢が、その手柄を横取りする。

「ただ彼女は、被害者の順番には、特に意味がないと考えました」

「違うのか」

「呪術見立て連続殺人事件の他に、名づけるとすれば、名称連続殺人事件とでもいうべき企みが、実はありました」

「意味が分からん。はっきり言え」

俊一郎は右手の五本の指を広げて、それを一つずつ折りながら、

「一人目の熊井さんの名字は、『く』からはじまります。二人目の呂見山さんは『ろ』です。同じように、三人目の樹海さんは『じゅ』、四人目の津久井さんは『つ』、五人目の枝村さんの『し』で、それを順に読むと『くろじゅつし』になります」

「やっぱり全員が、偽名でしたか」

あくまでも新恒は冷静だったが、曲矢は違った。

「やつの頭は、絶対に変だぞ！」

「マユミさんを最初から、半分は除外していたのは――」

唯木が遠慮がちに口をはさんだので、俊一郎は促すような仕草をした。

「彼女が黒術師側の、人間だったからですね」

ぎくっとした反応を見せたのは曲矢と、当のマユミだった。

「にもかかわらず黒術師は、我々が見立て殺人を解けなかったとき、あなたも殺そうとしたわけです」

この痛ましい事実を俊一郎は、決して脅すのではなく、優しく説くようにマユミに伝えた。

「二つ目の理由ってのが、それか」

「そうです」

俊一郎は曲矢に返事をしたあと、マユミを正面から見つめて、

「マユミさんの正体が、黒衣の女に変わる黒術師の右腕である、黒衣の少年こと小林（こばやし）君だったからです」

「げっ」

声を出したのは曲矢だが、驚いたのは彼だけではない。新恒も唯木も、祖父母までも、これは予想外だったらしい。

「お、お前……、女装してんのか」

その一番の理由は、どこからどう見ようとマユミが、少女にしか映らなかったからだ

ろう。

あの「八獄の界」事件において、黒のミステリーバスツアーに参加した一人が、「小林君」というニックネームを持つ少年だった。その彼が黒衣の女のあとを継いで、黒衣の少年となったことは、「九孔の罠」事件で分かっている。

「探偵さんにしては、気づくのが遅かったですね」

小林君は少しも悪びれることなく、あっさりと自分の正体を認めた。

「それだけ君の変装が、見事だったわけです」

「おほめにあずかり、とても光栄です。でも僕なりに、ヒントは出してたつもりなんですけど」

「たびたび『犯罪学者さん』と、俺を呼んだことでしょうか」

「あぁ、さすが」

「例の『八獄の界』事件のとき、俺のニックネームは『学者』でした。それを君は、ちゃんと覚えていたわけです」

「そりゃ忘れませんよ」

にっこり小林君は笑いながら、

「名前と言えば、他にも手がかりはあったんですけど――」

「マユミでしょう」

「へぇ、どうしてですか」

「君のニックネームの『小林君』は、江戸川乱歩が創造した少年探偵団の団長の、小林芳雄君からとられています。その少年探偵団に属する少女探偵の名前が、花崎マユミじゃないですか。君はご丁寧に、名字は『花崎』だという手がかりまで、こちらに与えましたからね」

「なーんだ、気づいていたんですか」

　小林君はがっかりした様子だったが、

「けど、だったらどうして僕の正体を、もっと早くあばかなかったのです？」

「すっかり君の変装に騙されていたのは、本当です。最初から君が少年として登場していれば、どれほど見事に化けていたとしても、小林君ではないか——と疑っていたでしょう」

「やっぱり女装して、正解でした」

「城崎さんに、黒術師と闘ってきた警察官なら、危険な目に遭ったことがあるのではないか——などと質問していたことも、君が少年なら引っかかっていたかもしれませんが、少女の姿だったので、すっかり騙されました」

「では、どこで分かったのですか」

「新恒警部が先ほど、津久井さん殺しの話を訊いたとき、君は『黒捜課のみなさん』という言い方をしました。確かに警部は自分たちの身分を、枝村さんに明かしましたが、黒捜課の名称は一言も口にしていません」

「あっ、そっかぁ」

小林君は悔しがったが、その様が愛らしく見えるだけに、本当に始末が悪いと俊一郎は苦笑した。

「この君の失敗には、新恒警部と唯木さんも気づきました」

「お前らが、俺だけ仲間外れにしてたのは、それか」

自分の察する能力のなさを棚に上げた、いかにも曲矢らしい物言いである。

「でも、もっと大胆な手がかりが、実はあったのです。おそらく小林君でさえ、まったく気づいていない……」

「えっ？　何ですか」

「この島に到着した我々を、君が玄関で出迎えたとき、祖母のことを『愛染様』と呼んだでしょう」

「あっ……」

「こちらの正体を新恒警部が明かしたのは、もっとあとです」

「あの愛染様に会えると思って、ちょっと興奮して、油断してました」

「とはいえ我々も、まったく気づけなかったわけです」

「つまり『黒捜課のみなさん』の失言さえなければ、まだ騙せていたかもしれないってことですか。あと少しだったのに、とても残念です」

相変わらず悪びれない小林君に、

「でも君は、黒術師に殺されていたかもしれないんですよ」

俊一郎は恐ろしい現実を突きつけた。

「肝心の黒術師は、結局は隠れてやがるってことか」

しかし曲矢が、そこへ割って入ってきたので、

「いえ、スタッフの中にいました」

「な、何ぃぃ？」

驚いたのは曲矢だけでなく、意外にも小林君も同様だった。

「本当ですか」

「やっぱり君は、知らなかったんですね」

「はい……」

「そこが不思議な――」

「で、誰だ？」

しびれを切らした曲矢にせっつかれ、俊一郎は答えた。

「津久井さんです」

この指摘には黒捜課の三人よりも、

「そんな、まさか……」

小林君が最も強く反応した。

「……そうか」

ちなみに祖父は大きく溜息をつき、

「わたしゃも、えらい耄碌しましたなぁ」

祖母は大いに落ちこんだ風に見えたので、俊一郎は続けて、

「仕方ないです。お祖父さんは別に、はなから黒術師を捜していたわけではありません。そしてお祖母さんはそもそも、体調が万全ではなかったのです」

「けどな、食堂でしゃべってるときは、普通でしたからな」

「そこです」

俊一郎は全員を見回しつつ、

「この島に祖母が上陸したあと、まず支配人の枝村さんと雑用係の熊井さんに、それから元別荘に入ったところで、メイドのマユミさんに会いました。その夜は料理人の呂見山さんが、次の夜には配膳係の樹海さんが、それぞれ祖母を訪ねて部屋にきました。この五人と会っているとき、祖母の体調は相変わらず悪いままでした。しかし食堂に行くと、なぜか調子が戻りました。そして食堂には、この五人以外の人物が、つねにいたわけです」

「つまり津久井さんと会っているときだけ、愛染様はお元気になられていた」

そこに気づかなかった自分を、新恒は恥じているようである。

「なぜなら黒術師は、宿敵とも言える愛染様と、膝を交えて話したかったから、でしょうか」

「そう思えてなりません」

俊一郎は意見を求めて、祖母を見やった。だが祖母ばかりでなく祖父も、複雑な表情をして黙ったままである。

「とはいえ祖母に、食堂で本調子になられると、自分の正体に気づかれる懼れがあります。そこで黒術師は、島全体の結界とは別に、自分自身にも結界を張って、祖母の力が及ばないようにした——と俺は考えています」

「なるほど。大いにあり得ますね」

新恒が納得している。

「また津久井さんは、少量とはいえ食事をしています。死者ではなかった証拠でしょう。仙人は霞を食べて生きているそうなので、黒術師も人間のように食べる必要はないのかもしれません。とはいえ、まったく栄養をとらないわけにも、きっといかないのでしょうね」

「ほとんど化物みたいなやつと、普通の人間を比べられるかよ」

いかにも曲矢らしい判断である。

「すると津久井さんが——」

新恒が困惑した様子で、小林君を見つめながら、

「マユミさん、すなわち小林君を可愛がっていたのは、自分の新たな右腕である黒衣の少年だったから、ということになりますか」

「にもかかわらず黒術師は、我々が連続殺人事件の真相に気づけなければ、小林君を最後の被害者にして、呪術見立て殺人を完成させるつもりだったのです」

「そのとき、小林君は……」

「あくまでも推測ですが、両目、両耳、鼻、口、尿道、肛門という九つの穴から、おそらく血潮を噴き出させつつ、絶命したのではないかと思われます」

「九孔の穴の呪術を、彼に使った可能性が高い――と？」

「はい。そこまですれば、いくら何でも呪術見立て殺人という意図に、我々も気づくからです。でも、すでに手遅れなわけです」

「でも、どうして小林君を……」

「自分の右腕を失うことよりも、ゲームを優先させるほうが、黒術師にとっては大切だった。そうとしか考えられません」

「やつは頭の中が、完全に可怪しい証拠だよ」

曲矢の断定に、異を唱える者は誰もいない。

「そういう仕打ちをされているのに、まだ君は黒術師を崇拝するのですか」

俊一郎の問いかけに、小林君は口を閉ざしている。

「おいこら、女装小僧――」

すごむ曲矢を、やんわりと新恒警部がさえぎって、

「弦矢君、彼の死相は今、どうなっていますか」

俊一郎が死視してみると、何の影も残っていないと分かった。

「呪術見立て殺人と名称連続殺人の謎を解いたので、やっぱり消えたのだと思います」

「良かったですね」

小林君に微笑みかけつつ、新恒が提案をした。

「黒捜課で君を保護したのち、中学生として普通の生活が送れるように、ちゃんと支援することもできますよ」

「…………」

しかし小林君は、何も応えない。

「どうです？」

新恒は優しく問いかけてから、

「試してみませんか」

さらに相手の決心を促すように、そう尋ねた。

しばらくの間、食堂に完全な沈黙が降りた。それを破ったのは、とても静かな祖母の声だった。

「黒衣の女さんは、ほとんど真っ黒に染まってはりました。ただし俊一郎に対してだけは、わずかに白い部分が残っとった。白い気持ちと表現したほうが、よろしいでしょうなぁ。せやから濤島を突き止めることが、こうしてできたわけです」

そこで祖母は、しげしげと小林君を眺めながら、

「けど、お嬢ちゃんは――」

「だから祖母ちゃん、少年だって言ってるだろ」

いきなり素に戻って、俊一郎は突っこんだ。

「まだ灰色ですわ。それに黒衣の女さん以上に、俊一郎に対する気持ちが、そりゃ綺麗なほど真っ白やね」

「えっ……」

思わずという感じで小林君は声をあげたあと、ほんのりと両の頬を染めて、そのままうつむいてしまった。

「祖母ちゃん、そんなこと分かるなんて、調子が戻ったのか」

しかし俊一郎は、それどころではなかった。祖母が本来の能力を発揮したことに、純粋に驚いていた。

「黒術師は津久井さんやと、あんたが言うたあと、なんや少しずつ楽になり出しましてな」

「そうか、良かった……」

「愛染様が本調子に戻られて、本当に心強いです」

声に出して喜んだのは、俊一郎と新恒だったが、曲矢と唯木も微笑んでいる。祖父に変化がなかったのは、とっくに祖母の回復を察していたからだろう。

「ところで、小林君――」

うつむいたままの彼に、その祖父が声をかけた。

「……はい」

一応は顔をあげて、小林君も応える。

「黒術師が呪術見立て殺人を起こしたんは、こちらに対する悪ふざけとしか言いようがないけど、それ以外の意味も、ひょっとしたらあるんやないかな」

「例えば、何でしょう？」

「見晴らし台の石筍に関すること、とか」

「やっぱり先生、すごいです」

ぱっと小林君の顔が明るくなって、

「曲矢刑事のおみくじクッキーの言葉は、そのヒントだったんです」

「おいおい、あれは呪術見立て殺人を解く、その鍵じゃなかったのか」

「そう思わせて、本当の意味を隠そうと、黒術師様はされたのでしょう」

小林君と曲矢の会話を聞いて、新恒が改めてという様子で、

「今回この島で起きた出来事について、君は最初から知っていたのですか」

「いいえ」

そう答える小林君の顔は、少し淋しそうだった。

「スタッフたちが死者だったなんて、ちっとも知りませんでした。ただ全員、黒術師様に操られてるとばかり……」

「しかし、おみくじクッキーの言葉の真意については、どうも君は分かっているようですね」

「僕なりの推理です」

あっけらかんと答えるところは、やはり小林君である。

「黒術師様はヒントを与えながらも、謎が解かれることを良しとはされない。そんな矛盾したお気持ちを、つねにお持ちでした」

「ややこしいうえに、うっとうしいやつだな」

曲矢の感想に、小林君は笑みを浮かべて、

「そんな黒術師様が、僕は好きでした」

「ほうっ、ところが好きな相手に、大した理由もなく、お前は殺されてたかもしれんわけだ」

きつい言葉を返され、小林君の笑みは消えた。

「君は今、好きでした――と過去形で表現しましたね」

すかさず新恒が、フォローした。

「先ほどの話を一度、じっくりと考えてみてくれませんか」

「……分かりました」

再び沈黙するかと思ったが、あっさり小林君は承知した。

「適当に話を合わせて、こっちを騙すつもりじゃねぇだろうな」

だから曲矢が難癖をつけたのも、俊一郎は理解できる気がしたのだが、

「このお嬢ちゃんは、もう大丈夫でしょう」

祖母の一声で、その場は収まった。

「警部、津久井さんの遺体の確認は、いかがいたしますか」

唯木の質問に、その問題が残っていたかと、俊一郎も気づいたのだが、

「熊井の死体部屋から、とっくに逃げてんじゃねぇか」

おそらく曲矢の言う通りだろう。とはいえ確かめる必要がある。

しぶる曲矢を促して、新恒が熊井の部屋へ向かった。それにしても「死体部屋」とは、曲矢らしい表現である。

すぐに二人は戻ってきたが、どちらも表情が険しかった。津久井すなわち黒術師がいなくて落胆したこと以上に、きっと酷(ひど)い腐敗臭に辟易(へきえき)したからに違いない。

そう俊一郎は睨(にら)んだのだが、

「津久井さんどころか、すべての遺体が消えてました」

十九　呪術見立て殺人の意味

新恒警部の報告は、もっと恐ろしい内容だった。

「いったいどこへ……」

俊一郎のつぶやきに、無言で首をふってから、

「ところで、小林君――」

新恒は優し気な口調で、彼に呼びかけた。

「先ほど君は、この呪術見立て殺人は、見晴らし台の石筍に関係していると、駿作先生の慧眼を認める発言をしましたね」

「はい」

「つまり見晴らし台に、黒術師が潜んでいる。そう受け取っても良い、ということでしょうか」

「残念ながら僕は、まだ一度も入ってないんですけど――」

小林君は断ってから、

「あそこには、黒術師様の塔があります」

「見晴らし台そのものが、その塔なんですか」

小林君は困った顔つきで、

「詳しいことは、僕も本当に知りません。ただ、あそこに塔があるのは、嘘じゃないです。黒術師様が津久井さんだったとき、そうおっしゃってました。そのとき、どうして津久井さんが知ってるのか、ちょっと引っかかったんですけど……。まさか黒術師様ご本人だったとは……」

「なるほど」

新恒の決断は早かった。

「今から我々は、見晴らし台に向かいます」

「いよいよか」

曲矢が俄然、張り切り出した。

「もちろん小林君は、ここに残って下さい」

反抗的な台詞を返すかと思われたが、どうやら大人しく受け入れたようで、こっくりと彼はうなずいた。

そこから新恒が、ちらっと唯木に視線を投げた。だが警部が口を開くよりも早く、はっきりと彼女が意思表明をした。

「私もまいります」

小林君の面倒を唯木に見させようと、きっと新恒は考えたのだろう。しかし彼女はこの大事な局面で残ることを、決して潔しとはしなかった。それが警部にも分かるだけに、無理強いはできない。

そういう葛藤を俊一郎は、新恒の中に見た気がした。

「とはいえ小林君だけを、ここに残していくのも……」

「このガキだったら、まぁ大丈夫だろ」

曲矢が決めつけた。

「それに警部、こっちは子守りを残すほど、余裕があるわけじゃねぇでしょ」

「ええ、そうなんですが……」

ほんの一瞬、新恒は祖父と俊一郎に、それぞれ目を向けた。二人のどちらかを残すことを、もしかすると考えたのかもしれない。

ところが祖母が、それに目敏く気づいて、

「この人は、『ペンは剣よりも強し』いう言葉を、間違いのう実践します。つまり戦力になるいうことです」

まず祖父の必要性を訴えてから、

「そして俊一郎は、おみくじクッキーを見ても分かるように、黒術師に挑戦されてますからな。絶対に外せません」

「そうですね」

新恒は首肯しながらも、まだ迷っているようだったが、

「ここで僕は、みなさんのお帰りを待っています」

という小林君の言葉に、ようやく決心したらしい。

ただし、それは小林君の健気さを認めたからではなかった。むしろ邪悪さを覚えたからと言うべきかもしれない。

なぜなら「みなさんのお帰りを待っています」という口調には、その文言の意味とは逆の響きが感じられたからだ。

みなさんは決して帰ってこれないでしょう。

そういう真意がこめられているに違いないと、その場の全員が瞬時に悟ってしまったのである。

「もし我々が、誰も戻ってこなかったら――」

しかし新恒は怒ることなく、淡々と小林君に伝えた。

「三日後の朝に、黒捜課の船が桟橋に着きます。それに君は乗って、この島から離れて下さい。そのとき、この島で何があったのか、できれば伝えて欲しい。君の正体は明かさなくてもいいから、可能な限り実際にあったことを、その船に乗っている黒捜課の捜査員に、ちゃんと教えて下さい」

じっと新恒は、小林君を見つめてから、

「以上を、頼めますか」

「……承知しました」

わずかな躊躇(ためら)いのあと、小林君は受け入れた。

そこから全員が各部屋へ戻ると、それぞれ準備を整えて、二階のラウンジに集まった。小林君もいたが、今さら誰も気にしない。目に見えて変化があったのは、祖父母だった。祖父は執筆中と同じく作務衣(さむえ)を着こみ、なぜか仕事用の鞄(かばん)を持っており、祖母は拝み屋の制服とも言える巫女(みこ)装束である。黒捜課の三人に目立った違いはなかったが、きっと武装をしているのだろう。俊一郎だけが、まったく何も変わっていない。

そんな不安が、ふと顔に出たのか、

「あんたはな、弦矢俊一郎いうだけで、立派に黒術師に立ち向かえますのや」

まっすぐな眼差(まなざ)しで見つめられながら、祖母に言われた。

「死相学探偵だから——ってこと？」

「それもある」

祖母は左手首の数珠(じゅず)を外すと、彼の左手首につけながら、

「これをはめてなさい。いざいうとき、きっとお前を護(まも)ってくれます」

「けど祖母(ばあ)ちゃんは、してなくていいのか」

「わたしゃを、いったい誰やと、あんたは思うてますんや」

「後期高齢者の、我がままな、妄想癖のある、厄介な年寄りで——」

「そうそう、最近は腰が痛(いと)うて、すぐ怒ってしまうようになって——って違うわ」

「祖母ちゃん、すっかり良いみたいだな」

いつもの会話ができて、俊一郎の気が少しだけ紛れた。

全員で二階のラウンジから、裏口へと向かう。てっきり小林君もついて来るかと思ったが、彼はその場に残った。

「いってらっしゃいませ」

あくまでもメイドとして、彼らを送り出した。

見晴らし台に向かっている途中、俊一郎が元別荘をふり返ると、二階の窓に小林君の姿があった。

彼なりに、自分たちを見送ってるのか。

またはこれで見納めだと、単に眺めてるのか。

あの小林君なら、どちらもあり得るだろう。そう俊一郎は感じた。彼が元の生活に戻れるかどうか、正直かなり心許ない。だが、普通の中学生として暮らして欲しい。そう俊一郎は願った。

やがて一行は、見晴らし台に着いた。わずかな階段を上がったあと、全員で石筍の前に立つ。

「この石筍と呪術見立て殺人が、どう結びつくかですが——」

新恒は十一体の石筍の周りを回りながら、

「駿作先生の推理を、お聞かせ願えますか」

「いやいや、警部さんも、もうお分かりでしょう」

祖父は決して謙遜したわけではなく、ほぼ全員が察していると、さすがに考えたのだろう。俊一郎が「ほぼ」としたのは、そこに曲矢が入っているかどうか、ちょっと疑問だったからだ。とはいえ本人に、わざわざ確かめる気はなかった。今は喧嘩を売っているときではない。

「前に唯木さんが試されたように、これらの石笥は押すことができる。その順番の手がかりが、呪術見立て殺人にある。そこは間違いないやろうな」

「すべての呪術の名称には、数字が含まれてますからね」

「ただ、ここで問題となるんが、石笥と数字の対応や」

祖父は十一体のうちで、顔ではなく五重塔が彫られた石笥の前に立つと、

「まず考えられるんは、ここを起点として時計回りに、数字を当てはめる方法やろうな。つまり五重塔は午前零時で、その右から一、二、三……と続くわけや」

「充分にあり得ますね」

新恒は賛同しながらも、その表情は険しい。

「もちろん一からやのうて、零からはじまる可能性もある。けど、電話機の番号の並びなど、世間に流布しとるんは、やはり一からはじまって零で終わる、そっちの順番やからな」

「そんじゃ試してみるか」

五重塔の右隣の石筍に、曲矢が手をかけたので、

「まだ駄目です」

慌てて新恒が止めた。

「駿作先生の推理は、極めて蓋然性が高い。それは間違いないでしょう。ただし証明はできません」

「だから一度、試して――」

「危険です」

「俺がやるから――」

「許可できません」

「そんなこと言ってたら、いつまで経っても――」

「絶対に駄目です」

曲矢は不服そうだったが、新恒の気迫に圧されたらしい。こういうときの警部は、言葉遣いこそ丁寧だが、かなりの迫力がある。

二人がやり合っている間、俊一郎と唯木は石筍の周りを、じっくりと一つずつ観察しながら回っていた。そして、ほぼ同時に叫んだ。

「あっ、分かりました!」

「そうか、漢数字だ!」

俊一郎の横に祖父母が、唯木の側に新恒と曲矢が、それぞれ集まる。

「唯木さん、どうぞ」

俊一郎が説明役を譲ると、彼女は一礼してから、

「この顔の描写の中に、一から九までの漢数字と、洋数字の零が、実は隠されています」

自分の近くの石筍を、唯木は例にとりながら、

「ほとんどの顔の両目は、小さな丸で表現されています。しかし、これは八の字のように見えます。なぜなら漢数字の『四』が、ここに隠されているからです。いったん気づくと、一から三を除く数字が、次々と認められます。ちなみに『零』は、一つだけ顔の輪郭を丸く描いてあるやつです。そして輪郭が四角いのが、先ほどの『四』になります。残った三つのうち、つながってる眉毛の顔が『一』で、口が二本線になってる顔が『二』で、額にしわのある顔が『三』だと判断できます」

新恒が一つずつ、慎重に確かめてから、

「お二人の発見は、大正解のようですね」

「そんな簡単なことに、何で気づけなかったんだ……」

ぼやく曲矢に、俊一郎が解説した。

「顔を描いてる線に、濃淡があるからだよ。すべてが同じ濃さだったら、一目で見破られてしまうから、こんな小細工をしたわけだ」

「漢数字の順番がランダムなのも、かなりの悪意を覚えます」

新恒の言う通り、石筍の並びと漢数字の位置には、何の法則も見出せない。ただバラ

バラに、適当に数字をふってあるだけである。

「わしの推理は、見事に外れたな。いや、申し訳ない」

祖父が謝ったので、曲矢が慌てた。

「いやいや、そんなことありません」

それから新恒のほうを向いて、ひょいと頭を下げたのは、先ほど突っ走りかけたことに対する、曲矢なりの詫びだったのだろう。

「この石筍の仕掛けを試すのは、私にやらせていただけませんか」

唯木が緊張した面持ちで、新恒に頼んだ。

「うーん、それは――」

警部が迷ったのは、石筍の謎を解いた手柄の半分は彼女にあるが、その仕掛けに危険が絶対にないとは、まだ言い切れないからだろう。

「お願いします」

唯木が頼みこむ横で、曲矢はフォローするように、

「あいつよりも、こいつのほうが、早く気づいたんじゃねぇか」

ちなみに「あいつ」とは、もちろん俊一郎を指している。普通なら反論しているところだが、唯木になら譲っても良い。実際ほんの少しだけ、彼女のほうが早かったかもしれない。そう俊一郎は思った。

ただし同時に、なぜか不安も覚えた。

顔の中に隠された漢数字の読み解き方は、絶対に間違いない。

その漢数字が「一」から「九」と、洋数字の「〇」なのも確かである。

そして石筍を押す順番が、呪術見立て殺人の発生順なのも、まず絶対に合っている。

にもかかわらず俊一郎は、言い知れぬ懼れに囚われた。

どこか可怪しい……。

何かが引っかかる……。

どうしても気になる……。

助けを求めようと祖母を見たが、またしても調子が悪いのか、祖父に支えられるようにして立っている。どうやら見晴らし台に入ってから、そんな風になったらしい。普段は少しも構わない祖父も、さすがに心配そうに寄り添っている。

……駄目だ。

祖母ちゃんと祖父ちゃんには、とても相談できない。

眉間にしわを寄せている俊一郎の様子を、どうも曲矢は誤解したらしく、

「まぁお前は、不満かもしれんけど――」

「いや、そういうわけでは……」

「ここは唯木に、手柄を譲ってやってくれ」

珍しく真面目な顔で、頭を下げることまでしたので、

「もちろん」

即座に承諾したのだが、念のため止めるべきではないのか……という漠然とした思いに、その一方で苛（さいな）まれた。

「ありがとうございます」

しかし当の唯木は、律儀に礼を述べている。

あとは新恒が認めるだけだったが、こうなると警部も、そう邪険には反対できなくなってしまった。

「充分に注意して下さい」

そう言ったうえで新恒は、不測の事態に備えてか、さり気なく彼女の横につく構えを見せた。

「では、はじめます」

唯木は石筍（せきじゅん）の「一」の前に立つと、

「まず『十三の呪』の『十』の、『二』を押します」

そこから「〇」の石筍へと移動して、

「次に『〇』を押します。その次に『三』を押します」

彼女が手にかけた石筍は、押された状態のまま沈んでいる。

「二つ目は『四隅の魔』の、『四』です」

そうやって唯木は、次々と石筍を押していった。

三つ目は「六蠱（むこ）の軀（からだ）」の「六」、四つ目は「五骨の刃（やいば）」の「五」、五つ目は「十二の贄」の「一」と「〇」と「二」という具合に――。

　彼女が石筍を押すたびに、どんどん俊一郎の不安は高まっていく。

　何か可怪しい……。

　どこか妙である……。

　しかし、いくら考えても、不安の正体が分からない。

　……気にし過ぎか。

　六つ目は「八獄の界」の「八」、七つ目は「九孔の穴」の「九」ときて、ついに残るのは「五重塔」の石筍だけとなった。

「これで、最後です」

　唯木は全員を見回してから、問題の石筍を押した。

　ぐうぅぅぃぃぃん。

　かすかな振動と奇妙な物音が辺りに響いたあと、がきっという物音と共に、押した石筍の全部が元に戻った。

　まずい！

　俊一郎が叫ぶよりも早く、びくんっと唯木の身体がゆれたと思ったら、すうっと石筍を押さえていた両手が離れて、そのまま後ろ向きに倒れた。

「あっ！」

　とっさに飛びついたのは、すぐ横で控えていた新恒である。

「どうしました？」

警部は彼女の身体を両腕で抱きとめると、ゆすりはじめた。

「おい、大丈夫か」

すぐさま曲矢も駆けつけた。

だが俊一郎は、その場からまったく動けなかった。祖父母も同様で、ただ呆然としている。

新恒と曲矢が何度も声をかけたあと、

「……亡くなっています」

ぽつりと警部が、つぶやいた。

「何でだよ！　お、可怪しいじゃねぇか」

曲矢が物凄い勢いで、俊一郎の側まで飛んできて、

「おい、唯木のやり方は、間違ってなかったんだろ？」

「……あぁ、そのはずなんだ」

「はず？　はずって何だよ」

「ただ……、どうも可怪しいと、実は俺も感じていて……」

「何だとぉぉっ！」

曲矢に胸倉をつかまれたが、俊一郎は無抵抗である。

「だったら、どうして止めなかったぁ！」

「……分からないんだ。何が変なのか……」

「てめぇぇ！」

「曲矢主任」

静かな物言いながらも、凛とした新恒の声が響いた。

「弦矢君を責めるのは、お門違いです」

「いや、けど――」

「唯木捜査官が亡くなった責任は、私にあります」

「それは……」

「上司である私が許可したからこそ、彼女は石笥を押したのです」

「だったら警部に、あいつにやらしてくれと頼んだ俺にも、同じ責任が……」

「はい、あります」

はっきりと新恒に言われ、曲矢の両手の力が、すっと一気に抜けた。

「……すまん」

そして俊一郎の顔は見ずに、彼が詫びた。

「いや、俺にも……」

責任があると言いかけて、祖父にさえぎられた。

「今は石笥の謎を解くことが、最優先やぞ」

「でも……」

「それが唯木さんの、一番の供養やないか」

新恒が遺体を抱え上げると、出入口の階段の近くに、そっと横たえた。

「申し訳ありませんが、今はここで我慢して下さい」

祖母の読経に合わせて、全員が両手を合わせる。しかし俊一郎は、ずっと考え続けていた。

石筍の顔に隠された漢数字は、間違いなく「一」から「九」と「〇」である。

呪術見立て殺人の順番が、「十三の呪」「四隅の魔」「六蠱の軀」「五骨の刃」「十二の贄」「八獄の界」「九孔の穴」なのも、絶対に合っている。

にもかかわらず失敗したのは、漢数字の解釈が違っていたからなのか。

つまり「十三」は、「一」と「〇」と「三」ではなく、「一」と「三」だったのではないか。

……いや、それは変だろう。

だったら「〇」の石筍が、まったく必要でなくなる。どう考えても「〇」は、十の位を表している。

どういうことだ？

石筍の漢数字も呪術見立て殺人の順番も、どちらも正しかったとしたら、いったい何が間違っていたのか。

あと残ってる検討材料があるとすれば……。

それは何だろうと、俊一郎は必死に考えた。すると小林君が口にした「曲矢刑事のおみくじクッキーの言葉は、そのヒントだったんです」という台詞（せりふ）が、ふと脳裏に浮かび上がってきた。

あの「私が弦矢俊一郎に挑んだ、呪術殺人事件を並べなさい」というおみくじクッキーの言葉は、連続殺人事件の真意が呪術見立て殺人にあることを解く、その鍵（かぎ）だったわけだ。

そのヒントが曲矢に与えられたのは、よく考えると変ではないだろうか。

しかも小林君は、あの言葉は石笥の謎を解く鍵でもあると、我々が見晴らし台へ向かう前にはっきりと言った。

そのヒントが曲矢に与えられたのも、やはり可怪（おか）しくはないだろうか。

どうして二つとも、曲矢が対象だったのか。

ここに黒術師の罠が、実は仕掛けられていやしないか。

曲矢刑事とは、いかなる人物か。

思いこみが激しい直情型である。

俊一郎は自問自答をした。

そんな曲矢を罠にかけるとしたら……。

そこから俊一郎は自らの思考を遡（さかのぼ）って、もう一度すべての手がかりを洗い直してみた。

その結果――、

「ああぁっ！」

彼は悲痛な叫び声をあげた。

はっと気づくと、祖母の読経は止んでいた。みんなが黙ったまま、じっと俊一郎を見つめている。

「……分かったのか」

曲矢に問われ、彼は力なくうなずき、ここまでの考えを口にした。

「俺を罠にかける？」

「曲矢刑事に石箚（せきじゅん）を押させようと、黒術師は画策したんだ」

「おみくじクッキーの、『私が弦矢俊一郎に挑んだ、呪術殺人事件を並べなさい』ってのが、それか」

「その言葉に、呪術見立て殺人という真相を加えて、曲矢刑事が早とちりをして、唯木さんと同じ行為をするに違いないと、黒術師は読んだわけだ」

「しかし――」

曲矢は戸惑いながら、

「早とちりも何も、連続殺人事件が呪術見立て殺人だと解いたのは、俺じゃねぇ。お前だろ」

「黒術師は俺を、買いかぶり過ぎていた。そんな間違いをするのは、この中でも曲矢刑事くらいしかいないと、完全に読み違えをした」

普通なら怒り出すところだが、曲矢は冷静だった。

「そのせいで、唯木が……」

「……申し訳ない」

「結局は全員が勘違いをした、その間違いってのは、いったい何だ？」

なぜ気づかなかったのか……という物凄い後悔の念と共に、俊一郎は答えた。

「黒術師が俺に挑んだ、呪術殺人事件の中に、『四隅の魔』事件は入っていない」

「な、何を……」

思わず反論しかけて、曲矢が固まった。

「私が……うかつでした」

そう言いながら新恒が、がっくりと肩を落とした。

「あの事件で用いられた『四隅の間』という呪術は──この場合の『ま』は、魔物の『魔』ではなく、間取りの『間』になる──一種の都市伝説として、すでに存在していた。あの事件の犯人に、決して黒術師が授けたものではない」

曲矢が怒りを含んだ口調で、

「しかし呪術見立て殺人を起こすことによって、あの事件も含まれていると、俺たちに勘違いさせた。いや、俺が絶対そう思いこむと、黒術師は読んだ。おみくじクッキーの言葉も、そっちへ誘導するための仕掛けだった。そういうことか」

するとと新恒が、かなり辛そうな声で、

「黒術師の起こす事件に、黒捜課が完全に関わるようになるのは、『六蠱の軀』事件からです。だからと言って、それは言い訳にもなりません。『十三の呪』事件も、『四隅の魔』事件も、ちゃんと資料は黒捜課にあります。ただ、そのうち弦矢君が依頼される事件＝黒術師の起こす事件――という図式が、自然に出来上がっていたのです。そこを黒術師は、嫌らしくもついてきた」

「当事者である俺が、気づくべきでした」

俊一郎は遺体の側にしゃがむと、

「本当に申し訳ありません」

両手を合わせたまま、深々と頭を下げた。

「先に進みます」

「おうっ、乗りこむぞ」

新恒と曲矢の顔つきが、がらっと変わった。ただし、そこから二人は、どちらが石箱を押すかで、かなり激しく言い合った。

曲矢はともかく、あの穏和な新恒が激昂した様子で、まったく譲る素ぶりを見せない。あくまでも自分がやると、強く言い張っている。

「だったら、俺が――」

見かねて俊一郎が割りこんだものの、とたんに二人に否定された。それも即座に、莫迦なことを言うなとばかりに。

すると祖父が、やんわりとした口調で、

「曲矢刑事、ここは新恒警部の顔を立てては、どうかな」

「いや、いくら先生が、そう言っても――」

「きっと警部は、もう部下を失いたくないんやと思う」

この言葉に、曲矢は衝撃を受けたようである。そのまま口を閉ざすと、もう何も言わなくなった。

「石筍を押します」

新恒は言い争いなどなかったかのように、

「まず『十三の呪』の『十』の、『二』を押します」

唯木と同じように、石筍に手をかけていく。もちろん「四隅の魔」の「四」は飛ばして、漢数字の最後の「九孔の穴」の「九」まで、少しも躊躇（ためら）うことなく警部は一気に進めた。

「あとは、『五重塔』です」

そう言うが早いか、新恒は該当の石筍を押した。

がきんっ。

見晴らし台の全体が、その瞬間ゆれた。

そして十一体の石筍すべてが、ずずずっと完全に床下へと沈んでいった。

ばんっっっ。

ついで辺りに轟いた大きな物音は、あたかも重い扉が開かれたような、そんな響きに聞こえた。

ところが、いくら周囲を見回しても、何の変化も認められない。ただ全部の石笥が沈んで、まったく見えなくなったくらいである。

「どうした？　何も起こらんぞ」

「曲矢主任、上を確かめましょう」

新恒と曲矢は拳銃を抜くと、螺旋階段を上がっていった。

「二階にも、何の変化もありません」

すぐに新恒の声が、上から届いた。

だが、残りの三階も、四階も、五階も同様だった。完全に同じ声が、降ってきただけである。

「失敗したのか」

一階に戻ったところで、曲矢が首をかしげたので、

「でも石笥は、すべて沈んでる。つまり新恒警部は、ちゃんと正しい順番で押したってことだろ」

俊一郎は否定した。

「だったら――」

「外からは、どう見えてるのか。ちょっと確認してきます」

新恒が断って、出入口の階段へと足を踏み出した。

しかし警部が、見晴らし台の一階から外へ出たとたん、すっと彼の姿が掻き消えてしまった。

二十　黒術師の塔

見晴らし台から出た外の、どこを見回しても新恒警部の姿が見えない。

「警部ぅぅ！」

曲矢が大声で叫んで、あとを追おうとした。

「駄目だ！」

慌てて俊一郎が、彼の腕をつかんで止める。

「何しやがる？　警部を――」

「助けるためにも、ここは冷静になって、ちゃんと考える必要がある」

「そんな呑気な――」

「感情的に突っ走って、警部と同じように曲矢刑事も消えてしまったら、どうするんだ？」

「そんときは、そんときだろ」

「答えになってない」

「とにかく俺は、警部のあとを追う」

「駄目だ」

二人が激しく言い合いをしていると、

「わたしゃが、行きましょ」

いつの間にか祖母が、すっと横に立っていた。

「いや、祖母ちゃん、まだ体調が……」

「愛染様、それは危険です」

慌てて俊一郎も曲矢も止めたが、

「警部さんが消えはったのは、呪術的な力が働いたからやろう。そんなら、わたしゃの出番と違いますか」

そう言われると、二人とも何も返せない。

「祖父ちゃん――」

俊一郎は祖父に助けを求めたが、

「どう考えても、他に適任者はおらんやろ」

逆に祖母の後押しをしたので、さらに何も言えなくなった。

「心配せんでもええ」

にっこりと祖母は微笑むと、

「あっちへ行ってから、みんなが来ても大丈夫かどうか、それを何らかの方法で知らせるからな」

「えっ？　あっち……って何だよ」

「そんなもん、行ってみんと分からんわ」

と口にするや否や、さっさと祖母は見晴らし台の階段を下りはじめ、新恒と同じように姿を消してしまった。

あたかも目に見えない別の次元へと、すっと入りこんだように、祖母は忽然と消失したのである。

「ふむ」

その様を目にして、祖父がうなった。

「石筍の仕掛けが作動することで、この見晴らし台と黒術師の塔とが、実はつながるのかもしれんな」

「つながった出入口って、あそこ？」

俊一郎が指差したのは、もちろん外へと通じる階段の下り口である。

「そうなると――」

祖父が続けて何か言おうとしたとき、

「ありゃ、何だ？」

曲矢が注意を向けた先、出入口の床の上に、どす黒く汚れた紙切れのようなものが落ちている。

「これは……」

俊一郎がひろったのは、猫の形に切られた紙だった。元は白かったのに、それが汚らしく黒ずんでいる。

「……依代（よりしろ）か」

「けど依代ってのは、人間の形になってないか」

「へぇ、よく知ってるな」

「てめぇと付き合ってると、実生活では何の役にも立たねぇ、そういう余計な知識ばっかりが増えるんだよ」

「勉強になって、良かったじゃないか」

依代とは神霊が依（よ）ってつく対象のことで、岩や樹木の場合もある。曲矢が指摘しているのは人形（ひとがた）の依代で、主にお祓（はら）いなどに使われる。

「これは、あれからの連絡やな」

二人の言い合いは無視して、祖父が断言した。

「祖母ちゃんからの？　でも、どうして猫なんだ？」

「あっちへ行っても大丈夫や——っていう、まぁ安全の印やろ」

そう言うが早いか祖父も、あっという間に祖母のあとを追って、出入口から外へ出てしまった。そのとたん祖父の姿も、すっと消えたのは言うまでもない。

「あの二人は、いざとなったら肝がすわってるな」

しきりに曲矢が感心している。

「俺らも——」

「ああ、行くぞ」

曲矢の先導で、俊一郎が階段を下りようとしたとたん、周囲が一気に真っ暗になった。しかも足の先は、階段を踏んでいない。見晴らし台の一階の床と同様の、平面が続いている感覚がある。

と思ったのは、ほんの一瞬だった。

はっと気づくと目の前に、祖父母と新恒の姿があった。ただし祖母は、さらに具合が悪そうに見えた。

だが俊一郎は、そんな祖母を気遣う前に、

「ここは……」

周囲を見回して驚いた。直径数十メートルはある円形の石壁の、かなり天井が高い部屋の中に、自分がいたからである。

急いで背後をふり返ると、アーチ型の出入口があった。ただし向こう側は、真っ暗で何も見えない。それでも見晴らし台の一階に通じていることは、ほぼ間違いなさそうである。

「……黒術師の塔」

俊一郎のつぶやきに、新恒が無言でうなずく。

塔の内部は薄暗かった。いくつもある石窓から外光は射しこんでいるが、それしか光源はないからだろう。そのせいもあってか、じめじめとした湿気も感じられた。室内に漂う雰囲気は、陰々滅々としか言いようがない。

周りの石壁には、木箱、柳行李、段ボール箱、葛籠、ジュラルミンのケースなどが、数多く乱雑に積み上げられている。その眺めは倉庫というより蔵に近い。

中央には太い石柱が天井まで延びており、そこに扉が見える。どうやら石柱の中には、上階へと通じる螺旋階段があるらしい。柱のあちこちに穴が開いているのは、おそらく螺旋階段のための窓だろう。

「この塔は、濤島の中にあるのか……」

曲矢に訊かれ、とっさに俊一郎が困っていると、

「ずっと考えていたのですが——」

代わりに新恒が応じた。

「もしかすると黒術師の塔は、梳裂山地にあるのかもしれません」

「三つの候補地の、三番目ですか」

「一つ目に当たる摩館市の廃墟マンションは、黒術師の支店のような存在でした。そして二つ目の鯱予鑼諸島の濤島に、こうして我々は招待されたわけですが、それは三つ目

の梳裂山地の廃村から、実はこちらの目をそらすためだった――とは考えられないでしょうか」

「そこに黒術師の塔が、本当は存在していたから……」

「てことは――」

曲矢が信じられないと言わんばかりに、

「鮑予鑼諸島の孤島と梳裂山地の廃村の一部が、現実的な距離を飛び越えて、異次元でつながってんのか」

「……おそらく」

新恒は短く答えてから、

「ただ、我々が梳裂山地の廃村へ、最初から向かったとして、果たして塔を見つけることができたのかどうか、それは分かりません。もしかすると濤島の見晴らし台からしか、ここへは入れない可能性もあります」

「入れない、と言えば――」

いかにも祖父が残念そうに、

「この塔の上階に――きっと五階やろうな――黒術師はおるんやろうけど、そこまで無事に上がれるんかどうかは、さっぱり分からんな」

「はい、決して油断はできません」

「せやけど見晴らし台からやったら、簡単に五階へ入れたんかもしれん」

ほんの一瞬、俊一郎は意味が分からなかったが、すぐに声を上げていた。

「あぁ、そうか……」

しかし説明を買って出たのは、新恒だった。

「見晴らし台の一階の出入口が、この塔に通じていたように、二階から上で柵が途切れていた空間が、実は黒術師の塔の各階とつながっていたのではないか。そういうことですね」

「くそっ。慌てて来るんじゃなかった」

曲矢は大いにぼやいたが、ふとアーチ型の出入口に目を向けると、

「今からでも戻って、見晴らし台を上がったほうが、この塔の中を進むよりも、いいんじゃねぇか」

「それは……」

新恒が躊躇っていると、

「どう見ても、あれは危険でしょうな」

祖母が出入口の真っ暗な闇を見やりながら、そう忠告した。

「行きはよいよい、帰りは怖い……ですわ」

「あそこを通れるのは、祖母ちゃんの依代くらいか」

すると祖父が、さらに駄目押しをするように、

「その依代でさえ、あんな風に汚く黒ずんでしもうたわけや。もし人間が通ったら、ど

うなるか分からんぞ」

「そりゃ勘弁です」

　さすがの曲矢も、厭な顔をしている。

「中央の柱にある扉を、まず調べてみましょう」

　新恒、祖父母、俊一郎、曲矢の順で、柱へと近づく。だが側まで行ったところで、曲矢が絶望的な声を上げた。

「おいおい、また石筍があるじゃねぇか」

　扉の前に一体、その左右に五体ずつ、見晴らし台と同様の十一体の石筍が、そこには立っていた。

「けど顔はなくて、漢数字が彫られてるぞ」

「しかも右端の『一』から順に、左端の『九』と『〇』まで、ちゃんと並んでいますね。そして扉の前は、『五重塔』になっています」

　俊一郎と新恒が口々に、見た通りを伝えていると、

「となると残る問題は、正しい数字を、どうやって見つけるかやな」

　祖父が周囲を見回しながら、そう言った。

「てっとり早く、これで破るか」

　曲矢が拳銃を扉に向けたので、俊一郎は首をふりながら、

「この扉は外開きだから、たとえ鍵を壊せても、『五重塔』の石筍が床下に沈まない限

り、手前に開くことはできないぞ」

「そんじゃ俺は、石筍をぶった切れるものを見つける」

「と同時に、数字のヒントも探して下さい」

曲矢の扱いに慣れている新恒の、その言葉が合図となり、俊一郎たちは塔内に散らばった。

中央柱の周りは祖父母に任せ、残りの三人は壁際に積まれた箱類を見回ったものの、あまりにも個数があり過ぎた。これを一つずつ検めるのは、かなり大変である。しかも多くは釘づけされ、紐で縛られ、鍵をかけられているため、その中を確かめることができない。仕方なく箱類の外側を見るのだが、そんなところにヒントがあるとも思えず、たちまち俊一郎はとほうに暮れてしまった。

いったい、どうしたら……。

そのとき曲矢の、大きな叫び声が聞こえた。

「うわぁぁっ！」

急いで目を向けると、彼が箱類の陰から、慌てて出てくる姿があった。

「どうしました？」

「何だ？」

新恒と俊一郎が駆けつけると、

「……虫みたいなのが、うじゃうじゃと出てきやがった」

曲矢が指差すほうに目やると、積み上がった木箱や葛籠の隙間から、黒いミミズのようなものが無数に、ざわざわっと蠢きながら這い出している。

「あれは、いったい……」

戸惑う新恒に、俊一郎はぼそっと、

「……十三の呪です」

「えっ？」

「十三の呪をかけられた者は、あれに全身とり憑かれるんです」

そう説明したあと、俊一郎はつけ加えた。

「ただし今は、きっと違うと思います」

「あれは黒術師が放った、言わば刺客というわけですね」

さすがに新恒は理解が早く、曲矢と俊一郎を後ろに下がらせながら、この状況を祖父母にも報告した。

「あっちこっちから、どうやら虫は湧いとるようやぞ」

祖父の注意を受けて周囲を見回すと、箱類の陰から床まで這い出してきた虫の群れが、ほぼ円を描いた形で見えている。

「……おい、完全に囲まれてるぞ」

「しかも少しずつ、こっちへ近づいてます」

新恒の言う通りだった。黒い虫の群れが描く巨大な円は、じんわりと縮まり出していた。中央の柱を背にした俊一郎たちまで、あの蠢きが達するのは、もはや時間の問題だった。

「あんな虫もどきが相手じゃ、拳銃は役に立たんぞ」

「この危機を脱するには、扉を開けるしかありません」

「でも、どこにヒントが……」

周りに目をやる俊一郎に、曲矢が疑わしそうに、

「そんなもの、ほんとにあるのか。俺らを助けるようなヒントを、あの黒術師がわざわざ用意すると思うか」

「普通なら、そう考えるけど……。黒術師の目的が、こっちに対する挑戦——要はゲームのようなものだとしたら、絶対にヒントはあるはずだ。この島に来て遭遇した事件と、その真相に辿り着いた経緯からだけでも、そう推理できる」

「んなこと言われても……」

気色の悪い黒虫の群れに周りを囲まれ、じりじりっと少しずつ這い寄ってくる忌まわしい眺めの前では、何のなぐさめにもならないと、実は俊一郎も感じていた。

「原稿を書く」

すると祖父が、いきなり宣言した。

「へっ？」

俊一郎だけでなく、新恒も曲矢も唖然としている。

「……じ、祖父ちゃん？」

頭は大丈夫か——と俊一郎が心配していると、

「文机になるようなもんを、探してくれ」

当然のように、祖父に頼まれた。

「い、いや……祖父ちゃん？」

「ほれ、早うしなされ」

ところが祖母にまで、そう言われた。

「お待ち下さい」

一時のショックから覚めたのか、すぐに新恒が反応した。黒虫の幅がまだ広くない箇所を目敏く見つけて、そこを箱類のほうへと飛び越えてしまった。

「だったら、俺も」

と曲矢も勢いよく駆け出し、すぐさま警部に続いた。

「わたしゃが祓った魔を、この人が怪奇小説に封じこめてることは、あんたもよう知ってるやろ」

まだショック状態の俊一郎に、祖母が話しかけてきた。

「裏庭の例の塚と連動して……って話だろ」

「そうや。弦矢駿作の書く原稿には、せやから言霊が宿っとるんや」

「いや、いくら何でも……」

さすがに俊一郎が否定しかけたとき、ふと彼の目に妙なものが映った。

あれは……。

黒虫の群れの中に、その蠢きに合わせるように、小さく動き続けている小さなものがある。

「おみくじクッキーだ！」

「あれ、ほんまやな」

祖母にも見えているらしいので、まず間違いない。

「この扉を開けるヒントは、あの中にあるんじゃないか」

しかし、おみくじクッキーを手に入れるためには、あの黒虫の群れの中に足を踏み入れる必要がある。

ほうきか何かあれば……。

無数の虫を掃きながら、どうにか進めるかもしれない。

だが悠長に捜している時間が、果たして残されているのかどうか。そう俊一郎が迷っている間にも、おぞましい黒の帯が、ぞわぞわと間を詰めてくる。

「お待たせしました」

そこへ新恒が空の木箱を手に、文字通り飛んで戻ってきた。

「いいものを見つけた」

さらに曲矢が勢いあまって、身体を柱にぶつけながら帰還した。彼が手に持っていたのは、たたまれた茣蓙である。

「座布団の代わりに、こりゃなるだろ」

祖父は二人に礼を述べると、木箱と茣蓙を扉の前に置いてもらった。そして茣蓙の上に座り、鞄から原稿用紙と万年筆を出すと、本当に執筆をはじめた。

しばらくすると信じられないことに、黒虫たちの蠢きが弱まり出した。そればかりでなく、なんと退いていくではないか。

「……じ、祖父ちゃん、凄いな」

俊一郎が呆気にとられていると、

「今のうちや」

祖父に促されたのだが、何のことか分からない。

「これ、おみくじクッキーやないか」

祖母に言われて、ようやく床の上にぽつんと、おみくじクッキーが残されていることに気づいた。黒虫の群れは、その向こう側に留まっている。

急いで行って取って戻り、クッキーを割って、その中の紙片を広げる。すると次のような文字が、綺麗な筆致で記されていた。


　ごごつのやいばのぎせいしゃのかず。

紙片を覗(のぞ)きこんでいた曲矢が、

「間違いようがねぇ」

そう言って自信あり気に、石筍(せきじゅん)の「五」に手をかけた。

「早まるな」

俊一郎は思わず止めた。

「なぜ平仮名で書かれているのか、そこが鍵(かぎ)ですね」

どうやら同じ引っかかりを、新恒も覚えたらしい。

「げっ……、これも罠(わな)か」

「平仮名で『ごこつのやいば』と記した場合、第一の無辺館事件で使われた『五骨の刃(やいば)』なのか、第二の無辺館事件で用いられた『伍(ご)骨の刃』なのか、どちらか判断がつきません」

「やはり警部も、そう思われましたか」

「はい。また『犠牲者』の捉(とら)え方によっても、人数が変わってきます」

「どういうことだ？」

「完全に死んだ者だけを数えるのか。または命は落としてないけど、事件の被害者と言える人まで含めるのか」

曲矢の疑問に、俊一郎は答えたのだが、

「で、どう解釈するんだ？」

当人は少しも考える気がないらしい。

「ここには『被害者』ではなく『犠牲者』とある。となると死者の数と考えるべきじゃないか。そして『ごこつのやいば』は、二つの事件で犠牲になった人数の、おそらく合計ではないか」

新恒を見やると、

「弦矢君の推理に、私も賛成です」

そこからは三人で頭を寄せ合い、あの事件全体の犠牲者の人数を、正確に割り出すことに専念した。

「慎重にやらんといかんが、ちと急ぐ必要もあるな」

ぼそっと祖父に言われ、床に目を向けた俊一郎は、ぞくっと身震いした。

夥（おびただ）しい黒虫の群れが、前よりも近づいている。

祖父が原稿を書いているため、やつらの進行が遅れているのは、ほぼ間違いなかった。ただし、その効果がいつまで持続するのか、それは祖父にも分からないのかもしれない。

そのうち執筆の速度が、きっと落ちてくる。

いずれ原稿用紙が、一枚もなくなってしまう。

このまま祖父にだけ任せておくわけにはいかない。

俊一郎は焦った。

「急ぎましょう」

とはいえ人数が間違っていた場合、石筍を押した者は死ぬかもしれない。いや、確実に命を落とすことになる。

迫りくる黒虫にちらちらと目を向けながら、それでも俊一郎たちは三度まで、犠牲者の数の確認を行なった。

「これで決まりです」

と言うが早いか、新恒が該当する石筍を押しはじめた。

「警部！」

曲矢と俊一郎が抗議したが、もう遅い。

「大丈夫です。三度も確かめたではないですか」

最後に新恒は、「五重塔」に手をかけた。自分たちが計算した人数に、警部も自信は持っていたと思う。だが、さすがに顔が強張っている。

「押します」

がきんっ。

脳髄に突き刺さるような物音と共に、ずんっと石筍が沈み出した。

「おおっ！」

「やった！」

曲矢と俊一郎が喜んでいると、がちっ……という鈍い音がして、目の前の扉が手前に開いた。

「進みましょう」

新恒が柱の中に入ろうとしたとき、

「わしは残って、原稿を書く」

とんでもない台詞が、祖父の口から漏れた。

「な、何を言ってんだよ」

俊一郎は文机代わりの木箱の横に片膝をついたが、祖父は原稿用紙に向かったままの姿勢で、

「ここで執筆を止めたら、こいつらに追われる。そしたら、とても逃げきれん」

「だったら、扉を閉めて――」

そう言いながら曲矢が、さっと扉に手をかけたが、まったく動かない。

「早う行け」

「で、でも……」

「新恒警部さん、曲矢主任さん、わしの妻と孫を、よろしくお願いします」

ぐずぐずしている俊一郎を無視して、祖父は相変わらず原稿用紙に向かう恰好のまま、新恒と曲矢に声をかけた。

「承知いたしました」

新恒が最敬礼をして、それに曲矢も続いた。

すると祖母が、すっと祖父の正面に正座した。すぐ背後には、黒虫の群れが迫ってい

る。だが祖母は、一向に気にした素ぶりも見せない。

「今ふっと、あなたと出会ったときのことを、思い出してました」

「あぁ、あんときか」

祖父が原稿用紙から顔を上げた。

しばらく祖父母は見つめ合ったあと、二人にしか分からないような微笑みを浮かべ合い、互いに一礼した。

それから祖父は執筆に戻り、祖母は無言で俊一郎を立たせた。

「祖父(じい)ちゃん、行ってくる」

その背中に彼が声をかけると、

「しっかりな」

俊一郎が上京する前に、祖父が口にしたのと同じ言葉を贈られた。

柱の中は、ほとんど暗闇だった。外から見たとき、窓代わりの穴が目についたものの、あまり役立ってはいない。

そんな暗がりを、新恒、祖母、俊一郎、曲矢の順で上がっていく。誰もが無言で、ただでさえ重い空気が、さらに重苦しく感じられる。

「祖母(ばあ)ちゃん、大丈夫か」

ともすれば足取りが止まりそうになる祖母を、新恒が上から引っ張り、俊一郎が下から押し上げる。この弱々しい祖母の状態が、さらに輪をかけて彼らを暗くさせていたかもしれない。

「黒術師のいる最上階まで、この階段が続いてれば、楽でいいんだけどな」

曲矢が能天気な台詞を吐いたのは、少しでも雰囲気を変えるためだろう。しかし残念ながら、その効果は零（ゼロ）だった。

「そう都合良くは、いかないようです」

先頭の新恒の声が、上から降ってきた。

「ここで螺旋（らせん）階段は終わって、踊り場があり、新たな扉が見えます。ここから先に上がるためには、いったん二階へ出て、おそらく柱の反対側に回り、そこにある扉から再び柱の中に入る必要が、きっとあるのでしょう」

「それで二階にも、さっきの黒虫のような、ああいう存在が待ち構えてて、こっちを襲ってくるってわけだ」

「いいですか――」

ここからの手順を、新恒が説明しはじめた。

「私に続いて、すぐ扉から出て下さい。出たところで、私と愛染様は時計回りに、曲矢主任と弦矢君は反時計回りに、この柱を回って、反対側にあると思われる扉の前まで行きます。そこには先ほどと同じく、石筍（せきじゅん）があるでしょう。そしてヒントのおみくじクッキーも、どこかにあるはずです。それを捜しながら、柱を回って下さい」

「で、黒虫対策は？」

「黒術師の性格を考えると、同じ脅威ではなく、別の何かを用意していそうな、そんな気がします」

「俺も、そう思います」

「ですから、それは相手を見てからの対処に、どうしてもなります」

俊一郎が賛同して、新恒が締めくくった。

「行きます」

警部が開けた扉から、祖母を追うように俊一郎も素早く出る。

そこは一階とそっくりな空間で、非常に薄暗くてじめっと湿気(しけ)ている点も、まったく同じだった。ただし少しも有り難くない新たな要素も、この二階には明らかに加わっていた。

かすかに漂う腐臭である。

それは一階にあった壁際に積まれた箱類の代わりに、数多く転がされている黒くて大きなビニール袋のようなものから、どうやら発せられているらしい。

「……あれって、まさか？」

「ええ、遺体収納袋です」

俊一郎が覚えた厭(いや)な疑いに、新恒は答えると共に、

「しかも、この臭いから想像するに、中身も入っているようです」

おぞましい事実までつけ加えた。

「あのスタッフたち以外にも、黒術師は死体を集めてた……」

「あれらが起き上がる前に、おみくじクッキーを捜しましょう」

新恒の一言で、すぐさま俊一郎たちは二組に分かれて、それぞれ柱の周りを回りはじめた。

しかし目に入るのは、遺体収納袋ばかりである。他には何も見当たらない。それこそ壁も床も隅々まで見渡したが、本当に何もない。

そのまま俊一郎たちは柱を半周して、逆方向からやって来た新恒と祖母と、反対側の扉の前で顔を合わせた。

「見つかりません」

「こちらも同じです」

新恒は少し思案してから、

「このまま互いに、柱を一周しましょう。どちらかが見落としてるかもしれませんからね。愛染様は、ここでお待ち下さい」

いつもの祖母なら、「年寄り扱いせんといて下さい」と言うところだが、今は黙ってうなずいている。

「あっ、この柱も調べないといけません」

「……盲点でした」

新恒の新たな指摘に、俊一郎は感心した。

そこから俊一郎と曲矢は、新恒と祖母が目をこらした反対側を進んだ。だが、やはり何も見つけられない。柱にも充分に目を配ったが、変わった箇所など少しもない。

そうやって柱を一周しているうちに、妙な物音が聞こえ出した。

……かさ、かさっ。

……しゅっ、しゅう。

何かと何かがこすれている、そんな摩擦音に思えた。どこか一ヵ所から、かすかに響いている。最初はそうだったのに、少しずつ物音のする場所が増えていく。

これって……。

俊一郎が厭な想像をしかけたとき、自分たちが出てきた扉の前で、再び新恒と顔を合わせた。

「どうでした？」

すぐに俊一郎は尋ねたが、新恒は首をふって、

「駄目です」

すると曲矢が、

「てことは、あと残ってんのは……」

彼の視線の先には、遺体収納袋があった。

しかし、その真っ黒い袋が今、がさごそっと物音を立てている。しかも、もぞもぞっと明らかに動いていた。

「……まずいぞ」

曲矢のつぶやきが、まるで合図だったかのように、一つの遺体収納袋で信じられない異変が起きた。

ずぼっ……と袋から、なんと片腕が突き出たのだ。その手が宙をつかむような仕草をしたあと、次に死体そのものが、むっくりと半身を起こした。どうやら遺体収納袋は、はじめから閉じられていなかったらしい。だから腐臭が、かすかとはいえ漂っていたのだろう。

ごそごそっと死体はしばらく身動ぎしていたが、やがて袋から完全に這い出ると、ふらふらっと立ち上がった。

それは全裸の、五十歳前後の女性の死体だった。ざっと見た限り死因は不明である。だがどう見ても、間違いなく彼女は死んでいた。明らかな死者だった。

ゆらゆらっと死体は横にゆれたあと、ずん、ずんっ……と一歩ずつ、俊一郎たちに近づきはじめた。

「えらいこっちゃ。死体が蘇ってます」

柱の反対側で聞こえた祖母の叫び声から、あちら側でも同じ現象が起きていると分かった。いや、それを言うなら柱の周り中で、と表現するべきだろう。

「拳銃が通用するのか」

曲矢の疑問に、俊一郎は半信半疑ながら答えた。

「これがゾンビのような存在なら、頭部を撃てば死ぬはずだ」

「すでに死んでるのに？」

「そういうことになってる。映画とかでは……」

「……おいおい」

そんな会話をしているうちにも、蘇る死者は増えている。

「ひとまず愛染様と、合流しましょう」

新恒に言われ、俊一郎たちは柱を半周した。

「祖母（ばあ）ちゃん！」

扉の前の石筍に、ぐったりと背中をあずけて座りこむ祖母を目にして、俊一郎は駆け寄った。

「愛染様、大丈夫ですか」

すぐさま新恒も続いたが、

「おい！　こいつらの対処が先だ」

曲矢の切羽詰まった叫びで、かなり近くまで死者たちが迫っていることに、俊一郎は気づいてぞっとした。

ぱん、ぱん、ぱんっ。

新恒と曲矢が、ほぼ同時に拳銃を撃った。前者は三十代後半の体格の良い男性の、後者は七十くらいの痩（や）せた老人の、それぞれ頭部に当たった。

ところが、どっと床の上に倒れて動かなくなったのは、若い男だけだった。ぐらっと頭部をゆらめかせつつ、その場で老人はいったん足を止めたものの、再び俊一郎たちに向かって歩き出したのである。

「な、何でだ？」

悲鳴に近い叫び声を、曲矢があげた。

「俺の弾も爺さんの頭に、ちゃんと命中しただろ」

新恒が同じように、老人の頭部を撃った。だが、まったく同様のことが起きただけで、相変わらず老人は「生きて」いる。

そうこうしているうちに、他の死者たちも近づいてきた。その中には片足を引きずっている者、顔が別方向にねじれて真っ直ぐ進めない者もいて、全体に動きは遅い。とはいえ完全に取り囲まれるのも、おそらく時間の問題だろう。なぜなら、これから死者が復活しそうな遺体収納袋も、まだ多数あったからである。

もしかすると死体が消えたスタッフたちも、それらの袋のどれかに入っていて、いずれ復活するのかもしれない。

「くそっ！」

曲矢が無闇やたらに、死者たちを撃ちはじめた。だが、そんなことをすれば命中の精度も落ちて、何も良いことはない。

「弾は大切に使って下さい」

　すかさず新恒が注意した。

「んなこと言ったって――」

　少しでも死者の前進を止められるなら、と曲矢は考えたのだろう。それとも彼のことだから、とりあえず撃っているだけなのかもしれない。

「……けど、何体かは、死んでるんじゃないか」

　その意外な事実に、俊一郎が気づいた。

「えっ？」

「本当ですね」

　曲矢当人は大いに驚き、新恒は冷静に状況を認めている。

「わけが分からん」

「これは――」

　倒れた死者たちの状態を目にして、俊一郎が何か閃(ひらめ)きそうになったときである。

「おみくじクッキーだ！」

　曲矢が指差した先の、十二、三歳くらいの少女の首から、紐(ひも)に結ばれて垂れ下がったおみくじクッキーが、はっきりと俊一郎にも見えた。

「掩護(えんご)してくれ！」

　と叫ぶと同時に俊一郎は、その少女を目がけて駆け出した。

「莫迦(ばか)っ、待て！」

「弦矢君！」

　二人の怒声が後ろから響いたが、ぱん、ぱんっ——とすぐに拳銃の発射音が聞こえて、行く手の死者たちに当たった。しかし、倒れる者と平気な者とに、やはり分かれている。

「頭部の他に、胸と手足も撃って！」

　そう俊一郎は叫びつつ、目の前に迫った少女の胸元に、ぐっと右手を伸ばした。

　がしっ。

　次の瞬間、少女の両手が、彼の右手首を捕らえた。

　かち、かちっ。

　それから彼女は、彼の前腕に嚙みつこうとした。

　寸前で右腕を下ろし、ついで一気に上げる。少女の顔と両腕も上がったところで、俊一郎は左手を突き出し、おみくじクッキーを掌で握った。

　彼女が今度は、彼の左手に嚙みつこうとしたが、その前に右足を相手の胸に目がけて、思いっ切り蹴り出した。その刹那、ちくっと良心が痛みそうになる。だが大口を開けている彼女の顔が目に入り、そんな感情はたちまち霧散した。

　少女が吹っ飛ぶことで紐が切れ、俊一郎の左手にはおみくじクッキーが残った。

　ぱん、ぱんっ。

　その間にも新恒と曲矢は、拳銃を撃ち続けている。しかし死者たちは、相変わらず死ぬ者と平気な者とに、どうしても分かれた。

前後左右から伸びる腕を、俊一郎は必死にふり払った。まったく片手が動かない死者もいて、それで助かったところもあり、なんとか柱まで戻れた。

死者たちは彼に集中していたため、柱の周りには少し余裕がありそうに見える。

「こっちの動きに対して、こいつらは反応するらしい」

「だからって、じっとしてても迫ってくるぞ」

「弦矢君、おみくじクッキーの中は？」

俊一郎が急いで割ると、その中から出てきた紙片には、次のような謎かけが記されていた。


牡羊座（おひつじざ）から見て、射手座のアスペクトの角度。

俊一郎が読みあげると、

「大面（おおつら）家の黄道十二宮殺人事件ですね」

いち早く新恒は理解して、そのまま考えはじめた。

「それって、ややこしい星座の図だろ」

だが曲矢は、さっさと投げ出した。

「いまだに俺は理解できんから、そっちは二人に任せる。その代わり死者たちの相手は、俺がする」

と言って拳銃を撃ち続けつつも、すぐに俊一郎に助けを求めてきた。

「おい、結局どこを狙えばいい？」

「一体の死者に対して、頭か胴体または四肢のうち、どれか一つだと思う。さっき曲矢刑事が闇雲に撃ったとき、腕や脚に当たって死んだ者がいたからな」

「意味が分からん」

「おそらく六蠱の躯だよ。あの呪術は、身体を六つの部位に分けるだろ。この死者たちの弱点として、黒術師は六蠱の躯をヒントにしたわけだ」

「こっちへの攻撃まで、呪術づくしで遊んでるのか」

曲矢は半ば呆れながら、半ば感心しているようだったが、

「で、一体ずつの判断は、どうやってつける？」

「そこが問題だけど――」

俊一郎は改めて、死者たちを観察しながら、

「もしかすると弱点の部位は、ほとんど動かせないのかもしれない。頭と四肢のどれかが、固まってる死者は、そこを狙う。それらが動いてるやつは、胴体を撃つ」

「分かった。さっさと警部を手伝え」

自分が話しかけていたくせに――と俊一郎は、こんな状況にもかかわらず苦笑した。

「百二十度です」

そこへ新恒が、手帳を差し出してきた。頁には黄道十二宮の十二の星座が、天球を表

現する円と共に書かれ、牡羊座から見て射手座が百二十度に位置することが、一目で分かるように記されていた。

「間違いありません」

俊一郎が認めると、彼よりも先に新恒が石筍に手をかけた。素早く「一」と「二」と「〇」と、最後に「五重塔」を押す。

がきんっ。

一階のときと同じ物音が辺りに轟き、ずんっと石筍が沈みはじめた。

「曲矢主任、先導して下さい」

新恒に促されて、曲矢が開いた扉から入り、螺旋階段を上がる。ついで祖母、そして俊一郎と続いたあと、

「ここは私が、死守します」

螺旋階段の上がり口に立ったまま、新恒が宣言した。

「な、何を言ってる？」

曲矢が慌てて下りようとしたものの、祖母と俊一郎が邪魔で、まったく身動きがとれない。

「死者たちの動きは遅いとはいえ、このままにしておけば、いずれ上階にも上がってくるでしょう。上には上で、きっと別の脅威が待ってるはずです。二階の危機は、ここで食い止めるべきです」

「しかし警部、やつらの数が――」

「弦矢君の六蠱の軀の謎解きは、死者たちを斃す役に立ちます。ここは私だけで、大丈夫です」

「いいや、そんなこと――」

「曲矢主任、命令です」

大声ではなかったが、凜とした新恒の声音が、階段室に響いた。

「愛染様と弦矢君を、無事に上階までお連れすること」

「…………」

「いいですね」

「…………」

「曲矢主任、復唱は？」

「はっ！」

せまくて身動きのとれない螺旋階段で、曲矢は敬礼をしながら、

「新恒警部の命を受け、愛染様と弦矢俊一郎を無事に上階まで、この曲矢が必ず送り届けます」

「よろしく頼みます」

そう言ったあと新恒は、迫りくる死者たちに対峙した姿勢で、もう二度と後ろはふり返らなかった。

「警部の上着のポケットに、これを入れてくれ」

曲矢から祖母、祖母から俊一郎に渡されたのは、拳銃の予備の弾だった。

「警部、ここに予備の弾を入れます」

俊一郎の呼びかけに、新恒は軽くうなずいた。

「新恒警部さん……」

祖母が声をかけ、さらに俊一郎も何か口にしようとしたが、結局そのままになってしまった。今は一刻も早く上へ進むことが、新恒に応える何よりの行動だと分かっていたからである。

螺旋を描く階段室内には、これまで以上の重苦しい空気が漂っていた。もはや曲矢も軽口をたたかない。ただ黙々と階段を上がるだけである。

「三階だ」

踊り場に着いた曲矢が、扉を前にして告げた。

「俺は時計回りで、お前は愛染様といっしょに反時計回りで、それぞれ反対側の扉まで進む。その間に、おみくじクッキーを見つけ、この階で出る化物が何かを知る。でもってお前は、その化物の弱点をとっとと推理する」

「簡単に言うな」

「一階では、十三の呪の黒虫。二階では、六蟲の軀のゾンビ。どっちもお前だけが察したんだから、この階も大丈夫だろ」

何の気休めにもならなかったが、曲矢の口から出ると、どうにかなるか——と思われてくるのだから不思議である。

「よし、行くぞ」

曲矢が扉を開けて、さっと外へ出た。すかさず祖母と俊一郎も続く。しかし塔の三階に着いたというのに、その場に三人は佇んでしまった。

「……なーも、ねぇな」

「うん。何もない」

目の前に広がるのは、ただ床だけである。その先には壁と、明かり取りの穴があるだけで、上部は天井が覆っている。

「油断すんじゃねぇぞ」

曲矢は注意してから、柱の向こうへ消えた。

「祖母ちゃん、行こう」

俊一郎は先に立つと、背後の祖母を気遣いつつも、柱を回りはじめた。

だが、その柱にも、床にも、壁にも、天井にも、変わったところは少しもない。窓代わりの穴から射しこむ薄暗い光によって、組み合わさった石たちが鈍く息づいているだけである。

「……おる」

ところが、いきなり祖母がつぶやいた。

「……何が？　どこに？」

俊一郎は大いに焦ったが、祖母は壁のほうに鋭い眼差しを向けるばかりで、それ以上は何も言わない。

「……祖母ちゃん？」

どう見ても具合が悪そうなため、一刻も早く四階に進まなければ……と俊一郎が考えていると、

「おい、あったぞ！」

行く手から曲矢の、うれしそうな声が聞こえた。

「おみくじクッキーか」

まさかと思いながら急ぐと、「五重塔」の石筍の前に曲矢がいて、その上部を指差している。

見ると石筍の上に、ちょこんとおみくじクッキーが、確かに載っていた。

「いくら何でも――」

とはいえ俊一郎が、手に取るのを躊躇っていると、

「……やっぱり、罠か」

発見の喜びは早くも去ったのか、今では曲矢も疑いの顔である。

「……きよる」

すると祖母が、二人を護るかのように、その前に立った。

何が――と俊一郎が再び訊くよりも先に、もやもやっと壁の辺りが霞み出して、白い霧のようなものが発生しはじめた。

「毒ガスか」

曲矢が上着の袖で口元を覆い、急いで祖母を下がらせようとした。だが祖母は、頑として動かない。

そのうち霧が、たちまち濃くなり出した。あっという間に濃霧となって、壁全体を覆ってしまった。

……べちぃ、ずずるっ。

そして霧の中から、身の毛がよだつ物音が聞こえてきた。毒ガス以上に怖くておぞましいものが、徐々に姿を現し出した。

「げっ……」

それを目にしたとたん、俊一郎は震えた。

「な、何だ、あれ？」

さすがの曲矢も、それを見て声が裏返っている。

もっとも真っ白な霧の中で蠢いているものが、はっきりと見えるわけではない。なぜなら霧に融けこんでいるかのように映るからだ。ただし、じっと目を凝らしているうちに、少しずつ輪郭が分かってきた。

白くてぶよぶよした、力士くらいの大きさで、そこに触手のごとき手足が生えている。

その巨体に比べると、なんとも細く思えるのだが、ぬうっと霧を纏って伸びてきた腕の先には、さらに十数本の小さな触手が蠢いていた。しかも十数本の触手の先には、また別の小さな十数本の触手がある。すべての触手の内側に、黄ばんだ歯のようなものが、ずらっと無数に並んでいる。しかも歯の間には、まるで食べかすに見える付着物が点々と認められ……。

「あれはいったい、何なんだ？」

　曲矢の問いかけに、ようやく俊一郎は答えた。

「……これは『八獄の界』事件のとき、俺たちが飛ばされた異界で遭遇した、蛞蝓(なめくじ)人間の化物だよ」

「な、蛞蝓、人間！」

「あの触手が、ある人物の頭部に巻きついたあと、ずるっと頭の皮すべてを引ん剝(む)くのを、俺は目の当たりにした……」

「じょ、冗談じゃねぇぞ」

　曲矢が叫んでいる間にも、ずるずるずるっと蛞蝓人間は、一体、二体、三体……と姿を現している。そして床に触手の足を這(は)わせながら、三人に迫っていた。

　二階の死者たちであれば、その間を巧みにすり抜けて、まだ逃げ回ることができたかもしれない。だが蛞蝓人間には、しゅるるっと伸びる触手があった。あれに捕まったら、もう最後である。

ぱん、ぱんっ。

曲矢が拳銃を連射した。だが効いているのかいないのか、さっぱり分からない。

ぱん、ぱん、ぱんっ。

いくら撃っても、相手の動きが少しも止まらない。なおもこちらへ進んでいる状態を見る限り、これは効果がないと考えるべきだろう。

「愛染様、ここは危険です」

再び曲矢は、祖母を下がらせようとしたが、

「おみくじクッキーを、早う確かめなさい」

そう叱咤されて、慌てて石筍の前まで戻り、そこでクッキーを割って紙片を取り出した。そして――、

「な、何ぃぃ？」

と驚愕したあと、とほうに暮れた顔で、俊一郎に差し出した。

黒術師の生年月日。

紙片には、そう記されていた。これには俊一郎も度肝を抜かれた。正体不明の相手の生年月日など、誰にも分かるはずがないではないか。

「何とありましたんや」

祖母に催促されて、俊一郎は仕方なく読み上げた。

「……そうですか」

すると祖母は、ようやく彼らのところまで下がって、何の躊躇いもなく次々と石筍を押しはじめた。

「ちょ、ちょっと、祖母ちゃん――」

「愛染様！」

俊一郎だけでなく、曲矢も大慌てである。

だが最後に、「五重塔」の石筍を押したとたん、

がきんっ。

お馴染みの物音が辺りに轟き、ずんっと石筍が沈み出した。

「ど、どうして、知ってるんだ？」

祖母は何も答えずに、有無を言わせず俊一郎と曲矢を、扉の向こうに押しこんだ。とても具合の悪い年寄りの力とは思えないほど、それは物凄く強くて、また確固たる意志が感じられた。

「あの化物どもは、わたしゃが食い止めます」

俊一郎も曲矢も一瞬、絶句した。

「ば、莫迦なこと――」

「愛染様、いけません」

　そこから二人は、口々に叫んだのだが、

「しゃらぁっぷぅ！」

　なぜか日本語発音の英語「Shut up」が返ってきて、その意外性とかなりの権幕に、二人とも口を閉じてしまった。

「拳銃が効かん以上、曲矢刑事の手には負えません。かといって俊一郎にも、どうにもできん。あれを止められるんは、わたしゃしかおらんことになる」

「ほんとに？」

　俊一郎が心配そうに尋ねると、

「わたしゃを、誰や思うてますんや」

「後期高齢者の、我がままな、妄想癖のある、厄介な年寄りだろ」

「それは否定できんか」

「認めんのかよ」

「けど、他にもあるやろ」

　俊一郎は一拍、間を空けてから、

「日本一の、いや世界一の、拝み屋でもある」

「せやから大丈夫やと、あんたも分かるはずや」

　とはいえ今は、体調が決して万全ではないことも、また事実だった。

「けど、祖母ちゃん……」

「この子は、情けない声を出すんやない」

「けど……」

「泣きなさんな」

祖母はハンカチを取り出すと、それを俊一郎の両目に当てながら、

「お前には、黒術師を斃すいう使命がある」

「………」

「何のために、城崎さんと唯木さんは、犠牲にならはったんや」

「………」

「何のために、あの人と新恒警部は、あとに残らはったんや」

「………」

「すべてはお前を、黒術師のところへ行かせるためや。そうやろ」

「……うん」

「ええか。しゃんとしなさい」

そう叱咤しながら祖母は、懐から一枚の御札を取り出して、

「これを黒術師の、眉間に貼りなさい。間違いのう効果があるから、絶対に失くさんようにして、しっかり持っておくこと。ええな」

それから祖母は、じっと俊一郎を見つめて、

「黒術師の正体が何者でも、そんなことは関係ない。あれは斃さんとあかん、そういう

存在なんや。ええか、ようお聞き。お前が弦矢俊一郎であることが、こっちの最大の武器になる。そのことを忘れんように、心してかかるんやで」

祖母はぎゅっと孫を抱きしめたあと、

「曲矢さん、俊一郎の友だちになってくれて、ほんまにありがとうございます。これからも、よろしくお願いします」

深々と曲矢に頭を下げた。

「恐縮です」

そう返礼するのが、曲矢も精一杯らしい。

「さぁ、行きなさい」

祖母に促され、俊一郎は曲矢と共に螺旋階段を上がった。最後に目にしたのは、すっくと化物に立ち向かう凜々しい祖母の、そんな後ろ姿だった。

二人は黙々と進んだ。どちらも何もしゃべらない。

やがて踊り場に着く。

「扉から出たら、俺は時計回りに、お前は反時計回りに、柱の反対側まで行く。その間に、おみくじクッキーを見つける。いいな」

曲矢はそう言ったあと、

「もし化物に出くわしたら、大声で叫べ」

「曲矢刑事も」

「俺は自分で、どうとでもする」

彼は拳銃を見せてから、さっと扉を開いた。

素早く四階へ出て、左右に分かれたところで、二人は立ち止まった。

「ここも、なーもねぇぞ」

三階と同様、目に入るのは床と壁と天井ばかりである。

「また霧が出て……ってことじゃねぇよな」

「同じ手は、どうやら使わないみたいだけど――」

俊一郎は応えながらも、過去の事件をふり返っていた。なぜなら四階に到達するまでに、黒術師が用意した脅威は、すべて過去の事件に関する忌まわしい存在ばかりだったからだ。

きっと、この階も……。

そう考えるのだが、何が待ち受けているのか、まったく見当もつかない。

「気をつけろ」

柱の向こうに消える曲矢を見送ったあと、俊一郎も歩き出した。

床、壁、天井、柱と、つねに目をやりながら進む。そのため歩みは、どうしても遅くなる。しかし、まったく何もない。本当に何も、目につかない。

どういうことだ？

用心しながらも首をかしげつつ、柱を半周したときである。

「うわっ!」

思わず声を出していた。

「おい、これって……」

柱に見える扉を背にして、ぬぼうっと突っ立っているそれの向こう側には、曲矢の姿があった。

「……うん。『五骨の刃』事件の、ホラー殺人鬼だよ」

あれは摩館市の無辺館で行なわれた〈恐怖の表現〉展のパーティ会場に、異様な恰好をした侵入者が現れ、いきなり殺戮をはじめた事件だった。

この事件の犯人は、映画「ハロウィン」の殺人鬼マイケル・マイヤーズの頭髪つきの白いマスクを被り、「13日の金曜日」のジェイソン・ボーヒーズのトレードマークとなった、アイスホッケーのゴールキーパーが用いる顔面用のプロテクターをつけ、「悪魔のいけにえ」のレザーフェイスもどきの衣装を着ていた。マスコミは〈ホラー映画の殺人鬼に扮した殺人鬼〉ということで、この犯人を〈ホラー殺人鬼〉または〈仮装の殺人魔〉と呼んだ。

それと同じ姿をした大柄な人物が、五階に通じている扉の前で、正面を向いたまま突っ立っている。ただしホラー殺人鬼と違うのは、そいつの左右の腰には、手斧と山刀が下げられていることだった。

「こいつ、ぴくりともしねぇぞ」

　ゆっくりと曲矢が、新たなホラー殺人鬼の正面へと回りこんだので、俊一郎も同じように動く。

「扉に近づかない限りは、きっと大人しいんだよ」

「そんなことが、なんで分かる？」

「よく見ろ。すでに石筍（せきじゅん）がセットされてる」

　俊一郎の言った通り、十一体の石筍は最初から床に沈んでいた。扉こそ閉まっているものの、その鍵（かぎ）を開ける必要はなさそうである。

「つまり、こいつは……」

「扉の番人ってわけだ」

「黒術師のやつ、数字の謎かけのネタが、もうつきたのか」

　曲矢は大いに皮肉ったが、

「おみくじクッキーの謎解きのほうが、こいつを扉の前から排除するより、はるかにましじゃないか」

　そう俊一郎が返すと、ぶすっとした顔になった。

「ホラー殺人鬼を目覚めさせずに、どうにか扉を通れないかな」

「んなことが、できんのか」

「扉との隙間は……あまりないか」

「おいおい、扉は外開きだろ。こいつが邪魔で、絶対に無理だ」

「かといって、これとまともにやり合っても……」

するとは曲矢が、ホラー殺人鬼の額の辺りに、ぴたっと銃口を定めながら、

「こいつの相手を俺がしてる間に、お前は扉を開けて、先に進め」

「拳銃が通用するかは――」

「ああ、分かんねぇから、出たとこ勝負だ」

「そんな――」

「いいか。こいつが動き出して、俺に向かってきたら、お前はすぐに扉を開けて、五階へ急げ」

「けど――」

「最悪の場合、実は扉には鍵が下りてて、お前がどうにかする必要がある――って展開も、相手が黒術師なら考えられるからな」

「まさか――」

「じゃねぇよ。そういう先を読むのが、探偵だろが」

曲矢は苦笑したあと、再び真面目な顔になると、

「ぐずぐずすんじゃねぇぞ。こんなやつの相手、俺は平気だけど、駿作先生も、新恒警部も、愛染様も、どこまで持つか分からねぇ。もしも突破されたら、わらわらと下の階から、黒虫や死者や蛞蝓人間なんかが、上まで追ってくるかもしれん。そうなる前に、お前は黒術師を斃すんだ」

「………」

「おい、分かってんのか」

「……うん」

「ほんじゃ、おっぱじめるか」

と口にすると同時に、曲矢は拳銃を撃った。

ぱんっ。

銃弾は見事に、ホラー殺人鬼の眉間(みけん)に当たったのだが……。

そのお陰で覚醒(かくせい)したかのように、やつは急に動き出して、曲矢に向かってきた。

ぱんっ。

再び発射音が響き、今度はホラー殺人鬼の胸にヒットした。だが相変わらず、やつの動きは止まらない。

かち、かちっ。

弾切れの音がしたあと、

「行けぇぇ！」

曲矢の心からの叫びが、俊一郎を奮い立たせた。

扉まで駆け、ノブに飛びつき、それを回す。

頼む、開け！

がきっ。

鈍い物音と共に、扉が手前に動いた。

俊一郎が螺旋階段を上がる前に、目にした最後の眺めは、ホラー殺人鬼に背負い投げをしかけている曲矢の雄姿だった。

祖父ちゃん、新恒警部、祖母ちゃん、曲矢刑事――。

心の中でくり返し呼びかけながら、俊一郎は螺旋階段を駆け上がろうとした。だが実際は両足が丸太のように重たく、一段ずつ上がるのがやっとである。みんなのためにも一刻も早く……と焦れば焦るほど、片足を上げるのが辛くてたまらない。

……くそっ。

それでも俊一郎は一歩ずつ、必死に螺旋階段を上がっていった。

しかし皮肉にも、この蝸牛の歩みが幸いした。いきなり頭がつかえて、そこから先に進めなくなったからだ。もしも全速で駆け上がっていたら、頭頂を強く殴打していただろう。

ただ、そう思って安堵したのも束の間だった。

これまで螺旋階段の終わりには、必ず踊り場があって、そこに扉が存在した。その扉を開くことで、上階へと進めた。

ところが、今は踊り場も扉もない。まったく突然、螺旋階段が終わってしまった。頭上を手探りしても、鉄製と思しき天井しかない。よく分からないのは、ほとんど明かりが射しこんでいないせいだ。

まさか……この塔自体が、実は罠だったのか。

はじめから上がれるのは四階までで、黒術師がいる最上階に入るためには、見晴らし台の五階から行く必要があったのではないか。祖父が言っていたことに、塔の最上階に至るヒントがあったのだとしたら……。

ここから戻るしかないのか。

あまりの絶望感から、俊一郎は気分が悪くなった。

……いや、早計だ。

彼は冷静になろうと努めた。

もっと隅々まで、ちゃんと調べるべきだ。

頭上を覆う鉄の天井に、彼は両の掌を這わせて、あちこちを探り出した。すると右手が、すっぽりと入る穴を見つけた。それは横長の穴で、あたかも取っ手のように感じられる。

……これか。

俊一郎が押し上げると、しばらく抵抗したあと、がきっ……という鈍い物音と共に持ち上がった。

恐る恐る顔を出すと、それまでの階と同じく円形の部屋が見えた。唯一の違いは、中心の柱がないことである。

それともう一つ。壁の手前に、いくつもの椅子が、ぐるっと円を描くように並べられている。

　この椅子は……。

　何なのだ――と思いながら俊一郎は、螺旋階段を上がり切って五階の床に立ち、反対側をふり返って、ぎょっとした。

　そんな椅子の一つに、黒いフードをまとった人物が座っている。

　……黒術師。

　その場で固まりそうな両足を、彼は無理に動かした。しかし歩けたのは、螺旋階段と椅子の中間辺りまでだった。それ以上は、どうしても近づけない。

「ようよう会えたな」

　頭部を被ったフードの中から、妖婆のような声が聞こえた。

「……お、お前が、黒術師か」

　こっくりとフードがゆれてから、

「もっと近うに、お出で」

「……ここで、いい」

　すると、ふふっ……と笑う気配がして、

「恥ずかしがりやなんやねぇ」

　かあっと俊一郎の両の頬が朱に染まり、羞恥だけでなく怒りを覚えた。

「フードをとって、か、顔を見せろ！」

「そうやね。せっかく会えたんやから――」

黒術師は両手をフードにかけると、ふわっと上げた。

「…………」

そこに現れた顔を見て、俊一郎は絶句した。

「…………」

なんとか口を開こうとするが、言葉にならない。

「…………」

ようやく発することができたのは、

「……ば、祖母ちゃん？」

という疑問だらけの問いかけであり、それと同時に強烈な頭痛に見舞われ、深い深い闇の底の底へと、ずううんっっっ……と彼は沈んでいった。


そのとき俊一郎は、五歳だった。当時は関西のある地域で、両親と二階建ての一軒家に住んでいた。

彼が生まれる前に、父方の祖父母は亡くなっている。そのため「お祖父ちゃん、お祖母ちゃん」と言えば、奈良に住む母方の二人を指した。祖父は正直やや近寄りがたい雰囲気が漂っており、少しだけ苦手意識があった。でも祖母は優しくて面白く、とにかく大好きだった。

ところが、なぜか母親は、自分の実家を避けている節がある。俊一郎を連れていっても、早々と帰りたがる。祖父といっしょにいる分には、さほど母親も嫌な顔はしない。しかし祖母と遊んでいると、何とも言えぬ不安そうな表情になる。

「この子に、怖い話を聞かせんといて。寝られんようになる」

祖父に対しては、その程度の小言だったが、

「この子から変な力を、引き出すようなまねは止めて」

たいてい祖母には、可怪しな文句を言っていた。

「わたしゃが引き出すんやない。この子が生まれながらに、もう持ってるもんや」

しかし祖母は、いつも諭すように返した。

「それを放っておいたら、将来この子が苦労する。今から訓練して、少しずつ慣れていかんとならん」

「そうやないやろ。お母さんが余計なことするから、この子に変な力がついてしまうんやない」

二人の会話は月日が経つほどに、さらに嚙み合わなくなっていった。その内容を当時の俊一郎が、完全に理解していたとは言えない。それでも、おおよその意味はつかめていた。

つねに言い合いをしている、そんな印象しかない母親と祖母だったが、あることに関しては珍しく二人の意見は一致していた。

裏庭の塚に近づいてはならない。

普段は優しい祖母も、この塚に対してだけは、かなりきつい口調で注意した。そして母親は、この塚をそれはもう異常なほど忌み嫌った。親子で実家を訪れているとき、俊一郎が近づいていないか、四六時中ほとんど注視するほど、母親は塚を忌避していた。

やがて、実家に行く回数が減り出した。祖母は電話をかけてきて、二人を呼ぼうとしたようだが、たいてい母親が断った。仮に承知の返事をしても、その日になると止めてしまうか、近所の仲の良い家に俊一郎をあずけて、自分だけで行くかだった。

こうして母親は、祖父母との間に距離を置いた。母親の実家と疎遠だった父親は、この件に最初から関わらなかった。いや、そもそも母親と祖母の関係が可怪しくなっていることに、おそらく父親は気づいてもいなかったのだろう。

祖父母にまったく会えない、そういう日々が続いた。

そんなとき、父親の留守が長引いていることに、ふと俊一郎は不安を覚えた。「お仕事で出張中」だとは分かっているが、それにしては長過ぎないか。ここまで長期の出張は、今までなかったのではないか。

そう母親に訴えると、

「何を言うてるの。お父さんなら、もう帰ってるやない」

母親は笑いながら、二階へ上がった。疲れて寝室で寝ているらしい、父親を呼びに行ったのである。

たちまち俊一郎は後悔した。出張で疲れて帰ってきて、ゆっくり寝ている父親を、自分のために母親が起こしてしまう。

また寝るように、お父さんに言おう。

彼はそう決めたが、二階から下りてきた父親は、特に疲れた様子も見せずに、いっしょに遊んでくれた。

「かくれんぼするか。お父さんが鬼になる」

父親は玄関へ行って、そこで三十まで数えはじめた。

「いーち、にーい、さーん……」

ダイニングとキッチンで、俊一郎は隠れ場所を探した。しかし、満足できるところがない。

「じゅういち、じゅうに、じゅうさん……」

それから和室に入ったが、とたんに淋しさを覚える。祖父母が来たとき、ここに泊まったことを思い出したからだ。

「にじゅう、にじゅいち……」

もう時間がない。和室は押入れしかなく、すぐに見つかりそうである。

「にじゅさん、にじゅし……」

俊一郎は足音を立てないように、でも急いで階段を上がった。そうして両親の寝室に入ると、母親が使っているクローゼットの中の、洋服かけの裏側に潜りこんだ。それもコート類の裏を選んだので、完全に身体を隠すことができた。

「にじゅしち、にじゅはち……」

じっと耳をすますと、かすかに父親の声が聞こえる。

「にじゅく、さんじゅう」

それが止んで、しーん……とした静けさが、家の中に満ちた。

俊一郎を捜すために、今にも父親が動き出す。そう思っていたが、いつまで経っても物音一つしない。

……何してるんだろ？

彼は不思議でならなかった。こちらが物音を立てないか、聞き耳を立てているのかと考えたが、それにしてはあまりにも長い。

……まさか、寝ちゃったとか。

やっぱり父親は疲れていて、三十まで数え終わったところで、ふいに眠りこんだのかもしれない。だとしたら起こしにいって、ちゃんとベッドで寝るように、そう注意するべきだろう。

……ばた、ばたっ。

そのとき階下で、妙な物音がした。鳥の羽ばたきのような、そんな音である。

キッチンかな？

俊一郎が音の出所を想像していると、

……かっきん。

またしても変な物音がした。今度は風呂場のようである。

……くうっっ、くうっ。

次はダイニングのようで、

……ずっさ、ずっさ。

それから和室に移動したらしいのだが、いったい何の物音なのか、いくら考えてもさっぱり分からない。

……たん、とたんっ。

その訳の分からない物音が、とうとう階段を上がりはじめた。

……かりり、かりかりっ。

しかも上がるたびに、いちいち異なる響きになる。とても階段を上っている音には聞こえないのに、間違いなく一段ずつ上がっている。

……お祖母ちゃん。

いつしか彼は、祖母に強く助けを求めていた。

……した、ひた、びたっ。

それは階段を上り切って、二階の廊下を歩きはじめた。

こっちに、来る……。

やがて寝室の扉が、すうっと開く気配がした。

入って、来た……。

室内をうろついているのが、はっきりと感じられる。

……ぎっと、ぎぃぃっと。

でも、どうして変な物音が鳴るのか、まったく見当もつかない。

がちゃ。

クローゼットの扉が、いきなり開いた。

……んんぅぅん。

息遣いのような震えが、辺りに響く。

……んんぅぅ、んんぅぅん。

それが洋服かけに近づいてきて、さぁっとコート類が左右に分かれ、ばぁっと顔が突き出された。

「うわぁぁぁん」

思わず泣き出した俊一郎に、父親が笑いながら声をかけた。

「どうした？　怖かったんか」

そうして両の掌で、彼の両の頬を流れる涙を、そっと優しくふいてくれた。

しかし、そこからが妙だった。両手を彼の頬骨に当てると、その幅を維持するように、自分の口元へ持っていったからだ。

そこから父親の口が、ぐわぁぁぁっと左右に広がりはじめた。両手が作り出している幅まで、ひたすら口が裂けていく。そして次は上下に、がばぁぁっと口が大きく開きはじめた。彼の頭を丸のみできるくらいまで……。

お父さんも、こうやってのみこまれたんや。

そう俊一郎が悟ったのは、とてつもない大きさに口が開いていくうちに、父親だったはずの顔が、少しずつ母親へと変化したためだ。

だが今は、その母親の顔さえ見えない。

目の前にあるのは、ぎっしりと何百本も並んだ歯の群れと、蛞蝓のように蠢く朱色の舌と、まるで洞窟のように映る真っ赤な口の中だった。

……ぱぁくぅっ。

この口の中に、すっぽりと頭部を喰われたところで、俊一郎は意識を失った。気がつくと祖父母の家にいて、それから二人に育てられた。

目覚めたとき彼は、きっと祖母が助けてくれたのだと思った。その方法は分からなかったが、こうして無事でいるのが、何よりの証拠だと確信した。

――という幼少時の忌まわしい記憶が、完全に封印されていたらしい。

それが今、どっと脳内にあふれ出すように、まざまざと甦ったのである。

「何を思い出した？」

黒術師に訊かれ、

「……かくれんぼ」

まるで当時に戻ったかのように、幼い口調で答えた。

「あぁ、あんときの――」

懐かしそうな様子を見せたあと、黒術師は意外にも微笑んで、

「あんたは、可愛かったなぁ」

しみじみと俊一郎を見やってから、

「大きゅうなったな、俊一郎」

えっ……。

その言葉の意味を悟るよりも先に、俊一郎は合理的な推理によって、この回答を導き出していたのかもしれない。

なぜ黒術師を、祖母だと勘違いしそうになったのか。

それは祖母とそっくりな容貌(ようぼう)をしていたからである。

では、そんな容姿になる可能性のある人物は何者か。

「……か、母さん？」

まったく彼は無意識に、そう相手を呼んでいた。

「あぁ……」

その瞬間、黒術師は歓喜の息を吐き出し、満面が笑みになった。

「俊一郎に、やっと会えた……」

そこで彼は、ようやく我を取り戻した。

「……ち、違う」

「何が、違うんや」

「お前は、母親などではない」

「何を言うてますのや。私がお腹を痛めて、あんたを産んだんです」

「……だとしても、それは生物学的な意味での母親であって、子供を育み育てるという存在の母親ではない」

「生まれてから五歳までの記憶が、ちゃんとありますのか。赤ん坊からその歳まで、私が苦労して育てたいうのに……」

「だったら、なぜ五歳で放棄した」

するとと黒術師は、ぞくぞくっと背筋が震えるような、妖艶ながらも物凄く壮絶な、にやぁぁ……という笑みを浮かべて、

「あれに魅せられて、もうたからですわ」

「……あれ？」

「いえ、魅入られた、言うべきでしょうなぁ」

「あれって、何だ？」

「奈良の家の裏庭にある、あの塚に決まってるやないですか」

黒術師は呆れたように答えてから、

「あの塚には、あんたのお祖母さんが封じこめた、ぎょうさんの魔の物がおる。せやけど、あいつらは複数でありながら、あれいう単数でもある」

「いっしょに封じられたせいで、一つの集合体になったってことか」

「まぁ簡単に言うたら、そうなりますかな」

「それに魅入られる羽目に、どうしてなった？」

「ほっほっほっほっほっ」

いきなり黒術師は、甲高く声をあげて笑い出すと、

「ほんまに親の心子知らずとは、よう言うたもんです。あんたが余計な能力を、お祖母さんから受け継いだせいで、そういう魔物に魅入られる危険があったから、あの家にいるときは、私が塚を見張ってたんやないですか」

「まさか……」

思わず俊一郎はつぶやいた。

「木乃伊(ミイラ)取りが木乃伊になった……のか」

「そうみたいですな」

しかし黒術師の口調は、まるで他人事(ひとごと)である。

「祖父(じい)ちゃんと祖母ちゃんの言ってた、あの塚に関する悍(おぞ)ましい出来事……って、そのことだったのか」

「二人とも、悔やんでたみたいですなぁ」

やっぱり他人事らしい。

「祖父ちゃんと祖母ちゃんは、お前の正体を……」

「最初は分からんかったようやけど、そのうち察したんやありませんか」

そういう雰囲気が確かに、いつのころからか二人にはあったように思える。

「私が自分の正体を打ち明けたんは、小林君くらいです」

「……やっぱり、そうか」

「ほうっ、分かってたんですか」

「彼の意味有り気な、俺に対する接し方から、もしや……とは考えた。それを飛鳥信一郎さんは、いち早く見抜いたみたいだったけど――」

小林君は黒術師の正体を知っていたからこそ、津久井がそうだったと俊一郎が指摘したとき、あれほど驚いたのだろう。俊一郎の母親にしては、きっと年寄り過ぎるからである。

「祖母ちゃんのような容姿になったのは、呪術の影響か」

「あれは心身ともに、えろう消耗しますからな」

「そうまでして呪術による連続殺人事件を、なぜ起こし続けた？　そもそもお前は、いったい何がしたいんだ？」

「我が子のあなたと、私は遊びたかった。それ以外の何がありますのや」

当然のように黒術師は答えたが、俊一郎は何も返せない。

「せやけど奈良の家で、祖父母と暮らしてる間は、さすがに手出しできんかった。けど上京して、あんたは探偵事務所を開いた。ようやく好機が巡ってきたと、私は喜びました。これで俊一郎と、いっしょに遊べる。それに事件を起こすことで、あんたに仕事を斡旋できるやないですか」

「なっ……」

俊一郎は絶句した。

そんなことのために、何人もの犠牲者が出たというのか……。

しかし、最初に担当した「十三の呪」事件をふり返ると、確かに黒術師の言う通りだったことが分かり、彼は戦慄した。

「けど、そのお遊びも、もうお終いです」

どこか気怠そうな様子で、黒術師は続けた。

「あとは俊一郎をこっちへ呼んで、親子水入らずになるだけです」

「……こっち？」

「ええ」

「……呼ぶ？」

「そうです」

「勝手なこと言うな」

祖母から渡された御札を、俊一郎は取り出すと、

「俺の使命は、お前を斃すこと。それだけだ！」

「そんなら顔を合わしたときに、さっさとやるべきやったね」

黒術師は嗤いながら、彼の後ろを指差した。

反射的にふり返った俊一郎の、その両の眼に飛びこんできたのは、何とも奇態な存在だった。

無数の黒虫と蘇った死者と蛞蝓人間とホラー殺人鬼を合わせて交ぜたような、そんな物体が螺旋階段の側に立っていた。たった今、階下から上がったきたかのように、ぬぼうっと佇んでいる。

「一階に残ったお祖父さんも、二階の新恒警部も、三階のお祖母さんも、四階の曲矢主任も、これらを完全に阻止することは、できんかったみたいやね。せやから残ったもんらが集まって、こないな化物になってもうたわけや」

黒術師は少し間をおいてから、

「念のために言うとくと、逃げるいう手もないからな。あれが上がってきた螺旋階段は、あんたが過去の記憶を取り戻しとった間に、とっくに崩れ去っとる。今そこにあるんは、地獄の底にまで落ちこんだ穴だけや」

「…………」

「どないする？　あの化物を斃すためには、その御札を使うしかないで」

「…………」

「私は、どっちでもよろしい。あんたが化物に捕まるのを待ってから、私が手を下そうと。あんたが化物を退治するんを待ったあと、私が呪術で捕らえてから、ゆっくり手を下そうと。要はこっちへ来てくれさえしたら、ええんやから」

次の瞬間、俊一郎は駆けた。

あの化物から自分までの距離と、自分から黒術師までの距離は、ほぼ同じである。だったら化物が迫ってくる前に、黒術師の額に御札を貼ればいい。いきなり動けば、きっと黒術師も呪術をしかける暇がないだろう。そういう判断を彼は、ほんの刹那で下した。

俊一郎が三、四歩ほど、前へ駆け出したときである。

ぐいぃぃ。

突然、右足を何かにとられて、彼は転んだ。両腕と胸に痛みを覚えながらも、とっさに足元を見やると、右足首に化物の触手が巻きついている。

くそっ、蛞蝓人間か。

その触手が急に、しゅるしゅるしゅるっと縮み出して、床の上を化物のほうへと、俊一郎を引っ張りはじめた。

まずい、このままでは——。

化物に捕まってしまい、嫌でも御札を使わざるを得なくなる。だが、そんなことをすれば、もう黒術師は絶対に斃せない。しかし、ここで化物に負けても、結局は同じではないか。

どうしたら……。

俊一郎が圧倒的な絶望を覚えながら、なす術（すべ）もなく床の上を引きずられていたときである。

さっと猿（ましら）のごとく小さな影が、彼の足元を右から左へと跳んだのが見えたと思ったら、ぶちぃぃと化物の触手が切れた。

えっ……。

思わず左手に目をやって、さらに彼は驚いた。

ええっ！

そこに鯖虎猫（さばとらねこ）の僕が、すっくと立っていたからだ。

「……ぼ、僕」

にゃぁーーーーん。

僕が高らかに、鳴き声をあげた。

その勇ましい響きは、僕の友だちの俊一郎に、いったい何するねん——と叫んでいるかのようだった。

「この化猫は、まだ生きてましたんか」

黒術師の声が聞こえ、きっと俊一郎はふり返った。

「僕は、化猫なんかじゃない！」

「あんたは、まだ気づいてませんのか」

「な、何をだ？」

「車が大嫌いになって、乗れんようにまでなったんは、なんでです？」

俊一郎の問いかけに、質問で返してきた黒術師に、どうにも嫌な予感を覚えながらも、彼は答えた。

「俺が小さいころ、近所の仲の良かった猫が、車に轢かれたから……」

「そうでしたな。で、その小さいころに、あんたの唯一の友だちやったんは、どこの誰でした？」

「奈良の家にいた、もちろん僕だよ」

と当然のように口にしたところで、ざわっと俊一郎の心が騒めいた。

「可怪しいですな。あんたの唯一の友だちは、僕しかおらんかったはずやのに、近所には仲の良かった猫もおった、いうんは……」

「…………」

「つまり車に轢かれたんは、その僕やったんです」

「……ち、違う」

「当時のあんたは、今と同じで、死視の力しか持ってなかった。けど正直、未知数なところも多かったわけです。そんなあんたの力と、あの塚の力、そして何より僕の想いが合わさって、あの猫を蘇らせた」

「……う、嘘だ」

「そんなこと言うたら、僕が可哀想ですやろ。あの猫は、あんたが心配でたまらず、ああして還ってきたんやから……」

　いつでも跳びかかれるように、体勢を低くしながら化物を睨みつけている、そんな僕の姿を目にしながら、俊一郎は胸が熱くなる想いを抱いた。

「あの塚がからんだ場合、仮に蘇ったとしても、たいていは邪悪な存在になってしまうもんです。そういう意味でもあの猫は、まぁ特例でしょうな。ただし鯖虎やった身体に、なぜか白い部分ができてもうた。そこだけが生前の、あの猫とは違ってるとこやった」

「……そんな模様だけじゃなくて、僕はそもそも、お前とは違うんだ」

　心の奥底から絞り出すような声で、俊一郎は言った。

「何がです？」

「塚の影響を受けても、僕は変わらなかった。でもお前は、邪な存在になった。僕は蘇ってからも、俺の友だちでいてくれた。しかしお前は、俺の敵として現れた。僕の想いは、ずっと純真だった。けどお前の考えは、邪悪でしかなかった」

「……な、何も、知らんくせに――」

　黒術師の表情に、はじめて狼狽の色が浮かんだ。

「お母さんがどれほど、あんたのことを想うて……」

「その結果、何十人もが殺されたのにか」

　きっと黒術師の顔がきつくなって、

「そういう話は、あんたがこっちへ来てから、ゆっくり語り合えばええ」

「断る！」

「これからは俊一郎、親子水入らずで暮らせるんやで。子供のころに甘えられんかった分、私に――」

「僕といっしょに、俺は帰る。そして死相学探偵として、今後もやっていく。そのパートナーが、僕だ」

「まぁよろし」

黒術師は溜息をつくと、

「こっちへ来たら、あんたも変わるやろからな」

「誰が行くか」

黒術師が軽くうなずいたとたん、化物が真っ直ぐ俊一郎に向かってきた。

にゃぁぁっ。

すぐに僕が駆け出して、ぱっと跳び上がったかと思うと、たちまち化物の顔面を真横に切り裂いた。

しゅるるるっ。

化物の触手が伸びる。そのたびに僕が、さっと器用によける。前後左右にステップを踏んで、上手に回避し続ける。しかも、その間隙をぬって化物に跳びつき、顔だけでなく、腕、胸、腹、太腿とダメージを負わせていく。

よし、この間に。

俊一郎は例の御札を、黒術師の額に貼ろうとした。化物と僕に背を向けて、黒術師に駆け寄ろうとした。

ところが、伸びてきた触手を、ぱっと僕がよけたのに、その先が何本もの細い別の触手に枝分かれして、そのうちの一本が、がっしと僕を捕まえる光景を、いきなり目の当たりにしてしまった。

みゃぁぁぁっ。

僕の悲鳴に、俊一郎の足が止まる。

必死に逃れようとするものの、ぐいぐいと触手に締めつけられて、とても僕は苦しそうである。それに触手には、無数の歯があった。このままでは僕が嚙まれて、ついには喰われてしまう。

「僕ぅぅぅ」

俊一郎は叫ぶと、もう駆け出していた。

化物から僕を助けるためには、御札を使うしかない。そんなことをすれば、黒術師は斃せなくなる。でも、僕を見殺しにはできない。

みんな、ごめん……。

祖父、新恒警部、祖母、曲矢の顔が、次々と脳裏に浮かんだが、それを俊一郎はふり切るように、右手に持った御札と共に走った。

そして御札を、眼前に迫った化物の顔面に貼ろうとして、しゅるるっと右手を触手に巻かれてしまった。

くそっ。

慌てて左手で、その触手をもぎ取ろうとして、祖母からもらった数珠に、ようやく彼は気づいた。

これだ！

そのまま数珠を触手に当てると、ずるっと外れた。御札を仕舞い、数珠を右の拳に巻きつけてから、それを化物の顔にたたきつける。

ぐふっ。

という鈍い音と共に、化物の顔面が陥没した。

俊一郎は右の拳を引き抜くや否や、その凹んだ顔の穴の奥に、無理やりぐいっと数珠を押しこみ、さっと後ろに下がった。

すぐさま僕を見やると、ちょうど触手が解けるところだった。ぐったりと僕は横たわっていたが、よろよろしながらも何とか起き上がった。

一方の化物は、ふらふらっと後退している。とはいえダメージが、どれほどあるのか分からない。少なくとも倒れていないことから、やっつけたと安心できるレベルではないのかもしれない。

やっぱり御札を使うしか……。

俊一郎が再び、そう考えていると、
みゃう、みゅう。

僕の鳴き声が聞こえた。それは僕が、俊一郎に甘えるときの声だった。目を向けると、じっと僕が彼を見つめている。ふと脳裏に浮かんだのは、仔猫のときの僕の姿だった。仲良く遊んだ、当時の僕だった。

にゃーにゃ。

それから一声、僕は鳴くと、脱兎のごとく化物に向かって駆け出した。

「止めろぉぉ！　僕ぅぅ」

俊一郎も走り出したが、とても間に合わない。

だぁっ——と跳びあがった僕が、化物の顔面に体当たりをした。後退していた化物は、そのまま後ろ向きに倒れた。そして僕といっしょに、螺旋階段があった穴に、すっと落ちていった。

穴の縁に跳びついた俊一郎が、

「僕にゃぁぁぁぁん！」

と大声で呼んだが、もう何も見えない。

にゃーん。

という僕の返事が、真っ暗な穴の中で反響しただけである。いつまで経っても落下音が聞こえなかったのは、黒術師が言った通り、この穴が地獄の底まで続いているせいかもしれない。

「とうとう独りになったなぁ」

塔内に黒術師の声が、虚ろに響く。

「せやけどお母さんがいてるから、なんの心配もいらんよ」

「お前は、母親じゃない！」

俊一郎は叫びながら、右手に御札を持って立ち上がったのだが、

「ほれ、こんなにお母さんが、ぎょうさんいてるからな」

彼の目に飛びこんできたのは、壁際に置かれた全部の椅子に座っている、十数人の黒術師の姿だった。

「さて、どれが本物やろうね」

そう言われる通り、まったく見分けがつかない。どの黒術師に目を向けても、それが本人に見えてしまう。

俊一郎は最初に対峙した、その黒術師の前まで進んだのだが、

「はじめに会うたんが、私やったからいうて、今もそうとは限らんよ」

と嗤われたとたん、完全に自信がなくなった。

「むしろ最初に座っとった椅子からは、普通は離れるんやないか」

「こんなの、子供騙しの目晦ましだ」

ぐるっと周囲を見回しながら、俊一郎が叫んだところで、はじめに黒術師がいた椅子

から、約九十度右の椅子に座る黒術師の顔の両目が、ちらっと彼を見やったように映った。他の黒術師は正面を向いたままなのに。

そこか！

彼は心の中で声をあげながら、その黒術師の前まで駆けた。

「しくじったな」

そう言いながら御札を、目の前の額に貼ろうとして、自分の右手が頭部に深々と入る光景を見て、ぎょっとした。

「ふっふっふっふっふ」

「はっはっはっはっ」

「げらげらげらっ」

あちこちで黒術師たちが、いっせいに嗤い出した。

「ごめんなぁ。ちょっとあんたを、からかったんや」

どの黒術師が口を開いたのか、俊一郎は見極めようとしたが、どうしても分からない。いや、仮に突き止めたとしても、それは黒術師の罠かもしれない。

「ええ加減、あきらめなさい」

「勝つ見込みは、少しもないで」

「お母さんのとこへ、さぁお出で」

俊一郎は大きく息を吸い、ゆっくりと吐いた。そこから一人ずつ、黒術師と対面しながら歩き出した。

「いくら見ても、無理です」

「絶対に、分かりません」

「誰も、見破れんから」

黒術師たちは口々に、俊一郎に話しかけた。

「それとも一人ずつ、御札を試しますか」

「けど何人まで、私が大人しゅう見てますかな」

「そっちが本物に辿り着く前に、こっちは呪術をかけますで」

彼を精神的に追いつめる言葉を、ずっと口にしている。

「…………」

しかし俊一郎は無言のまま、椅子の前を回り続けた。

そして——。

「お前だ」

と言うが早いか、その黒術師の額に御札を貼りつけた。

「……な、な、なんで？」

「分かったのか——って言うのか」

きっと俊一郎は、黒術師を見つめながら、

「それは俺が、死相学探偵だからだ」

「えっ……」

「この中で死相が視えたのは、お前だけだったんだよ」

ぐらっ……と塔全体がゆれた。

「あああぁぁぁぁあっっっ」

頭が可怪しくなりそうな、激しく黄色い悲鳴が轟いたあと、十数人の黒術師は再び一人になって、それから急速に腐敗しはじめ、最後は大量の塵と化した。

黒術師の最期か……。

それを俊一郎が、しかと見届けたあと、がらがらがらっ……と黒術師の塔が崩壊をはじめた。

あとに残ったのは、もうもうと立ちこめる粉塵だけだった。

終　章

神保町の産土ビルに入る〈弦矢俊一郎探偵事務所〉の扉を、亜弓は期待をこめてノックした。

だが、相変わらず室内からは、まったく何の応答もない。

……まだか。

彼女は鞄から合鍵を取り出すと、慣れた手つきで扉を開けた。

お兄ちゃんは、一週間で帰る――って言ったのに。

いつものように事務所と奥の部屋の掃除をしつつ、兄たちが出かけてから十日以上も経つのに……と、亜弓の心はざわついた。

どこへ、何をしに行ったのか、もちろん彼女は知らない。ただ今回の外出は、これまでとは違う気がして仕方なかった。

掃除をしながら、まったく減っていない僕のご飯皿と水皿を見て、たちまち亜弓の顔が曇る。

僕にゃんも、まだ帰ってないんだ。

俊一郎が出かけたあと、二日目までは事務所にいたのに、三日目の午後に来ると、僕の姿が見えなくなっていた。最初は近所で遊んでいるのだろうと思ったが、それから一度も事務所に戻っていないらしい。

俊一郎さんが帰ってきて、僕にゃんがいなくなったと知ったら……。

どれほど嘆き悲しむことか――と思いつつも、ひょっとしていっしょにいるのではないか、という気も彼女はしていた。

けど、だったらお兄ちゃんは？

俊一郎の実家である奈良の家に、連絡することも考えたが止めた。なぜなら彼が出かけた翌日、ここの事務所気付で、亜弓宛てに段ボール箱が届いたからだ。

その中には、彼の祖父である弦矢駿作の、膨大な枚数の原稿が入っていた。でも彼女に宛てられた手紙には、「みんなが帰ってこなかったとき、この原稿を声に出して読むように」と記されているだけで、何のことか訳が分からない。

ただし、その手紙に目を通したお陰で、今回の外出は兄と俊一郎だけでなく、俊一郎の祖父母や新恒警部も同行しているらしいと、なんとなく察せられた。それだけで彼女は、ちょっと安心した。

もう少し待ってみよう。

だから、そう思うことができた。そのうえで、いつまで経っても誰も帰ってこなかったら、弦矢駿作の原稿を読もうと考えた。

前に俊一郎から聞いた奇妙な台詞（せりふ）を、ふと思い出したせいもある。

「祖父の原稿には、言霊（ことだま）が宿っている」

だから自分が声に出して読むことで、何か奇跡が起こるのではないか。

そうしたら……。

みんなに再び会えるような気が、亜弓はしていたのである。

九月上旬の暑さの厳しい昼下がり。一通の紹介状を持った依頼人が、〈弦矢俊一郎探偵事務所〉を訪ねる姿があった。

……にゃ。

この作品は角川ホラー文庫のために書き下ろされました。

死相学探偵最後の事件
三津田信三

角川ホラー文庫　22494

令和3年1月25日　初版発行
令和6年12月15日　再版発行

発行者――山下直久
発　行――株式会社KADOKAWA
〒102-8177　東京都千代田区富士見2-13-3
電話 0570-002-301(ナビダイヤル)
印刷所――株式会社KADOKAWA
製本所――株式会社KADOKAWA
装幀者――田島照久

●お問い合わせ
https://www.kadokawa.co.jp/（「お問い合わせ」へお進みください）
※内容によっては、お答えできない場合があります。
※サポートは日本国内のみとさせていただきます。
※Japanese text only

ISBN978-4-04-110839-0　C0193

角川文庫発刊に際して

角 川 源 義

第二次世界大戦の敗北は、軍事力の敗北であった以上に、私たちの若い文化力の敗退であった。私たちの文化が戦争に対して如何に無力であり、単なるあだ花に過ぎなかったかを、私たちは身を以て体験し痛感した。西洋近代文化の摂取にとって、明治以後八十年の歳月は決して短かすぎたとは言えない。にもかかわらず、近代文化の伝統を確立し、自由な批判と柔軟な良識に富む文化層として自らを形成することに私たちは失敗して来た。そしてこれは、各層への文化の普及滲透を任務とする出版人の責任でもあった。

一九四五年以来、私たちは再び振出しに戻り、第一歩から踏み出すことを余儀なくされた。これは大きな不幸ではあるが、反面、これまでの混沌・未熟・歪曲の中にあった我が国の文化に秩序と確たる基礎を齎らすためには絶好の機会でもある。角川書店は、このような祖国の文化的危機にあたり、微力をも顧みず再建の礎石たるべき抱負と決意とをもって出発したが、ここに創立以来の念願を果すべく角川文庫を発刊する。これまで刊行されたあらゆる全集叢書文庫類の長所と短所とを検討し、古今東西の不朽の典籍を、良心的編集のもとに、廉価に、そして書架にふさわしい美本として、多くのひとびとに提供しようとする。しかし私たちは徒らに百科全書的な知識のジレッタントを作ることを目的とせず、あくまで祖国の文化に秩序と再建への道を示し、この文庫を角川書店の栄ある事業として、今後永久に継続発展せしめ、学芸と教養との殿堂として大成せんことを期したい。多くの読書子の愛情ある忠言と支持とによって、この希望と抱負とを完遂せしめられんことを願う。

一九四九年五月三日

十三の呪

死相学探偵1

三津田信三

死相学探偵シリーズ第１弾！

幼少の頃から、人間に取り憑いた不吉な死の影が視える弦矢俊一郎。その能力を“売り”にして東京の神保町に構えた探偵事務所に、最初の依頼人がやってきた。アイドル顔負けの容姿をもつ紗綾香。ＩＴ系の青年社長に見初められるも、式の直前に婚約者が急死。彼の実家では、次々と怪異現象も起きているという。神妙な面持ちで語る彼女の露出した肌に、俊一郎は不気味な何かが蠢くのを視ていた。死相学探偵シリーズ第１弾！

角川ホラー文庫

ISBN 978-4-04-390201-9

六蠱の軀

死相学探偵3

三津田信三

理想の部位（パーツ）を集めるのだ…。

志津香はマスコミに勤めるOL。顔立ちは普通だが「美乳」の持ち主だ。最近会社からの帰宅途中に、薄気味悪い視線を感じるようになった。振り向いても、怪しい人は誰もいない。折しも東京で猟奇殺人事件が立て続けにおきる。被害者はどちらも女性だった。帰り道で不安に駆られる志津香が見たものとは……？　死相学探偵弦矢俊一郎は、曲矢刑事からの依頼を受け、事件の裏にひそむ謎に迫る。注目の人気シリーズ第3弾。

角川ホラー文庫

ISBN 978-4-04-390203-3

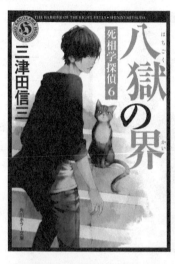